आदर्श जीवन
की
प्रेरक कहानियाँ

दादा जे.पी. वासवानी की अन्य हिंदी पुस्तकें

- दैनिक प्रेरणा
- क्रोध को जलाएँ स्वयं को नहीं
- भले लोगों के साथ बुरा क्यों?
- आलवर संतों की महान् गाथाएँ
- संतों की लीला
- साधु वासवानी उनका जीवन और शिक्षाएँ
- आत्मिक पोषण
- भक्तों की उलझनों का सरल उपाय
- प्रार्थना की शक्ति
- ईश्वर तुझे प्रणाम!
- सफल विवाह के दस रहस्य
- मृत्यु है द्वार···फिर क्या?
- लघु-कथाएँ
- डर से मुक्ति पाएँ
- श्रीमद्भगवद्गीता गागर में सागर
- आपके कर्म, आपका भाग्य बनाते हैं!
- चाहत है मुझे इक तेरी, तेरी
- क्षमा करो, सुखी रहो
- सर्वोत्तम संबंध (गुरु और शिष्य)
- न भूलने वाली 100 कहानियाँ
- क्षमा करने की अलौकिक शक्ति

आदर्श जीवन की प्रेरक कहानियाँ

जे.पी. वासवानी

प्रभात पेपरबैक्स
www.prabhatbooks.com

प्रकाशक

प्रभात पेपरबैक्स

4/19 आसफ अली रोड, नई दिल्ली-110002

फोन : 23289555 • 23289666 • 23289777 ❖ फैक्स : 23253233

इ-मेल : prabhatbooks@gmail.com ❖ वेब ठिकाना : www.prabhatbooks.com

संस्करण

प्रथम, 2017

अनुवाद

संतोष सोनी

मूल्य

दो सौ पच्चीस रुपए

अ.मा.पु.स. 978-93-5186-759-3

मुद्रक

आर-टेक ऑफसेट प्रिंटर्स, दिल्ली

———— ★ ————

ADARSH JEEVAN KI PRERAK KAHANIYAN

by J.P. Vaswani

Published by **PRABHAT PAPERBACKS**

4/19 Asaf Ali Road, New Delhi-110002

ISBN 978-93-5186-759-3

₹ 225.00

दादा जे.पी. वासवानी भारत के लोकप्रिय और सम्मानित आध्यात्मिक गुरुओं में से एक हैं। वे विख्यात 'साधु वासवानी मिशन' के शीर्ष पद पर आसीन जीवनशक्ति हैं। यह मिशन एक अंतरराष्ट्रीय, अलाभकारी, सामाजिक कल्याण और सेवा करनेवाला संगठन है, जिसका मुख्यालय पुणे में है; दुनिया भर में इसके कई सक्रिय केंद्र हैं।

2 अगस्त, 1918 को हैदराबाद-सिंध में जन्मे दादा एक प्रतिभासंपन्न व्यक्ति थे, जिन्होंने असीम संभावनाओं से भरे अपने शैक्षणिक कॅरियर को ठुकराकर अपने आपको अपने चाचा और गुरु साधु वासवानी के चरणों में समर्पित कर दिया, जो आधुनिक युग के अत्यधिक सम्मानित संत थे। आज अपने गुरु का दायित्व दादा पर आ गया है, जिन्हें श्रद्धालु और प्रशंसक धरती पर भगवान् के दूत के रूप में देखते हैं। उन्हें जीवन-मूल्यों और आध्यात्मिक आकांक्षाओं वाला एक गुरु मानते हैं।

दादा हिंदू धर्म की उस उदार तथा सहिष्णु भावना से ओतप्रोत हैं, जिनके बीच उनका पालन-पोषण हुआ। उनका अटल विश्वास है कि जितनी मानवीय आकांक्षाएँ हैं, देवत्व की प्राप्ति के लिए उतने ही मार्ग उपलब्ध हैं। हम में से हर एक भगवान् तक पहुँचने के लिए अपने ही नए, अपरीक्षित और अज्ञात मार्ग को अपना सकता है और भगवान् निश्चित रूप से हमें आधे रास्ते में मिल जाएँगे। सभी को अपने साथ शामिल करनेवाले, मानवीय तथा अपने व्यापक दृष्टिकोण के कारण वे दुनिया भर के आकांक्षियों को स्वीकार्य हैं, जो उन्हें गैर-सांप्रदायिक, गैर-आलोचनात्मक गुरु और मार्गदर्शक मानते हैं, जिनके प्रति वे अपनी आस्था व्यक्त कर सकते हैं।

शाकाहार के प्रबल समर्थक होने के कारण दादा ने सभी प्रकार के जीवन के प्रति सम्मान के उस संदेश के प्रसार को अपने जीवन का ध्येय बना लिया, जिसकी हिमायत गुरुदेव साधु वासवानी किया करते थे। उनके प्रेरणादायी नेतृत्व में साधु वासवानी मिशन ने आध्यात्मिक प्रगति, शिक्षा, चिकित्सा सेवा, महिलाओं के सशक्तीकरण, गाँवों के उत्थान, राहत और पुनर्वास, पशु-कल्याण तथा समाज के वंचितों और शोषितों की सेवा जैसे क्षेत्रों में विभिन्न प्रकार के सेवा-कार्य शुरू कराने के लिए निरंतर प्रयास किए हैं। दादा का अपने गुरु के इन शब्दों में अटल विश्वास है : 'गरीब की सेवा भगवान् की पूजा है।'

एक धाराप्रवाह, प्रभावशाली और सरस वक्ता तथा प्रेरणादायी लेखक होने के साथ ही दादा ने सौ से अधिक पुस्तक-पुस्तिकाओं की रचना की है। 95 वर्ष में भी उन सारे युवाओं से युवा हैं, जिनसे कभी आपकी मुलाकात हुई होगी। युवाओं के साथ उनका तालमेल सचमुच अद्भुत है। वे विश्व के प्रख्यात मंचों के साथ ही उन छात्रों और युवा पेशेवरों के बीच भी एकदम सहज रहते हैं, जो उनके व्यक्तिगत आकर्षण, विनम्रता और आभा के सामीप्य से अपने आपको रोक नहीं पाते। आध्यात्मिक गुरु, शिक्षाविद्, दार्शनिक और रहस्यवादी दादा जे.पी. वासवानी भारत के ज्ञान और सार्वभौमिक भावना के सारतत्त्व का प्रतिनिधित्व करते हैं।

अनुक्रम

ईसाई धर्म

कन्फ्यूशीवाद

इस्लाम धर्म

ताओवाद

चीनी बौद्ध मत (ज़ेन)

पारसी धर्म

उपसंहार

साधु वासवानी

भूमिका

धर्म के तीन पहलू होते हैं—मूल्य, कर्मकांड और प्रतीक। नैतिक और आध्यात्मिक मूल्य सभी प्रथाओं में समान होते हैं। प्रतीक एवं अभ्यास, वे कर्मकांड और प्रथाएँ, जो किसी एक धर्म के अंतर्गत जीवन-शैली का निर्माण करते हैं—एक प्रथा से दूसरी प्रथा को अलग करते हैं और उनमें से प्रत्येक को उनका आकर्षण प्रदान करते हैं। प्रतीक और अभ्यास केले के छिलके की तरह होते हैं और आध्यात्मिक गुण केले की तरह। किंतु प्रत्येक प्रथा के अंतर्गत लोगों ने केले को फेंक दिया है और छिलके को पकड़े हुए हैं।

आज संसार जिस संकट से जूझ रहा है, वह आधारभूत रूप में पहचान का संकट है। लोग स्वयं की पहचान लिंग, जाति, धर्म और राष्ट्रीयता जैसे सीमित लक्षणों से करते हैं और भूल जाते हैं कि वे सार्वभौमिक आत्मा का हिस्सा हैं। इन सीमित पहचानों से अंतरराष्ट्रीय और व्यक्तिगत स्तर के दोनों संघर्ष उत्पन्न होते हैं।

प्रत्येक व्यक्ति इन सीमित पहचानों के योग से कहीं अधिक बढ़कर है। हमारी सबसे ऊँची पहचान यही हो सकती है कि हम दिव्यता के अंश हैं; उसके पश्चात् मनुष्य के रूप एवं मानवीय परिवार के सदस्य के रूप में हमारी पहचान का क्रम आता है। इस दैवीय सृष्टि में संपूर्ण मानवजाति एक परिवार की तरह संगठित है। जहाँ विविध धर्मों में बाह्य अभ्यास और कर्मकांड पृथक् हो सकते हैं, वहीं उन सभी में निहित मूल्य और ज्ञान समान हैं तथा यही एक डोर है, जो इस मानव परिवार को एकता के सूत्र में बाँध सकती है।

विविध मतों के लोगों को साथ लाने और उन्हें अपनी सार्वभौमिक शिक्षा से संगठित करने के लिए दादा जे.पी. वासवानी कई दशकों से अनवरत कार्य कर रहे

हैं; इसी दिशा में यह पुस्तक एक और प्रयास है। गहन ज्ञान की छाप छोड़ने में कहानियाँ युगों-युगों से अत्यधिक प्रभावशाली व मनोरंजक माध्यम रही हैं। विविध मतों के सूक्ष्म रत्नों को यह कहानी-संग्रह, ज्ञान की समान डोर में पिरोता है। मुझे यकीन है कि पाठक आगे के पृष्ठों में सन्निहित ज्ञान को ग्रहण करते हुए आनंदित होंगे।

—गुरुदेव श्री श्री रविशंकरजी
आर्ट ऑफ लिविंग, बेंगलुरु

लेखक की प्रस्तावना

शैतान की वकालत के रूप में प्रचलित प्रतीकात्मक प्रतिरोधी से मैं अपनी बात शुरू करूँ—

एक ऐसे युग में शास्त्रों की कहानियाँ पढ़ना कौन पसंद करेगा, जहाँ पाँच-छह साल के बच्चे टैब्स और खेल युक्तियों में जुटे हों तथा उनके किशोरवय के भाई-बहन यू-ट्यूब वीडियो देख रहे हों, जबकि उनके माता-पिता और परिवार के बड़े सदस्य (जिन्हें वास्तव में बेहतर जानकारी होनी चाहिए) संभव तन्मयता या एकाग्रता के साथ टी.वी. देखने में खोए हों?

मैं एक घोर आशावादी हूँ। मेरा यकीन है कि मानव सभ्यता की कुछ अच्छी बातें समय की कसौटी पर सदा बरकरार रहेंगी, फिर चाहे समय कितना भी कठोर क्यों न हो! प्रेम, हँसी, संवेदना, समझदारी और कथावाचन—ये खतरे में पड़ सकते हैं, ये कुछ लोगों को पुराने चलन के व असंबद्ध लग सकते हैं, लेकिन हमारे अंधकारमय क्षणों को प्रकाशित करते हुए, लोगों की सर्वाधिक जरूरत पर उनमें आशा व खुशी का संचार करते हुए ये सदा हमारे साथ रहेंगे।

जब महान् ग्रंथ हमारे पास मौजूद हैं तो भला हमें कहानियों की जरूरत क्यों है? इस प्रश्न का साधारण उत्तर है—औषधि को बच्चों के गले उतारने के लिए हमें चम्मच भर चीनी की आवश्यकता क्यों होती है? ऐसा नहीं है कि बच्चे या बेसब्र वयस्क महान् मूल्यों एवं सत्यों को प्रस्तुत करने पर उन्हें ग्रहण नहीं कर सकते; ऐसा इसलिए है कि कहानी एक बोलती तसवीर होती है, यह चरित्रों एवं स्थितियों द्वारा चित्रण करनेवाली सार्वभौमिक समस्याओं और सामान्य मानवीय मूल्यों से संबंध स्थापित करने में हम सबकी मदद करती है।

आइए, भारत को ही लें। हमारे पास वेद हैं, जो संसार के प्राचीनतम प्रकाशित ग्रंथ हैं। भला फिर क्यों आदिगुरु वेदव्यास ने वेदों को विभाजित करके हमें दो महान् महाकाव्य और अठारह पुराण प्रदान किए?

कहा जाता है कि भगवान् विष्णु ने वेदव्यास के माध्यम से अपनी दिव्यता स्वयं प्रकट की, ताकि वेदों को विधिबद्ध किया जा सके। वेदों का वर्गीकरण व्यास ने पूर्ण किया और बाद में समय के अंतराल में प्रत्येक वेद की शाखाएँ और उप-शाखाएँ विकसित हुईं। कहते हैं कि महर्षि व्यास से वेदों का मौलिक वर्गीकरण सुनने के लिए देवतागण स्वयं उनके शिष्य का रूप धारण कर आए थे—क्योंकि वे अच्छी तरह जानते थे कि अपने भक्तों के हित में इस विशाल कार्य को संपन्न करने के लिए भगवान् विष्णु ने ही स्वयं को मानव रूप में प्रकट किया था। इस तरह हमारा यह श्लोक है—

व्यासा विष्णुरूपाया व्यासारूपाया विश्नेव।
नमो वै ब्रह्मानिधाये वसिश्ठाया नमो नमः॥

(मैं व्यास रूप विष्णु और विष्णु रूप व्यास को प्रणाम करता हूँ; क्योंकि वह महर्षि वसिष्ठ की संतान हैं और सच्चे ब्रह्मज्ञानी हैं (परमात्मा)। और हम जानते भी हैं कि श्रीमद्‌भगवदगीता के दसवें अध्याय 'विभूति योग' में भगवान् श्रीकृष्ण इस बात की पुष्टि तब करते हैं, जब वे कहते हैं, ''सभी ज्ञानियों में व्यास मैं हूँ।'' (मुनीमपायनम् व्यासा)

और हम जानते भी हैं कि भगवद्‌गीता के अध्याय में बताया जाता है कि जब व्यास अपना शारीरिक रूप छोड़ इस धरती से जाने की तैयारी कर रहे थे, तो महर्षि नारद उनके पास आए और अठारह पुराणों को लिखने के लिए उन्हें प्रेरित किया। नारद ने व्यास को बताया कि यदि अठारह पुराण नहीं लिखेंगे तो जीवन में उनका कार्य अधूरा रहेगा। व्यास ने उनकी सलाह मान ली और प्राचीन पुराणों की रचना करने के साथ-साथ कथाओं के माध्यम से उन्हें पढ़ाने की प्रणाली भी निर्धारित की। इस तरह उनके लेखन उच्च शिक्षित पंडितों से लेकर निरक्षर व्यक्तियों जैसे समाज के प्रत्येक स्तर तक पहुँच सके। यह वेद व्यास का सनातन धर्म के प्रति महान् योगदान है—वे वैदिक धर्म और इसकी महान् अवधारणाओं को जनसाधारण के घरों और हृदयों में ले गए। इस कार्य के लिए हम उनके बहुत ऋणी हैं।

हमारी महान् अनश्वर कहानियाँ इसी तथ्य से संबंधित हैं; ये महान् धार्मिक

सत्य और सिद्धांतों को सीधे जन-जन तक पहुँचाती हैं। इस उद्देश्य के लिए, इस उद्देश्य की सेवा में, हमारी अनश्वर कहानियाँ एक ऐसा खजाना हैं, जिन्हें हम खो नहीं सकते और न ही खोना चाहिए।

मेरे अपने जीवन काल में स्मरण करते हुए मैं देख सकता हूँ कि किस तरह कथावाचन की प्रथा कुछ नई और विचित्र रूप में रूपांतरित की जा रही है। मेरी अपनी पीढ़ी के बच्चों को दादी माँ, माँ, चाची-चाचाओं से सीधे कहानियाँ सुनने का सौभाग्य प्राप्त था। स्कूलों और महाविद्यालयों में शिक्षक, जो कुछ भी पढ़ाते, उस पर जोर देने के लिए कहानियाँ सुनाने के अभ्यस्त थे।

जब घर और स्कूल में समय एक मूल्यवान वस्तु बन गया तो हमने देखा कि उन्हीं महान् कहानियों का चित्र-चित्रण करने के लिए हास्य पुस्तकें, चित्र वाली कहानी की किताबें नजर आ रही हैं। इसके पूर्व पीढ़ी के माता-पिता जब अपने बच्चों को 'अमर चित्रकथा' की कॉमिक पुस्तकों का संग्रह उपहार में देते थे, तो उन्हें महसूस होता था कि बच्चों के प्रति उन्होंने अपना कर्त्तव्य निभा दिया।

इसके बाद फिल्मों का युग आया, तदुपरांत दूरदर्शन से प्रसारित होनेवाले ग्रंथ और महाकाव्य आए। हमारे बच्चों ने अभिनयकर्ताओं के रूप में राम, कृष्ण, मूसा और मैरी को देखा, जिन्होंने छोटे पर्दे पर इसके बड़े रूप, रुपहले पर्दे पर उन्हें प्रभावी तरीके से प्रस्तुत किया।

इस महान् प्रथा को जीवित रखने के लिए मैं टी.वी. के महाकाव्यों और 'अमर चित्रकथा' का अत्यंत आभारी हूँ। लेकिन यह सोचकर मुझे दुःख होता है कि हम परिवार में युगों पुराने जुड़ाव के तरीके को खो रहे हैं—वह है कथावाचन की कला, और बैठकर कहानियाँ सुनने का अभ्यास।

संसार की महान् धर्म आस्थाओं से जुड़ी अनश्वर कहानियों की यह पुस्तक अपने पाठकों को कथावाचन की इस आश्चर्यजनक कला के प्रति रुचि उत्पन्न करने की दिशा में एक छोटा सा कदम है। यह पुस्तक महान् ग्रंथों की कहानियों, अवतारी पुरुषों एवं मसीहाओं द्वारा कहे गए आख्यानों के साथ-साथ पूर्व और पश्चिम की महान् आत्माओं से जुड़ी घटनाओं को प्रस्तुत करती है। मुझे आशा है कि मेरे कुछ पाठकों में ही सही, यह ज्यादा-से-ज्यादा पढ़ने की ललक जगाएगी और उसे उनके बच्चों तक पहुँचाएगी। क्योंकि जैसा कि गुरुदेव साधु वासवानी ने हमें सदा स्मरण कराया है कि बच्चे हमारा सबसे बड़ा खज़ाना हैं। जीवकोपार्जन व धन-संग्रह करने के निरंतर दबाव में हम इस सर्वोत्तम विरासत को न भूलें,

जिसे हम बच्चों के लिए सुनिश्चित कर सकते हैं—मूल्यों व आदर्शों का धन, जिससे मानव व्यवहार सदा शासित होना चाहिए।

ग्रंथों की कहानियों और महान् विभूतियों के जीवन में ऐसे मूल्य और सिद्धांत प्रकट होते हैं, जो हमारी भलाई और नैतिक विकास के लिए परम आवश्यक हैं। ये हमें अनोखे अनुभव के साथ यादगार चरित्र प्रस्तुत करते हैं, जिन्हें उनके मानवीय रुचि के कारण हम स्वयं से सापेक्ष रखते हैं। हम कहानी के अनुभव से वैसे जुड़ते हैं, जैसे कहानी में दर्शाए गए मौलिक शिक्षक और छात्र जुड़ते हैं। कहानियों का आशय मनन, ग्राह्यता, आत्मसात् बोध और तत्पश्चात् निर्वाणी कर्म एवं जाग्रत् चेतना को प्रोत्साहित करने से है।

कहानियाँ हमें उन कालों में ले जाती हैं, जब अवतारी पुरुष और मनुष्य के रूप में ईश्वर इस धरती पर विचरण करते रहते थे और हमारे बीच हम में से ही एक की तरह जीते थे। अपने महान ज्ञान से ईश्वर उन्हें हमारे बीच रहने के लिए भेजते थे, जिसका उद्देश्य किसी बात को सिद्ध करना नहीं होता था, न ही उसके सर्वशक्तिमान होने का प्रदर्शन करना होता था, अपितु मनुष्य के रूप में हमारे लाभ और भलाई के लिए होता था। हम अब सतयुग में नहीं हैं तो क्या हुआ? महान् विभूतियों के लेख-प्रमाण और साक्ष्य हमें आज भी उपलब्ध हैं। हमें केवल उन कहानियों की आत्मा में प्रवेश करना है, जिन्हें हम पढ़ते हैं; और वे महान् विभूतियाँ हमारे लिए जीवंत हो जाती हैं। हमें इससे अधिक और क्या चाहिए?

मुझे यकीन है कि ये कहानियाँ हम सभी के सर्वोत्तम गुणों का विकास करेंगी—जैसे कि ईश्वर के प्रति आभार; हमारे साथियों के प्रति सहृदयता, औरों के प्रति क्षमा, दूसरों के साथ समझ और सहानुभूति तथा इस मानव जन्म के लक्ष्य को खोजना और उसे हासिल करना।

यह पुस्तक गुरुदेव साधु वासवानी के चरण कमलों में समर्पित है, जिन्होंने मुझे अनेकों में प्रच्छन्न उस एक को देखना सिखाया।

—जे.पी. वासवानी

ईसाई धर्म

संक्षिप्त परिचय

वास्तविक संख्या के आधार पर ईसाई धर्म दुनिया का सबसे लोकप्रिय धर्म है। दुनिया की लगभग 30 प्रतिशत आबादी आस्था से ईसाई है। लगभग 75 प्रतिशत अमेरिकी, कनाडावासी और यूरोपियन स्वयं को ईसाई मानते हैं, हालाँकि ये लोग ईसाइयत के 1500 विभिन्न मूल्यों से संबंधित हैं। रोम में सेंट पीटर के बैसिलिका के वैभव और कर्मकांडीय खूबसूरती से सड़कों के किनारे निर्मित कामचलाऊ कुटीरों तक, जहाँ नए-नए ईसाई धर्म अपनाए, ईसाई ग्रामीण भारत में एकत्र होते हैं, सेंट थॉमस एक्विनस की बौद्धिक जटिलता से लेकर 'द पुअर' की लिटिल सिस्टर्स, की सहज और निस्स्वार्थ सेवा तक, मार्टिन लूथर जैसे आदर्शवादी सुधारक से लेकर इक्कीसवीं सदी की संत मदर टेरेसा तक, क्वेकर्स और यूनीटेरियनस से लेकर एंग्लिकन्स और ईसाई वैज्ञानिकों तक, सेवेंथ डे एडवेंटिस्ट्स से लेकर सीरियन आर्थोडॉक्स चर्च तक, लगभग 20 करोड़ लोग ऐसे हैं, जो ईसाइयत के आधारभूत सिद्धांतों को मानते हैं—अर्थात् रक्षक के रूप में ईसा मसीह पर विश्वास, ईश्वर के शब्द के रूप में बाइबल में यकीन और यह दृढ़ विश्वास कि अन्य सभी में उनकी ईसाई आस्था ही सच्ची है।

आस्था और अभ्यास में इस तरह की विविधता के साथ ईसाई धर्म का संक्षिप्त परिचय दे पाना सरल नहीं है। मुख्य धारा के ईसाई उस हरेक को सच्चा ईसाई मानते हैं, जो ईसा मसीह पर यकीन करता है। उदार ईसाई तीसरे सहस्राब्दी के लिए अपने धर्म की पुनः व्याख्या और गैर-ईसाई धर्मों के मूल्य को समझने तथा उनका गुण विवेचन करने के प्रयास में दूसरी आस्थाओं या मतावलंबियों के साथ गंभीर संवाद को प्रोत्साहित कराने में लगे हुए हैं। पैमाने के दूसरी ओर अपेक्षाकृत कट्टरपंथी मूल्य, जो दूसरे धर्मों और ईश्वर से संबंधित दूसरे विचारों को गलत और निंदनीय रूप में नकारते हैं। प्रोटेस्टेंट अपने ईश्वर और आस्था के अनोखे

व्यक्तिगत दृष्टिकोण पर यकीन करते हैं, रोमन कैथोलिक ईश्वर के पास पहुँचने के लिए चर्च के अंतर्मध्यस्थता पर जोर देते हैं। मान्यताओं और अभ्यासों की यह विस्तृत विविधता आज दुनिया में पंथों और गिरिजाघरों की अपेक्षाकृत विशाल छत्रछाया की विशेषता है।

ईसाई कौन है? इस प्रश्न के कई उत्तर हैं। कुछ विश्वास करनेवालों के लिए सच्चा ईसाई होने के लिए व्यक्ति को 'पुनः जन्म' लेना पड़ता है, दूसरों के ऐसे विवेचन के लिए व्यक्ति का बपतिस्मा (दीक्षा स्नान) किया जाना होता है। विविध ईसाई मूल्यों के बीच इस बात पर आम धारणा नहीं है कि सच्चा ईसाई कौन है! किंतु विस्तृत संसार के दृष्टिकोण से हमें उस व्यक्ति को ईसाई स्वीकार करना चाहिए, जो स्वयं को गंभीरतापूर्वक ईसाई मानता है और ईमानदारीपूर्वक ईसा मसीह की शिक्षाओं को मानता है। मुक्ति की ईसाई अवधारणा हमें बतलाती है कि ईश्वर ने एक मार्गदर्शक और रक्षक के रूप में अपने पुत्र को मनुष्यों के बीच भेजा। ईसा मसीह के कारण ही ईसाई धर्म ने अपनी उत्पत्ति और अपना नाम प्राप्त किया है।

मेरी पसंदीदा
न्यू टेस्टामेंट की कहानियाँ

"इसलिए मैं आपसे कहता हूँ कि माँगो और तुम्हें दिया जाएगा; खोजो और तुम पा जाओगे; खटखटाओ और तुम्हारे लिए दरवाजा खुल जाएगा।"

—ईसा मसीह

ईसा मसीह के उपदेश (गॉस्पेल) में सेंट ल्यूक के अनुसार ईसा, मार्था और मेरी बहनों के घर जाते हैं। मार्था ईसा और उसके शिष्यों की सेवा शुश्रूषा में घर के काम-काज में व्यस्त हो जाती है। रही मेरी, तो वह ईसा मसीह के चरणों के पास बैठकर उनकी ज्ञान की बातें सुनती है। मार्था अपनी बहन की शिकायत करती है, "क्या उसे मेरी मदद नहीं करनी चाहिए?" ईसा मार्था से कहते हैं, "तुम्हें कई बातों की चिंता-फिक्र है, लेकिन जरूरत केवल एक बात की है। मेरी ने वह चुना है, जो बेहतर है और यह उससे छीना नहीं जा सकता।"

वह क्या था, जिससे मेरी चिंता और झुंझलाहट भरे क्रियाकलापों से मुक्त थी, जिसने उसकी बहन को इतना व्यस्त रखा था। मेरी ने मात्र ईसा मसीह पर ध्यान केंद्रित कर उनकी बातें सुनना पसंद किया। इस प्रक्रिया में उसने आतिथ्य की जरूरतों को टाल दिया। वह गैर-जिम्मेदार नहीं हो रही थी, वह अपनी जिम्मेदारियों से पीछे हटने की कोशिश नहीं कर रही थी, उसकी अपनी प्राथमिकताएँ थीं। वह

पहले ईसा मसीह के उपदेश सुनना चाहती थी—शेष सब कुछ बाद में किया जा सकता था।

हममें से कितने लोग ऐसे हैं, जो अपनी प्राथमिकताओं की अनिवार्यता समझते हैं?

एक बार ईसा ने अपने शिष्यों, जो अपने जीवन और आजीविका के लिए चिंतित थे, से कहा था, ''कोई भी दो स्वामियों की सेवा नहीं कर सकता। वह उन्हें महसूस कराना चाहते थे कि ईश्वर के प्रति प्रेम हमारी सभी भौतिक सोच, खासकर ज्यादा-से-ज्यादा पैसे की इच्छा से बढ़कर होना चाहिए। हमें ईश्वर और मैमन (धन का देवता) में किसी एक को चुनना है।'' या तो तुम एक से घृणा करोगे और दूसरे से प्रेम करोगे या तुम एक के प्रति समर्पित रहोगे और दूसरे को नापसंद करोगे। तुम ईश्वर और धन, दोनों की सेवा नहीं कर सकते।

शायद शिष्य भ्रम में पड़ गए, इसलिए ईसा ने आगे कहा, ''इसीलिए मैं तुमसे कहता हूँ कि तुम अपने जीवन की चिंता मत करो कि तुम क्या खाओगे-पीओगे या क्या पहनोगे? क्या जीवन भोजन और शरीर, कपड़ों से बढ़कर नहीं है?''

''आसमान में उड़ते पक्षियों को देखो, वे न तो बोते हैं, न काटते हैं, न ही अन्न का कोई संग्रह करते हैं, किंतु फिर भी तुम्हारा ईश्वर उन्हें भोजन देता है। क्या तुम उनसे ज्यादा मूल्यवान नहीं हो?

''और तुम्हें कपड़ों की चिंता क्यों है? मैदान में खिले कुमुदिनी के फूलों का अवलोकन करो, वे न मेहनत करते हैं, न सूत कातते हैं, फिर भी मैं तुमसे कहता हूँ कि राजा सोलोमन ने अपने सारे वैभव के बावजूद भी इनमें से किसी एक की तरह खुद को पोशाक से सुसज्जित नहीं किया।

''लेकिन यदि ईश्वर मैदान की उस घास को भी वस्त्र पहनाता है, जो आज जीवित है और कल नदी में फेंक दी जाएगी, तो क्या वह तुम्हें वस्त्र नहीं पहनाएगा? तुम्हारे विश्वास में कमी है! तो यह कहते हुए चिंता मत करो, ''हम क्या खाएँगे?'' या ''हम क्या पीएँगे?'' या ''हम क्या पहनेंगे?''

जब आपको अनुभव होता है कि वह आपकी सारी जरूरतों का ध्यान रख रहा है, तब आप चिंता मुक्त हो जाते हैं। आप भविष्य में घटने वाली अज्ञात बातों के लिए योजना नहीं बनाते। आप आपदाओं की चिंता नहीं करते। आप केवल दैवीय योजना को घटित होते हुए देखते हैं। आप कोई दावा नहीं करते हैं, आप

कुछ नहीं पूछते हैं, आप कुछ भी नहीं खोजते हैं, आप कोई योजना नहीं बनाते हैं। आप दैवीय योजना के प्रवाह के मात्र मार्ग बन जाते हैं।

हममें से कितने लोग ऐसी आस्था और विश्वास के प्रति सक्षम हैं?

□

एक बार ईसा मसीह यरूसलम जा रहे थे। समारिया और गैलिली के मध्य लंबे, संकीर्ण, धूल भरे रास्ते पर उन्हें एक पंक्ति में खड़े कोढ़ी मिले, जो कि रास्ते से दूर एक समूह में खड़े थे।

आप जानते हैं, उन दिनों कुष्ठ भयंकर व संक्रामक रोग माना जाता था। कोढ़ियों (कुष्ठ रोगियों) को लोगों के बीच आने नहीं दिया जाता था। वस्तुतः उन्हें अपने 'साफ-सुथरे' और 'स्वस्थ' भाइयों की नजरों के सामने उपस्थित होने की भी इजाजत नहीं थी। उन्हें मानव बस्तियों से बाहर गुफाओं व तहखानों इत्यादि में रहने के लिए छोड़ दिया जाता था। दया खाकर भोजन और कपड़े उनकी जगहों पर फेंक दिए जाते थे, ताकि भोजन और दूसरी चीजों की तलाश में वे बाहर जाने का साहस न करें।

जब कोढ़ियों के समूह ने ईसा मसीह को आते देखा तो वे हताशा और कष्ट में रोने लगे—"स्वामी! हमें स्वस्थ कर दो। तुम्हीं हो, जो हमारी इस कष्ट में मदद कर सकते हो। हम आपसे प्रार्थना करते हैं, स्वामी, हमें स्वस्थ कर दो।"

ईसा ने उनकी ओर करुणा से देखा। उनमें से नौ यहूदी और एक समारीटन था। उन दिनों यहूदी स्वयं को श्रेष्ठ मानते थे, जबकि समारिटनों को बहिष्कृत माना जाता था। हालांकि, कष्ट और बीमारी समान होने की वजह से इन व्यक्तियों में निराशा के बावजूद एकता स्थापित हो चुकी थी। एक साथ मिलकर सभी रो-रोकर कह रहे थे, "स्वामी! हमें स्वस्थ कर दो।"

ईसा ने उन पर प्रेम और करुणा भरी दृष्टि डाली और उनसे कहा, "पादरी के पास जाओ।"

अब कोढ़ी उलझन में पड़ गए। उन्होंने अपनी पूरी निष्ठा ईसा के प्रति रखी थी। उन्होंने उन्हें पादरी के पास जाने के लिए क्यों कहा? किंतु स्वामी ने कहा था, इसलिए उन्होंने आँख मूंदकर इसका पालन किया। वे मंदिर की दिशा में मुड़ गए। वे अभी कुछ ही कदम चले होंगे, तभी उन्होंने विचित्र संवेदना अनुभव की; उनमें नई उमंग आ गई; उनके हृदय हलके हो गए, उनके अंगों में पुनः शक्ति का संचार हुआ। साथ ही उनके शरीर के घाव विलुप्त होने लगे और उनकी त्वचा नवजात शिशु की तरह कोमल हो गई। उन्होंने एक-दूसरे के चेहरे दीप्तिमान और खूबसूरत

होते हुए देखे। यह चमत्कार था।

खुशी से वे चिल्लाने लगे, "हम ठीक हो गए! हम ठीक हो गए! हम ठीक हो गए!"

अपनी खुशी के उन्माद और स्वयं को धन्य समझने के साथ ही उन्हें उनके परिवार याद आने लगे, जो दुःख से टूट चुके थे। "आओ, लौटकर अपने प्रियजनों के पास चलें," उन्होंने एक-दूसरे से कहा। "आओ, उन्हें यह शुभ समाचार दे दें कि अब हम फिर से पूरी तरह स्वस्थ हो गए हैं। आओ, इस खुशी के क्षणों को अपने सगे-संबंधियों के साथ मिलकर बाँटें।"

क्षण भर में नौ यहूदी अपने-अपने घरों की ओर चल दिए। लेकिन समारिटन (नेक बंदा) वहीं इधर-उधर टहल रहा था।

उसने सोचा, "हाँ, मुझे अपने परिवार में लौट जाना चाहिए... लेकिन इससे पहले मुझे स्वामी के पास लौटकर इस जादुई उपहार के लिए उनका शुक्रिया अदा करना चाहिए।"

समारिटन दौड़कर ईसा की तरफ गया। वह उनके पैरों पर गिर पड़ा और आँखों में आँसू भरकर उनसे कहा, "स्वामी, आपका आभार। आपने मुझे स्वस्थ करके नया जीवन दान दिया है। आपका धन्यवाद, धन्यवाद, धन्यवाद!"

ईसा ने समारिटन को आशीर्वाद दिया और कहा, "दस लोगों को स्वस्थ किया गया, लेकिन एक ही आया। बाकी नौ कहाँ हैं?"

जब आप अपना आभार व्यक्त नहीं करते, तो ईश्वर भी इस बात पर ध्यान देते हैं।

***

एक बार ईसा मसीह मंदिर के बाहर बैठकर अपने शिष्यों से चर्चा कर रहे थे। तभी धार्मिक शिक्षक और कानून निर्माता एक औरत को ईसा के सामने लेकर आए, जिसने पाप किया था। उस औरत को भीड़ के बीच खड़ा कर दिया गया था। "इसने पाप किया है। हमने इसे सजा देने का निर्णय लिया है। अब कानून के मुताबिक, मूसा ने तो ऐसी औरतों को पत्थर मार-मार कर उनका अंत करने का आदेश दिया है, आप क्या कहते हैं?"

जाहिर था, लोग ईसा को फँसाना चाहते थे, ताकि उन पर दोषारोपण करने का उन्हें आधार मिल सके। लेकिन ईसा झुके और अपनी उँगली से जमीन पर लिख दिया।

लेकिन जब लोगों ने उन्हें बार-बार जबाव देने के लिए कहा, तो वे सीधे खड़े हो गए और उनसे कहा, ''आप लोगों में से जिसने कभी पाप नहीं किया है, वही इस औरत पर पहला पत्थर फेंके।'' और वे पुनः झुककर जमीन पर लिखने लगे।

जब दोषारोपण करनेवालों ने यह सुना, तो एक-एक करके वे वहाँ से सरक लिये। अंत में भीड़ के बीच ईसा और वह औरत ही बचे रह गए।

सीधे खड़े होकर ईसा ने औरत से कहा, ''वे सब कहाँ हैं? क्या किसी ने भी तुम पर दोष नहीं लगाया।'' उसने कहा, ''किसी ने भी नहीं, स्वामी।'' और ईसा मसीह ने कहा, ''मैं भी तुम्हें दोषी नहीं कहता। जाओ, आगे से और पाप मत करना।''

***

जर्मन का महान् कवि गेटे ईसा मसीह और उनके शिष्यों से संबंधित कहानियों का विशेष शौकीन था। शिष्यों में खास पीटर, एक मछुआरे ने एक बार ईसा से कहा, ''स्वामी, ऐसा क्यों है कि आप पानी पर चल सकते हैं और हम नहीं चल सकते?''

ईसा ने उत्तर दिया, ''क्योंकि मुझे विश्वास है।''

पीटर ने उनका विरोध करते हुए कहा, ''लेकिन हमें भी आप पर विश्वास है।''

''तो मेरे पीछे आओ,'' ईसा ने कहा और पानी पर कदम रखा। पीटर ने उनका अनुसरण किया—वह असल में अपने स्वामी के पीछे-पीछे पानी पर चला।

अभी वे कुछ ही दूर गए थे कि अचानक एक विशाल लहर उनके सामने उमड़ पड़ी। ''स्वामी, बचाओ मुझे!'' पीटर चीखा, ''मैं डूबनेवाला हूँ।''

''तुम डर क्यों रहे हो?'' ईसा ने कहा।

''स्वामी, मैंने एक विशाल लहर देखी और मेरे दिल में डर समा गया।'' पीटर ने उत्तर दिया।

ईसा ने उससे कहा, ''तुम लहर से डर गए—तुम लहरों के मालिक से नहीं डरे।''

***

कहा जाता है कि एक दिन सुबह जल्दी शहर जाते समय, ईसा को भूख लगी। सड़क किनारे अंजीर के पेड़ को देखकर, वे उस पर चढ़ गए, लेकिन उन्हें

पत्तियों के अलावा कुछ नहीं मिला। तब उन्होंने पेड़ से कहा, ''तुम पर कभी फल नहीं लगेंगे।'' देखते-ही-देखते पेड़ मुरझा गया।

जब शिष्यों ने ऐसा देखा, तो वे हैरान रह गए। ''अंजीर का पेड़ इतनी जल्दी कैसे मुरझा गया?'' उन्होंने पूछा।

ईसा ने कहा, ''मैं तुम्हें सच्चाई बतलाता हूँ, यदि तुममें विश्वास है और तुम संदेह नहीं करते, तो तुम न केवल ऐसा कर सकते हो, जो अंजीर के वृक्ष को हुआ, बल्कि तुम इस पर्वत को भी कह सकते हो, 'जाओ और समुद्र में समा जाओ' और ऐसा होगा। यदि तुम्हें विश्वास है, तो प्रार्थना में तुम जो माँगोगे, तुम्हें मिलेगा।''

ईसाई विद्वान् इस घटना को ऐसा कहकर समझाते हैं कि यह हमें वह सिद्धांत सिखाता है कि धार्मिक कर्मकांडों के पालन मात्र से मुक्ति की गारंटी तब तक नहीं होती, जब तक असली मुक्ति का फल उस व्यक्ति के जीवन में स्पष्ट गोचर न हो जाए। देवदूत जेम्स ने बाद में इसके बारे में कहा, ''बिना कर्म के आस्था मृतप्राय है।''

***

फिजूलखर्चीले बेटे की कहानी

एक धनी व्यक्ति था, जिसके दो बेटे थे। एक दिन बड़े बेटे ने अपने पिता से कहा, ''पिताजी, अब मैं बड़ा हो गया हूँ और मैं अलग रहना चाहता हूँ। मैं स्वतंत्र होकर अपना जीवन जीना चाहता हूँ। इसलिए मैं आपसे कहता हूँ कि कृपया अपनी संपत्ति में से मेरा हिस्सा मुझे दे दीजिए।''

पुत्र अपने पिता से अलग होकर दूर जाना चाहता था। लेकिन पिता अनिच्छुक था। उसने बड़ी सच्चाई से कहा, ''मेरे बेटे, तुम अभी भी जीवन में अनुभवहीन हो। तुमने दुनिया नहीं देखी है। तुम्हें इस दुनिया के तौर-तरीकों का ज्ञान नहीं है। कुछ समय रुको, जब तुम पूरे परिपक्व हो जाओगे, मैं स्वयं तुम्हें अपने धन में से तुम्हारा हिस्सा दे दूँगा और दुनिया में तुम्हारे अनुकूल रहने के लिए छोड़ दूँगा।''

किंतु बेटा विश्वस्त नहीं हुआ। अपने पिता के रवैए से वह दुःखी था। उसने अधीर होकर कहा, ''पिताजी, आप बहुत समय से ऐसा कह रहे हैं। लेकिन अब समय आ गया है, जब आपको इज्जत से मेरा हिस्सा दे देना चाहिए, जो कि मेरा हक भी है।''

बहुत दुःखी मन से उसके पिता ने उसे अपने धन का एक-तिहाई हिस्सा दे दिया, जो कि उन दिनों बहुत बड़ी दौलत थी। पैसा लेकर पुत्र किसी सुदूर स्थान

के लिए चल पड़ा, जहाँ वह अपनी पसंद का जीवन जी सके। वह अपने पिता और परिवार से जितना हो सके, उतना दूर जाना चाहता था।

सूफी संत बतलाते हैं कि आत्म-साक्षात्कार के मार्ग पर तीन यात्राएँ होती हैं—पहली यात्रा के दौरान आदमी इतना भटकता है, जिसका कोई अंत नहीं और वास्तविकता से दूर हो जाता है। बेचैन मन व्यक्ति को सांसारिक खुशियों की ओर धकेलता है और आदमी अपनी यात्रा का उद्देश्य भूलते हुए, दुनिया के झंझटों में खो जाता है। पहली यात्रा में आदमी, अपने घर से भटककर अपना समय और पैसा बर्बाद करता है।

शीघ्र ही उस युवक के नए मित्र बन गए, वस्तुत: मित्र बड़ी संख्या में उसके पास आ जाते थे, क्योंकि उन्होंने उसके धन और उसने कैसे वह धन हासिल किया था, इसके बारे में सुन रखा था। उनके लिए वह एक बढ़िया शिकार था। वे उसे हर तरह की खुशी और मनोरंजन का लालच दिया करते थे। उस युवक के बटुए से पैसा पानी की तरह खर्च हो रहा था। और धन, जैसा कि आप जानते हैं, अक्षय नहीं होता। समय के अंतराल पर उसका सारा धन समाप्त हो गया और वह एक-एक पाई को मोहताज हो गया। उसके नए मित्रों ने उसका साथ छोड़ दिया था। दूसरों ने उसकी मदद करनी छोड़ दी। गरीबी में वह भूखों मरने लगा और उसे रोटी का एक टुकड़ा देनेवाला भी कोई नहीं था। अब न उसे कोई काम देता था, न ही पैसा उधार। काफी समय के बाद, बड़ी मशक्कत से उसे सुअरों के बाड़े में काम मिल गया, जहाँ उसे सुअरों के साथ गंदगी में रहना पड़ता था। सच तो यह है कि भूख लगने पर वह सुअरों का खाना खा लिया करता था।

एक रात जब वह थककर सुअरबाड़े में घास-फूस पर लेट गया तो आत्मग्लानि से भर गया। उसने सोचा, 'ऐसी दीन-हीन स्थिति में मैं क्यों रहूँ? क्यों न अपने पिता के पास लौट जाऊँ?' तत्क्षण उसने घर वापस लौटने का निर्णय ले लिया। 'मैं अपने पिता के घर वापस लौट जाऊँगा।' उसने निश्चय किया।

यहाँ से दूसरी यात्रा शुरू होती है। और जब मनुष्य का जीवन दयनीय तथा असहनीय हो जाता है, तो अपने परम पिता के पास वापस लौटने का विचार उसकी आत्मा में जाग उठता है। और तभी दूसरी यात्रा, हमारे सच्चे घर की ओर वापस ले जाने वाली यात्रा शुरू होती है।

दूसरी यात्रा सुप्त आत्मा के जागने के साथ शुरू होती है। इसकी शुरुआत इस चेतना के साथ होती है कि हमें वापस घर लौटना है। हम बहुत भटके हैं। अब

वापस लौटने का समय आ गया है। हमारे भीतर एक आवाज प्रेरणा देती है, "जागो! जागो! अपने मूल घर की ओर लौट जाओ। समय के चक्र ने हमें जमकर ठोकर मारी है। हम महसूस करते हैं कि अब वापसी का समय आ गया है।"

अब हम फिजूलखर्चीले बेटे की कहानी पर लौटते हैं। जब अपव्ययी बेटा घर लौटता है तो उसके पिता की खुशियों का ठिकाना नहीं रहता। अपने बेटे को देखकर वह खुशी से उसे गले लगा लेता है। उसके मनमौजी बेटे की वापसी उसके लिए समारोह का अवसर होता है। अतः वह भरपूर दया और प्रेम के वशीभूत अपने अपव्ययी बेटे के लौटने का जश्न मनाता है। वह अपने बेटे की रुचि के व्यंजनों समेत, विविध प्रकार के भोजन नौकरों से तैयार करवाता है। उसकी खुशी का ठिकाना नहीं रहता है। वह अपने अपव्ययी बेटे के घर लौटने की खुशी मनाता है। रही बेटे की बात, तो वह शर्म और अपराध-बोध से दबा जा रहा था। वह क्षमायाचना करता है, "पिताजी, मुझे माफ कर दो। मैंने आपसे दुर्व्यवहार किया। मैंने अपने हिस्से के धन के लिए आपसे झगड़ा किया। मैंने जोर-जबरदस्ती करके अपने हिस्से का धन और संपत्ति आप से ले ली। मैंने बुरा बर्ताव किया। कृपया मुझे माफ कर दो, पिताजी। मुझे आपके घर में रहने का कोई अधिकार नहीं है। मुझे आपके घर के ऐश-आराम की वस्तुओं के उपभोग करने का भी कोई अधिकार नहीं है। लेकिन मेरी आपसे विनती है कि मुझे एक नौकर के रूप में रख लीजिए, मैं आपका आभारी रहूँगा।"

पिता ने जवाब दिया, "तुम मेरे नौकर नहीं हो। तुम तो मेरे खोए हुए बेटे हो, जो सुरक्षित घर लौट आया है। तुम मेरे फिजूलखर्चीले बेटे हो, जो भटक गया था, लेकिन बुद्धिमानी से घर लौट आया। तुम्हारी सुरक्षित वापसी से मैं खुशी से सराबोर हूँ। तुम मेरे लिए कीमती हो। तुम खो गए थे और अब मिल गए हो।"

***

धनी आदमी की कहानी

ईसा ने कहा : एक धनी आदमी था, जिसके पास बहुत पैसा था। उसने कहा, "मैं अपने पैसे का उपयोग करूँगा, ताकि मैं फसल बो सकूँ, काट सकूँ, पेड़ लगा सकूँ और उपज से अपना भंडार भर सकूँ, जिससे मेरे पास कोई कमी न रहे।" ऐसा इरादा था उसका, लेकिन उसी रात उसकी मृत्यु हो गई।

बुद्धिमान व्यापारी की कहानी

ईसा ने कहा : स्वर्ग का राज्य उस एक व्यापारी की तरह है, जिसके पास

व्यापार का माल था और जिसने एक मोती खोज लिया था। उसने अपना सारा माल बेच दिया और केवल मोती अपने लिए खरीद लिया। आप भी, इस स्थायी और कारगर खजाने को खोज लो, जहाँ कोई पतंगा इसे चट करने को इसके निकट नहीं पहुँच सकता और कोई कीड़ा इसे नष्ट नहीं कर सकता।

उपर्युक्त मोती के संदर्भ का आशय यहाँ आत्मा के चिरंतन धन से है।

विचार मनन

ईसा मसीह की शिक्षा को जो भी (गैर-ईसाई भी) पढ़ता है, वह जिस गहनता, गूढ़ता और दृढ़ता से ईसा ने अपने अनुयायियों को शिक्षा दी है, उससे द्रवित होकर रह जाते हैं। उन्होंने बाह्य शक्तियों का हवाला नहीं दिया, बल्कि अपनी ही सत्ता के प्रति विश्वास के साथ कहा। वह हमेशा ही कहानियों के माध्यम से शिक्षा देते थे—प्रकृति, कृषि और सामान्य जन-जीवन से जुड़ी कहानियाँ, जिनमें गूढ़ और जटिल शिक्षाएँ समाहित होती हैं। कहा जाता है कि उनकी शिक्षाएँ लोगों को अवाक्, मौन और अपनी स्वधर्मिता से लोगों को हिलाकर रख देती थीं। अन्य बातों से सर्वोपरि वह प्रेममय ईश्वर की बात करते थे, वे दूसरे लोगों की उतनी ही परवाह करते थे, जितनी हम स्वयं की करते हैं, ईश्वर की आनेवाली सत्ता और चिरंतन जीवन के बारे में बात करते हैं।

ईसा हमें सिखाते थे कि ईश्वर हम सभी को प्रेम करनेवाला पिता है—ईश्वर व्यक्तिगत रूप से हममें से हरेक को उसी तरह जानता है और प्रेम करता है, जैसे माता-पिता अपने बच्चों को जानते हैं और उनसे प्रेम करते हैं। ईश्वर उन्हें अच्छी चीजें प्रदान करेंगे, जो उनसे उन्हें माँगेगा : "क्योंकि जो माँगता है, वह प्राप्त करता है और जो खोजता है, वह पा लेता है और जो दरवाजा खटखटाता है, उसके लिए द्वार खुल जाता है।" ईश्वर प्रेममय और दयालु है, वह पश्चात्ताप करनेवाले पापियों को माफ कर देता है। शंकालु फारसी, निकोडेमस से बात करते समय ईसा ने अपना स्वयं का देवत्व प्रकट किया। ईश्वर ने जिन लोगों को बनाया है, उन्हें प्रेम करता है। यहाँ तक कि उन्हें बुराइयों और उनके पाप के रास्ते से रक्षा करने के लिए

उन्होंने अपने पुत्र ईसा को भेज दिया। जो ईसा और उनकी शिक्षा पर अपनी आस्था रखते हैं, उनकी रक्षा होती है और वे ईश्वर के आध्यात्मिक साम्राज्य में पहुँच जाते हैं : ईश्वर संसार से इतना प्रेम करता है कि उसने अपने एकमात्र पुत्र को प्रदान कर दिया, जो कोई भी उन पर आस्था रखेगा, उसका विनाश नहीं होगा, अपितु चिरंतन जीवन को प्राप्त होगा। ईश्वर ने अपने बेटे को संसार में संसार का निर्णय करने नहीं भेजा, बल्कि इसलिए भेजा है कि उसके माध्यम से दुनिया बची रहे।

मेरी-ईसा की माँ

''स्वर्ग में ईश्वर का मंदिर खुला और उनके मंदिर में लोगों को प्रभु द्वारा दिया गया पुनः पृथ्वी पर लौटने का वचन याद आया, और वहाँ बिजली कड़की, बादल गरजे भूकंप आया, ओले गिरे और तभी स्वर्ग में एक महान् शुभ शकुन नजर आया—सूर्य का परिधान धारण किए एक महिला, जिसके पैरों तले चंद्रमा था और जिसके सिर पर बारह तारों का एक ताज था।''

—मदर मेरी का दर्शन रेवीलेशन में (न्यूटेस्टामेंट की अंतिम पुस्तिका) 11:19:1

कैथोलिक (रोम के पोप के ईसाई अनुयायी) और प्रोटेस्टेंट (रोम के पोप को न मानने वाले ईसाई) दोनों ही ईसा मसीह की माँ के रूप में पवित्र मेरी का सम्मान करते हैं। उनमें से बहुतेरों के लिए वह थिओटोकोस (यूनानी, ईश्वर का दूत) है।

जहाँ तक बाइबल में मेरी के संदर्भों की बात है, तो शायद पहला संदर्भ इसिया 7:14: में पाया जाता है। यहाँ हमें एक भविष्यवाणी मिलती है कि ईसा एक कुँवारी कन्या से जन्म लेगा—

> ''इसीलिए ईश्वर स्वयं तुम्हें एक चिह्न प्रदान करेगा। देखो, एक कुँवारी कन्या गर्भ धारण करेगी और उसका बेटा होगा और वह उसे इमेनुअल नाम से पुकारेगी।'' (यहाँ इमेनुअल से तात्पर्य है 'ईश्वर हमारे साथ')

...गर्भधारण की कहानी ल्यूक 1:26-28 से संबंधित है : ''छठे माह में फरिश्ता गैब्रिल ईश्वर की ओर से नज़ारेथ नामक शहर में भेजा गया, जहाँ एक कन्या की सगाई एक व्यक्ति के साथ हुई, जिसका नाम जोसेफ था और कन्या का नाम मेरी था। उसने कुँवारी कन्या के पास आकर कहा, ''अभिनंदन, कृपामयी ईश्वर तुम्हारे साथ है।''

लेकिन उसकी बात से मेरी बड़ी उलझन में पड़ गई और सोचने लगी यह कैसा अभिनंदन है!

फरिश्ते ने उससे कहा, ''डरो मत, मेरी; क्योंकि तुम्हें ईश्वर की कृपा प्राप्त हुई है और अब तुम गर्भधारण करोगी और एक बालक को जन्म दोगी। उस बालक का नाम तुम ईसा रखोगी। वह महान् होगा और वह परमपिता का पुत्र होगा और ईश्वर उसे अपने पूर्वज डेविड का सिंहासन प्रदान करेंगे। वह जैकब के घर में सदा शासन करेगा और उसके साम्राज्य का कोई अंत नहीं होगा।''

मेरी उलझन में थी, उसने फरिश्ते से कहा, ''ऐसा कैसे हो सकता है, क्योंकि मैं तो कुँवारी हूँ?''

फरिश्ते ने उससे कहा, ''तुम पर पवित्र आत्मा का साया पड़ेगा और सर्वोच्च की शक्ति तुम्हें अपने वशीभूत कर लेगी, इसीलिए जन्म लेनेवाला बच्चा पवित्र होगा, वह ईश्वर का पुत्र कहलाएगा। और अब तुम्हारी रिश्तेदार एलिजाबेथ ने भी अपनी वृद्धावस्था में एक पुत्र का गर्भधारण किया है, जिसे बाँझ कहा जाता है, उसका यह छठवाँ महीना है। क्योंकि ईश्वर के लिए कुछ भी असंभव नहीं होगा।''

तभी मेरी उसकी बात से संतुष्ट हुई और कहा, ''मैं ईश्वर की सेवक बनने के लिए हाज़िर हूँ वैसा ही हो, जैसा तुमने मुझसे कहा है।'' तब फरिश्ता वहाँ से चला गया।

तदुपरांत मेरी अपनी रिश्तेदार एलिजाबेथ से मिलने जाती है, जो मेरी के साथ होने वाले चमत्कार को जानती है और खुशी-खुशी मसीहा की माँ के रूप में उसका अभिनंदन करती है।

मैथ्यू 1:18:25 से हमें मालूम होता है कि किस तरह ईसा मसीह के जन्म की घटना हुई। उनकी माँ मेरी, जोसेफ से विवाह करने की शपथ ले चुकी थी, लेकिन उनके मिलन के पहले ही वह पवित्र आत्मा के माध्यम से गर्भवती हो चुकी थी। उसका होनेवाला पति एक पवित्र और निष्ठावान व्यक्ति था और कानून को माननेवाला था। वह उसे (मेरी) लोगों की निंदा-अपमान का पात्र नहीं बनाना चाहता था, इसीलिए उसने उसे चुपचाप तलाक दे देने की बात मन में सोच रखी थी।

लेकिन भले ही वह ऐसा विचार कर रहा था, तभी ईश्वर का फरिश्ता उसके सपने में प्रकट हुआ और कहा, "डेविड के पुत्र जोसेफ, मेरी को अपनी पत्नी के रूप में अपने घर ले जाने से भयभीत मत हो; क्योंकि उसके गर्भ में जो है, वह पवित्र आत्मा का अंश है। वह एक पुत्र को जन्म देगी और तुम्हें उसे ईसा (जीसस) नाम देना है (जिसका मूल अर्थ होता है 'ईश्वर रक्षा करता है'), क्योंकि वह लोगों के पापों से उनकी रक्षा करेगा।"

वह सब घटित होकर साकार हुआ, जो ईश्वर ने फरिश्ते के माध्यम से कहा था : "कुँवारी गर्भधारण करेगी और एक पुत्र को जन्म देगी और वे उसे इमेनुअल कहकर पुकारेंगे।"

जब जोसेफ नींद से जागा, तो उसने वही किया, जो ईश्वर के फरिश्ते ने करने के लिए उसे आदेशित किया था। वह मेरी को बतौर अपनी पत्नी घर ले गया। लेकिन बच्चे को जन्म देने तक उसने विवाह की रस्म पूरी नहीं की। उसने पुत्र को ईसा नाम दिया। 'हेल मेरी' प्रार्थना में केथोलिक माला का हिस्सा बहुत सुंदर और पवित्र है, वास्तव में वो मध्यस्थता (अनुनय) की प्रार्थना है, उसे एवं मारिया (लैटिन) या दिव्य समाधान भी कहा जाता है, जो गीत काव्यों में एक निर्मल धारणा के रूप को दर्शाता है।'

'हेल मेरी' कृपा से भरपूर, प्रभु आपके साथ है, महिलाओं में तुम सबसे धन्य हो और तुम्हारे गर्भ से निकला परिणाम धन्य है, जीसस।

पवित्र मेरी प्रभु की माँ, हम पापियों के लिए प्रार्थना करो, अभी और हमारे अंतकाल के समय। आमीन!

सेंट ल्यूक्सि की धर्मशिक्षा से दो अंशों को इस प्रार्थना में शामिल किया गया है।

"हेल, कृपा से भरपूर प्रभु तुम्हारे साथ हैं।" और महिलाओं में तुम सबसे धन्य हो और उनके गर्भ से निकला परिणाम भी धन्य है। ये सुंदर प्रार्थना चार्लरा फ्रेंकोइस गौड और फ्रेंज़ शुबर्ट के द्वारा संगीत के लिए निर्धारित किया गया, जो 'अवे मारिया' के रूप में प्रसिद्ध हुआ।

ल्यूक 2:1-7 ईसा के जन्म के पूर्व की घटनाओं का वर्णन करता है। हमें बताया गया है कि उन दिनों सम्राट् आगस्टस की ओर से एक आदेश जारी किया गया था कि रोमन साम्राज्य और इसके सभी प्रांतों में की जा रही जनगणना में सभी को पंजीकृत होना चाहिए। पंजीकृत होने के लिए हर किसी को अपने गृह कस्बों को लौटना था। इसीलिए जोसफ भी नज़ारेथ में, गैलली से जुडाईया, डेविड के नाम से जाना जाने वाला बेथलेहम, में लौट गया, क्योंकि वह डेविड के घर और परिवार से था। वह मेरी, जिसके साथ उसकी सगाई हुई थी और जो गर्भवती थी, के साथ

पंजीकृत होने के लिए वहाँ गया। उनके वहाँ रहने के दौरान उसके (मेरी) बच्चे को जन्म देने का समय आ गया। और उसने अपने प्रथम पुत्र को जन्म दिया तथा उसे एक कपड़े में लपेटकर नाँद में रख दिया, क्योंकि सराय में उसके लिए कोई जगह नहीं थी।

ल्यूक 2:8-20 गड़रिए और फरिश्तों की खूबसूरत कहानी बताती है, जो शिशु ईसा से मिलने के लिए आए। रात के समय अपनी भेड़ों को ताक रहे, मैदानों में रहनेवाले गड़ेरियों के पास ईश्वर का एक फरिश्ता आया और उनसे कहा, "डरो मत, देखो, मैं तुम सभी लोगों के लिए खुशी का समाचार लेकर आया हूँ। आज डेविड के शहर में तुम्हारे लिए एक मसीहा ने जन्म लिया है, जो ईश्वर है। उसकी पहचान का चिह्न यह है कि तुम्हें वह बच्चा कपड़े में लिपटा हुआ एक नाँद में पड़ा हुआ मिलेगा।" और उन्होंने आकाश से स्वर्गीय कोरस गाते हुए सुना : "उच्चतम स्वर्ग में प्रभु की महिमा और धरती पर जिनको वह चाहता है, उनके लिए शांति।"

गड़ेरियों ने एक-दूसरे से कहा, "आओ बेथलेहम चलें और इस घटना को देखें, जिसे ईश्वर ने हम पर प्रकट किया है।" इसलिए वे जल्दबाजी में वहाँ पहुँचे और वहाँ मेरी, जोसेफ और नाँद में बच्चे को पड़ा पाया। जब उन्होंने यह देखा, तो जो कुछ भी उन्हें इस बालक के विषय में बताया गया था, वह उन्हें मालूम हो गया और जिन्होंने यह सब सुना, वे सब-के-सब गड़ेरियों की बात से स्तब्ध रह गए। लेकिन मेरी ने इन सभी बातों को सँजोकर रख लिया और अपने हृदय में उन पर मनन करने लगी। गड़ेरियों के बताए अनुसार देखा और सुना, उसके लिए ईश्वर का गुणगान और प्रशंसा करते हुए वे लौट गए।

ईसा के बाल्यकाल से जुड़ी अगली घटना की जानकारी हमें मैथ्यू 2:1-12 से मिलती है, जिसे कहते हैं मागी की यात्रा। हमें बताया जाता है कि पूर्व से आने वाले ये तीन बुद्धिमान पुरुष एक तारे का अनुसरण करते हुए यहूदियों के नए राजा का पता करने के लिए आए, किंतु उन्हें इस विचार के प्रति रोम की दुश्मनी का अहसास नहीं था। हेरोड उनसे अनुरोध करता है कि वे लौटकर नए नेता के विषय में उसे सूचना दें। तारा उनका नेतृत्व करते हुए बेथलेहम ले जाता हे, जहाँ वे उस बच्चे और मेरी को देखते हैं और घुटनों के बल बैठकर उनका अभिवादन करते हैं। तत्पश्चात् अपने खजानों को खोलकर वे उन्हें ढ़ेर सारा स्वर्ण, इत्र और लोहबान उपहार में देते हैं। उन्हें स्वप्न में सूचना मिलती है कि बिना हेरोड से मिले वे वापस घर लौट जाएँ।

ल्यूक 2:21-40, ईसा के नामकरण और मंदिर में प्रस्तुति की घटनाओं का विवरण प्रस्तुत करता है—उसके जन्म के आठ दिन के बाद उसके माता-पिता उसे

मंदिर ले जाते हैं, उसका खतना किया जाता है और उसकी ओर से बलि दी जाती है। यहाँ उनकी मुलाकात एक न्यायप्रिय और धार्मिक व्यक्ति सीमियन से होती है, जो शिशु को अपनी बाँहों में लेकर घोषणा करता है, "यह बालक इजराइल में बहुत से लोगों के उत्थान और पतन का कारण बनेगा और एक ऐसा प्रतीक होगा, जिसका विरोध किया जाएगा, ताकि बहुतों के आंतरिक विचार प्रकट हो सकें। वह कुँवारी माँ को एक चेतावनी भी देता है, '...और तुम्हारी आत्मा को भी तलवार छलनी कर देगी।"

मैथ्यू 2:13-18 में बाद की घटनाएँ—मिस्र की उड़ान और बेगुनाहों का कत्लेआम-वर्णित हैं। बुद्धिमान व्यक्तियों के चले जाने के बाद ईश्वर का फरिश्ता जोसेफ के स्वप्न में आया और कहा, "उठो, बच्चे और उसकी माँ को अपने साथ लेकर मिस्र भाग जाओ, वहाँ तब तक रुके रहो, जब तक मैं न कहूँ, क्योंकि हेरोड का इरादा बच्चे को ढूँढ़कर उसे मार डालने का है।"

जोसेफ फरिश्ते की आज्ञा का पालन करता है, बच्चे और उसकी माँ को अपने साथ लेकर उस रात वह मिस्र चला जाता है, जहाँ वह हेरोड के मरने तक रुके रहते हैं। इससे भी फरिश्ते के माध्यम से ईश्वर द्वारा कही गई बात पूरी होती है : 'मैंने अपने बच्चे को मिस्र से बाहर बुला लिया।'

हेरोड को जब यह पता चला कि उसे बुद्धिमान व्यक्तियों के द्वारा मूर्ख बना दिया गया तो वह क्रोधित हो जाता है और आदेश देता है कि बेथलेहम और उसके आस-पास के इलाके में सभी दो साल के बच्चों (उस जन्मदिन के आधार पर, जिसे उसने बुद्धिमान व्यक्तियों से सावधानी से जान लिया था) को मार डाला जाए।

ईसा का नाँद में जन्म, मागी का आना, मिस्र की उड़ान और बेगुनाहों का कत्लेआम, ये सभी विषय इटली के पुनर्जागरण काल के चित्रकारों द्वारा अपनी चित्रकारियों में प्रकट किए गए हैं।

मैथ्यू 2:19-23 में पवित्र परिवार के नज़ारेथ लौटने का विवरण दर्ज है। मिस्र में एक बार फिर जोसेफ के स्वप्न में ईश्वर का फरिश्ता प्रकट हुआ और उसने मैरी और ईसा को इजराइल वापस ले जाने के लिए कहा; क्योंकि जो बच्चे को मारना चाहते थे, वे मर चुके थे। एक बार फिर जोसेफ फरिश्ते के कहे अनुरूप गैलिली के नजारेथ गाँव लौट गया।

ल्यूक 2:41-52 बालक ईसा के मंदिर में होने की महत्त्वपूर्ण कहानी हमें बताता है। जब ईसा बारह साल के थे, उनके माता-पिता फसह त्योहार के लिए उन्हें येरूशलम ले जाते हैं। जब वे नजारेथ वापस लौटते हैं, तो ईसा पीछे छूट जाते

हैं। एक दिन बाद वे लौटकर मंदिर जाते हैं और उन्हें वहाँ पाते हैं। जब वे उन्हें इतनी चिंता में डाल देने के लिए डाँटते हैं, तो वे यही उत्तर देते हैं, "आप मुझे क्यों खोज रहे थे? क्या आप नहीं जानते कि मैं अपने पिता के घर में ही उपस्थित रहूँगा?"

जॉन 2:1–12 कैना में शादी–समारोह का विवरण प्रस्तुत करता है। मेरी और ईसा दोनों को शादी में आमंत्रित किया गया है। मेजबानों के पास अतिथियों को परोसने के लिए शराब कम पड़ जाती है और मेरी के अनुरोध पर ईसा पानी को शराब में बदल देते हैं। ल्यूक आगे बताता है, "ईसा ने यह काम (अपने संकेतों में से पहला) गैलिली के कैना में करके अपना चमत्कार प्रकट किया और उनके शिष्यों ने उन पर विश्वास किया।" इस तरह पहला चमत्कार उनकी माँ के अनुरोध पर किया गया।

मैथ्यू 13:54–58 ईसा के गृहनगर लौटने की कहानी बताता है। लेकिन वे एक स्थानीय प्रार्थनास्थल में शिक्षण प्रारंभ करते हैं, तो उनका संदेह और अविश्वास के साथ अभिनंदन किया जाता है। उन्हें उपदेश देते सुनकर उनके कस्बेवाले एकदम भौंचक्के रह जाते हैं। वे कहते हैं, "इस आदमी को यह ज्ञान और शक्ति के कार्य कैसे और कहाँ से हासिल हुए? क्या यह बढ़ई का बेटा नहीं है? क्या मेरी इसकी माँ नहीं है? और क्या जेम्स, जोसेफ, साइमन और जूडस इसके भाई नहीं हैं? और क्या उसकी सभी बहनें हमारे साथ नहीं हैं? तो फिर इस आदमी को यह सब कहाँ से मिला?"

हमें बताया जाता है कि वे उनसे चिढ़ गए। लेकिन ईसा उन्हें बताते हैं, "अपने गाँव और घर को छोड़कर मसीहा कहीं भी बिना सम्मान के नहीं रहते।"

जॉन 19:25–28 से ही हमें गॉस्पेल (ईसा की शिक्षाएँ) में मेरी की अंतिम राय मिलती है। मेरी, प्रिय शिष्य जॉन और मेरी मैगेडलिन उस सलीब के नीचे नजर आते हैं, जिस पर ईसा को सूली पर चढ़ाया जाता है। जब ईसा ने अपनी माँ और उसके बगल में खड़े अपने प्रिय शिष्य को देखा, तो उसने अपनी माँ से कहा, "नारी, ये रहा तेरा बेटा।" फिर उन्होंने अपने शिष्य से कहा, "ये रही तुम्हारी माँ।" और उसी क्षण शिष्य (जॉन) उसे अपने घर ले गया।

यहाँ भी महान् कलाकारों और चित्रकारों ने ईश्वर की माँ के दुःख–दर्द की छवि 'पिएटा' जैसी अमर कृतियों में हमारे लिए उद्धृत की है।

इस तरह गॉस्पेल (ईसा की शिक्षाएँ) हमें ऐसी सजीव परिपाटी प्रदान करती हैं, जो ईश्वर की माँ का बिना अतिशयोक्ति के सम्मान करती हैं। उसके दैवीय प्रकटीकरण और 'मातृत्व उपस्थिति' की कहानी चर्च के जीवन में सदा क्रियाशील रहती है।

विचार मनन

मैडोना (ईसा की माँ, मेरी) की सर्वाधिक खूबसूरत तसवीरों में एक अमर चित्रकार रैफील की 'द मैडोना ऑफ द बैरल' नामक चित्रकारी है। इसे इटली के फ्लोरेंस, में एक म्यूजियम में प्रदर्शित किया गया है। जब आप इसे सावधानी से देखते हैं, तो आप पाते हैं कि इसे कैनवास पर चित्रित नहीं किया गया है, बल्कि पीपे (बैरल) के ढक्कन पर बनाया गया है। इसे अब खूबसूरती से फ्रेम करा दिया गया है।

'द मैडोना ऑफ द बैरल' बनी कैसे? हमें बताया जाता है कि एक दिन रैफील, फ्लोरेंस के व्यस्त बाजार से गुज़र रहा था, तभी उसकी नजर सड़क के किनारे बैठी हुई एक गरीब औरत पर पड़ी, जो अपने बच्चे को दूध (स्तनपान) पिला रही थी। उसके कपड़े अस्त-व्यस्त थे, लेकिन उसके चेहरे पर मातृत्व प्रेम की दैवीय चमक थी। इस दृश्य से रैफील इतना भाव-विभोर हुआ, उसी क्षण उसने उसे अपनी चित्रकारी में कैद करने का निश्चय कर लिया। रंग और ब्रुश तो उसने अपनी जेब में ही रखे हुए थे, लेकिन कैनवास वहाँ नहीं था।

उसने पास ही एक पुराने पीपे के ढक्कन को पड़ा देखा और उस पीपे के ऊपरी हिस्से पर ही उसने चित्रकारी कर दी, आज भी लोग मातृत्व प्रेम की दैवीय अभिव्यक्ति के रूप में जिसकी सराहना करते हैं।

माँ के रूप में मेरी मातृभाव का गहन प्रतीक है—ईश्वर को दैवीय माँ के रूप में देखते हुए, जब ईश्वर को हम अपनी माँ के रूप में देखते हैं, तो हम अपने जीवन की किसी भी दशाओं और परिस्थितियों में उसके पास पहुँचने में नहीं हिचकिचाते। किसी और दृष्टिकोण में ईश्वर के प्रति हम इतनी निकटता और घनिष्ठता नहीं पाते, जितना हमें 'गातृभाव' में प्राप्त होती है।

'त्वमेव माता च पिता त्वमेव' प्रसिद्ध प्रार्थना है। ईश्वर हमारी प्रिय माँ है, वह हमारा प्यारा पिता है। यदि हम उसको माँ के रूप में देखते हैं, तो हम उससे अत्यंत निकटता का अनुभव करते हैं।

गॉस्पेल्स में मेरी नाम की अविस्मरणीय महिलाएँ

''लेकिन मार्था ज्यादा सेवा करने को लेकर परेशान थी, उनके (ईसा) निकट आकर उसने कहा, ''स्वामी, क्या आप नहीं देख रहे हैं कि मेरी बहन ने सेवा करने के लिए मुझे अकेला छोड़ दिया है? इसलिए उससे मुझे मदद करने के लिए कहिए।'' और ईसा ने उत्तर दिया, ''मार्था, तुम बड़ी सजग हो और कई बातों का ख्याल रखती हो। लेकिन एक बात जरूरी है : मेरी ने वह अच्छा भाग चुन लिया है, जो उससे अलग नहीं किया जा सकेगा।''

—सैंट ल्यूक 10:40-2

एक अमेरिकी महिलावादी (फैमिनिस्ट) इतिहासकार राचेल इवान्स गॉस्पेल की महिलाओं के विषय में लिखता है—

''ईसा के प्रारंभिक अनुयायियों का हवाला देते समय गॉस्पेल के लेखक प्राय: शिष्यों के दो वर्गों के बारे में बात करते हैं : द ट्वेल्व और द वुमेन। 'द ट्वेल्व' से तात्पर्य बारह यहूदी व्यक्तियों से है, जिन्हें ईसा ने अपने निकटतम साथियों एवं इजराइल की बारह जनजातियों के प्रतीक

पहले अग्रदूत (मसीहों) के रूप में चुना था। 'द वुमेन' से तात्पर्य अनिश्चित संख्या में महिला शिष्यों से है, जो ईसा का अनुगमन करती थीं। वे अपने घरों में उनका स्वागत करती थीं, उनके समूह की वित्तीय मदद करती थीं और अपनी निष्ठा तथा प्रेम के कार्यों के माध्यम से 'द ट्वेल्व' को शिक्षा देती थीं। ईसा की भविष्यवाणी के अनुरूप अधिकतर 'ट्वेल्व' (बारह निकटतम यहूदी मित्र) ने उनकी मृत्यु के समय उन्हें त्याग दिया (जॉन 16:32)। लेकिन महिलाएँ उनकी मृत्यु, दफनाने की प्रक्रिया और पुनर्जीवन के दौरान उनके साथ रहीं।''

हैरानी की बात यह है कि उनमें से अनेक का शुभ नाम मेरी ही था। गॉस्पेल में ईसा की माँ के अलावा कई मेरी हैं—

1. एक बेदैनी (Bethany) की मेरी है। जॉन उसकी पहचान मार्था और लाजरस की बहन के रूप में करता है, जो ईसा के चरणों को इत्र से धोती है और अपने बालों से उन्हें पोंछती है। जॉन द्वारा दिए गए वर्णन में जूडस द्वारा मेरी को सजा दी जाती है।

   ल्यूक उसके बारे में कहता है—

   ईसा और उनके शिष्य भ्रमण करते हुए एक गाँव पहुँचे, जहाँ मार्था नामक औरत ने उन्हें अपने घर बुलाया। उसकी एक बहन थी, जिसका नाम मेरी था, जो ईसा की बातें सुनते हुए उनके कदमों के पास बैठ गई। लेकिन मार्था का ध्यान उनके स्वागत की तैयारियों में भटक गया। वह उनके पास आई और कहा, ''स्वामी, क्या आप नहीं सोचते कि सारा काम करने के लिए मेरी बहन ने मुझे अकेला छोड़ दिया है? कृपया उसे मेरी मदद करने के लिए कहिए।''

   ईसा ने उत्तर दिया, ''मार्था, मार्था तुम बहुत सी बातों को लेकर चिंतित और परेशान हो, लेकिन कुछ ही बातों की जरूरत है, वस्तुतः वह एक ही बात है। मेरी ने उसे चुना, जो बेहतर है और इसे उससे कभी भी अलग नहीं किया जाएगा।''

   मैथ्यू, मार्क और जॉन एक इसी नाम की अन्य महिला के बारे में बताते हैं, मृत्यु की साजिश के कुछ दिनों पूर्व, ईसा और उनके शिष्य बेदैनी के एक कोढ़ी साइमन के घर भोजन कर रहे थे। जब वे मेज पर झुके हुए थे, तभी एक औरत, जिसकी पहचान जॉन बेदैनी की मेरी के रूप में करता है, एक मर्तबान में महँगा इत्र लेकर पहुँची। यह इत्र

लगभग साल भर की मजदूरी के बराबर था। ईसा मसीह के शरीर पर इत्र उड़ेलकर मेरी ने मर्तबान तोड़ दिया।

यहाँ जॉन लिखता है कि मेरी ने ईसा के चरणों का अभिषेक किया और उन्हें अपने बालों से पोंछा, वहीं मैथ्यू और मार्क बताते हैं कि बेदैनी की उस महिला ने ईसा के सिर का भी अभिषेक किया था। दोनों ही कार्य अहम प्रतीकात्मक अर्थ रखते हैं। महान् राजाओं और नेताओं का ही उनके राजतिलक के दौरान तेल से अभिषेक किया जाता था। इस तरह ईसा का अभिषेक करके बेदैनी की मेरी एक देवदूत बन गई, जिसने ईसा को एक मसीहा के रूप में पहचाना।

उसे कीमती सुगंधित तेल को नष्ट करने के कृत्य के लिए अन्य शिष्यों द्वारा सजा दी जाती है। लेकिन एक अप्रत्याशित तरीके से ईसा उसके बचाव में आते हैं : "उसे अकेला छोड़ दो," ईसा ने कहा, "ऐसा इरादा था कि उसे यह इत्र मेरे दफनाने के दिन के लिए बचाकर रखना था। तुम्हारे बीच गरीब लोग हमेशा रहेंगे, लेकिन तुम्हारे बीच मैं सदा नहीं रहूँगा।"

जब कभी भी ईसा ने अपनी आने वाली मृत्यु की बात की थी—शिष्यों ने सदा उस बात को नकार दिया था। ईसा की आगामी मृत्यु का उल्लेख करनेवाले शब्दों में ऐसा दु:ख का भाव है, जिसे नकारा नहीं जा सकता। मेरी को इस सत्य का भान था या नहीं, इस बात को स्पष्ट नहीं किया गया है, लेकिन निश्चित रूप से अपने अंतर्ज्ञान से उसने इसे भाँप लिया था।

2. जेम्स और जोसेफ की माँ का नाम भी मेरी है। मेरी मैगेडलिन और क्लोपास की मेरी के साथ-साथ, मेरी जेम्स की माँ भी; उन तीनों मेरी नाम की महिलाओं में एक थी, जो ईसा के अंतिम क्षणों में सलीब के निकट उपस्थित थी। बड़ी विचित्र बात है, ये ही वे महिलाएँ हैं, जिन्हें सजायाफ्ता गुरु की शिष्याएँ होने का कोई भय नहीं है।

उनके दफनाए जाने के बाद वह उनके मकबरे पर भी जाती है और एक लोबान ले जानेवाले के रूप में पहचानी जाती है, अर्थात् वे जो यहूदी कर्म-कांडों के मुताबिक दफन क्रिया के लिए जड़ी-बूटियाँ और मसाले ले जाते थे। उसे जेम्स दि लेस नामक फरिश्ते की माँ के रूप में

जाना जाता है। गॉस्पेल में उसके विषय में बहुत कम खुलासा किया गया है।

3. एक मेरी क्लोपास की पत्नी है। क्लोपास की मेरी का स्पष्ट उल्लेख केवल जॉन 19:25 में किया गया है, जहाँ वह उन महिलाओं में से एक है, जो ईसा को सूली पर चढ़ाते समय वहाँ उपस्थित थी :

    "अब ईसा की सलीब के पास उनकी माँ और उनकी माँ की बहन मेरी, क्लोपास की पत्नी और मेरी मैगेडलिन खड़े थे।"

    कुछ विद्वानों का कहना है कि यह मेरी क्लोपास की पत्नी थी, जो वस्तुतः ईसा के पिता जोसफ का भाई था। मैथ्यू (28:1) इसे मेरी मैगेडलिन से पृथक् करने के लिए 'दूसरी मेरी' पुकारता है।

4. अंतिम किंतु अहम है मेरी मैगेडलिन। मेरी मैगेडलिन के नाम का उल्लेख ईसा की सर्वाधिक अग्रपंक्ति के शिष्यों के रूप में न्यू टेस्टामेंट में आता है। गॉस्पेल के नियमों में उसकी भूमिका छोटी है, किंतु यह उन विद्वानों के लिए विशेष रुचि की बात है, जो ईसाइयत के प्रारंभ में महिलाओं की भूमिका के विषय के अलावा ईसा के जीवनकाल में उनकी मंडली के विषय में जानना चाहते हैं।

ल्यूक 8:1-3 में हम पढ़ते हैं—अब इसके बाद (ईसा) गाँवों, शहरों में उपदेश देते और ईश्वर के राज्य के शुभ समाचार की घोषणा करते हुए अपना पथ-प्रशस्त करते गए। उनके साथ 'ट्वेल्व' (बारह शिष्य) और कुछ महिलाएँ थीं, जिन्हें बुरी आत्माओं और बीमारियों से मुक्त कर दिया गया था। मेरी, जिसका उपनाम मैगेडालिन था, जिससे सात दैत्य बाहर निकले थे, जोअन्ना, हेरोड के भंडारी (स्टेवार्ड) चुजा की पत्नी और कई अन्य, जिन्होंने अपने संसाधनों से उनकी मदद की।

संदर्भ कि सात दैत्यों (शैतान नहीं) को उससे (मेरी से) बाहर भगा दिया गया, से वस्तुतः क्या आशय है? यह उसके पाप की हद है कि वह शायद अत्यधिक उत्तेजना का शिकार थी, इसलिए उसे मिर्गी के दौरे पड़ते थे और यह कि ईसा का पवित्र दृश्य और उनकी शांतिमय दृष्टि ने उसे हमेशा के लिए उस बीमारी से ठीक कर दिया। इसका अर्थ चरित्र की दुष्टता नहीं है, बल्कि केवल मानसिक विक्षिप्तता है, जो लगातार अभी हाल के समय तक 'शैतानी प्रभाव' के रूप में जुड़ी रही है।

एक बाइबल विद्वान ने कहा, जब ईसा ने उसकी रक्षा की, तब उन्होंने उसके बलिदान, सहिष्णुता और साहस जैसे सर्वोच्च गुणों को स्वतंत्र कर दिया। राक्षसों से मुक्त होकर मेरी मैगेडलिन एक समर्पित शिष्या बन गई।

यह विशेष मेरी अपने नाम की दूसरे महिलाओं से विशिष्ट है, क्योंकि उपनाम 'मैगेडलिन', जो विद्वानों के अनुसार उसके जन्मस्थान मैगेडलिन से जुड़ा हुआ है, 'ठीक उसी तरह जैसे ईसा को उनके नजारेथ से संबंधित होने के कारण 'नजारेने' कहा जाता था।' मैगेडलिन का अर्थ 'मीनार' या 'महल' है और यह उस समय गैलिली के तट पर एक अच्छा आबाद शहर था, जो कि कैपरनॉम से तीन मील दूर था। कहा जाता है कि मैगेडलिन में रँगाई का कार्य और कपड़ों के कारखाने थे, जिससे वहाँ के लोग धनी थे। विद्वान् महसूस करते हैं कि मैगेडलिन उस शहर के उद्योग से जुड़ी थी, क्योंकि वह साधन-संपन्न महिला लगती थी। इस गद्यांश में उल्लेख है कि उसका अपना भी संसाधन था, जिसके चलते वह अपने दिव्य गुरु के साथ आ सकी और ईसा की यथाशक्ति सेवा कर सकी। हम यह भी मान सकते हैं कि चूँकि वह भगवान् ईसा और उनके शिष्यों के साथ घूमने के लिए स्वतंत्र थी, तो वह परिपक्व उम्र की और पारिवारिक जिम्मेदारियों से मुक्त रही होगी, वरना वह घर से बाहर नहीं निकल पाती।

सूली के बाद जॉन हमें बतलाता है, ''लेकिन ईसा की सलीब के पास उनकी माँ और उनकी माँ की बहन, मेरी (क्लोपास की पत्नी) और मेरी मैगेडलिन खड़े थे।''

मैथ्यू हमें यह भी बतलाता है कि मेरी मैगेडलिन उस मकबरे के बगल में बैठी पाई गई थी, जहाँ ईसा को दफनाया गया था। जब सैबॅथ अर्थात विश्राम दिवस (रविवार) समाप्त हुआ तो मेरी मैगेडलिन और मेरी, जेम्स की माँ और सैलोमे ने मसाले खरीदे, ताकि वे उससे (ईसा) का अभिषेक कर सकें।

सबसे पहले उसी को ज्ञात हुआ था कि ईसा का मकबरा खाली है। 'अब सप्ताह के पहले दिन मेरी मैगेडलिन मकबरे पर सुबह तड़के जब हलका अँधेरा था, पहुँची' और देखा कि मकबरे से पत्थर पहले ही ले जाया जा चुका था।

मकबरे बाग में ईसा जिस सलीब पर मृत्यु को प्राप्त हुए थे, उसके आस-पास बने रहनेवाले शिष्यों में वह प्रथम थी, जो ईसाई इतिहास की अहम घटना और ईसाइयत के ध्रुवीय सत्य 'ईसा के पुनर्जीवित' होने की गवाह बनी थी। पुनर्जीवन की उस घटना को सबसे पहले देखने का अद्भुत और महान् सम्मान देने के लिए ईश्वर ने मेरी मैगेडलिन को चुना था! जैसा कि जॉन के दृष्टांत से हम

उपर्युक्त को जानते हैं कि वह पहले ईस्टर की सुबह तड़के मकबरे के निकट उपस्थित थी और जब दिन की सबसे पहली प्रकाश किरण येरूशलम में पड़ी, उस समय उसने गुफा के भीतर झाँका। उसे खाली पाकर वह रोई थी। मकबरा खाली पाकर (जॉन ने हमें बताया) मेरी, पीटर और जॉन के पास भागकर गई और चीखकर बोली, ''वे भगवान् (ईसा) को मकबरे से उठाकर कहीं ले गए हैं और हमें पता नहीं कि उन्होंने उन्हें कहाँ रखा है?''

पीटर और जॉन मेरी मैगेडलिन के साथ मकबरे पर लौटते हैं और पाते हैं कि उसने सत्य कहा था। फिर वे सभी अपने-अपने घरों को लौट जाते हैं, किंतु मेरी वहीं रहती है। वह मकबरे के दरवाजे के पास रोते हुए खड़ी रही। हमें बताया जाता है कि जब वह रो रही थी, उसी समय दो फरिश्ते उपस्थित हुए और जहाँ ईसा के शरीर को रखा गया था, वहीं एक सिर के पास और दूसरा पैर के पास खड़ा हो गया। उसे दु:खी और भयभीत देखकर उन्होंने बड़ी नम्रता से उससे पूछा, ''औरत, तुम क्यों रो रही हो? तुम किसे खोज रही हो?'' उसने काँपते हुए कहा, 'क्योंकि वे मेरे प्रभु को उठाकर ले गए हैं और मुझे पता नहीं उन्हें कहाँ रखा है?'

अब हमें जॉन के गॉस्पेल की ओर लौटना है, जहाँ उसने दिलचस्प खुलासा किया है।

उस समय मेरी मैगेडलिन पीछे मुड़ी और ईसा को वहाँ खड़ा पाया, पर उसे इस बात का भान नहीं हुआ। उन्होंने उससे पूछा, हे नारी, तुम रो क्यों रही हो? तुम किसे ढूँढ़ रही हो?

मेरी ने उन्हें माली समझा और कहा, ''श्रीमान् यदि आप उन्हें उठाकर ले गए हैं तो बताइए, आपने उन्हें कहाँ रखा है? मैं उनके पास पहुँच जाऊँगी।'' ईसा ने उससे कहा, ''मेरी।''

वह उनकी ओर मुड़ी और इब्रानी भाषा में चीख उठी—'रब्बानी!' (जिसका अर्थ होता है 'शिक्षक'।)

ईसा ने कहा, ''मुझे मत छूना, क्योंकि अभी मैंने ईश्वर के पास आरोहण नहीं किया है। बल्कि तुम मेरे भाइयों के पास जाओ और उन्हें बताओ, मैं अपने और तुम्हारे पिता, अपने और तुम्हारे ईश्वर की ओर आरोहण कर रहा हूँ।''

मार्क इस बात की निर्णयात्मक रूप से पुष्टि करता है, ''सप्ताह के पहले दिन सुबह जल्दी जाग्रत् होने के बाद, वे सबसे पहले मेरी मैगेडलिन, जिससे उन्होंने सात दैत्य हटाए थे, के सामने उपस्थित हुए।''

जॉन इस बात की पुष्टि 20:18 में करता है, ''मेरी मैगेडलिन ने आकर

शिष्यों को बताया, 'मैंने स्वामी (ईसा) को देखा है और उन्होंने ये बातें उसे बताई है'।''

आँकड़ों के अध्ययन में रुचि रखनेवाले विद्वान् इंगित करते हैं कि चार गॉस्पेल के पवित्र ग्रंथों में उसका (मेरी मैगेडलिन) नाम करीब 12 बार आया है, जो कि अधिकतर अग्रदूतों से ज्यादा है। एक अमेरिकी कैथोलिक शोधकर्ता, कैरोल एन. मॉरो बताता है कि ये सभी प्रसंग उसे एक साहसी महिला के रूप में इशारा करते हैं, जो ईसा के कष्ट, उनकी मृत्यु और उसके बाद भी बड़ी बहादुरी से उनके साथ खड़ी रही।

फिलिप्स, थॉमस और दि एक्ट्स ऑफ पीटर अनियमित धर्मसूत्र उसे एक विचारवान शिष्या के रूप में चित्रित करते हैं, जो प्राय: बौद्धिक प्रश्न पूछती है। जबकि ईसा के दूसरे शिष्य ईसा की शिक्षा और उनके नए दर्शन को लेकर उलझन में रहते थे। वास्तव में इन संस्करणों में अंकित किया गया है कि अक्लमंद और समझदार होने के कारण ईसा के दिल में उसके लिए विशेष स्थान था।

ईसाई शास्त्र में बाद के विवेचनों में उसे ईसा के प्रति समर्पण के कृत्यों में चित्रित किया जाता है—ईसा के पैर धोना, उनका अभिषेक करना या उनकी बात सुनने के लिए उनके चरणों के पास बैठना। सलीब पर जब उन पर कीलें ठोंकी जा रही थीं, तो वही रो रही थी। कष्ट के अंतिम समय में सलीब के निकट उन्हें सहारा देने के लिए, वह उनके पास खड़ी थी, जबकि उनके प्रमुख पुरुष शिष्य वहाँ से भाग गए थे। वह उनके दफन के वक्त भी मौजूद थी। ईसा के पुनर्जीवन के बाद उसी ने पाया था कि मकबरा खाली था और इस बात को दूसरे शिष्यों को बताने के लिए उसे ही कहा गया था। जॉन कहता है कि वस्तुत: मृत्यु के बाद जागने पर ईसा सबसे पहले उसी के सामने उपस्थित हुए थे।

बाइबल की बहुत सी प्रथाओं में, उसे मार्था की बहन मेरी के रूप में पहचाना जाता है। कुछ लोग कहते हैं कि वह एक पापिन थी, जिसे ईसा ने माफ कर दिया था, किंतु पूर्वी रुढ़िवादी चर्च उसे एक विशिष्ट व्यक्तित्व और कैथोलिक चर्च की महान् महिला संत निरूपित करते हैं।

इस विशेष महिला (जिसने ईसा के पुनर्जीवन) की सबसे पहले घोषणा की थी, उसको 'पतित और पापी' महिला निरूपित क्यों किया गया है? यहूदी तालमूड हमें बताता है कि मैगेडलिन शहर की हालत खराब थी और आगे चलकर इसके समीप होनेवाले अनैतिक कृत्यों के कारण इसे नष्ट कर दिया गया था। शायद इसी प्रथा के कारण यह विचार पनप गया था कि वह 'पापी औरत' है। और शायद एक

कारण यह भी है कि ईसा के समक्ष उसे फैहिसीज के द्वारा व्यभिचारिणी के रूप में लाया गया था। किंतु यहाँ इस बात को डंके की चोट पर कहा जा सकता है कि गॉस्पेल में रंचमात्र भी ऐसा साक्ष्य नहीं है, जो उसकी बुरी छवि की ओर इशारा करे।

इस तरह मेरी मैगेडलिन एक ऐसी महिला बन गई, जिसकी बाद में बुरी छवि प्रस्तुत की गई। छठवीं शताब्दी से उसे एक 'पतित महिला' के रूप में समझा गया। लेकिन सैंट ऑगस्टिन ने उसका उल्लेख 'अग्रदूतों की अग्रदूत' के रूप में किया है।

विचार मनन

मेरी मैगेडलिन कौन थी? क्या वह पश्चात्ताप करनेवाली पापिन थी, जिसे ईसा की कृपा से माफ कर दिया गया था? या क्या वह एक बुद्धिमान, आत्मनिर्भर शिष्या थी, जो उनकी मंडली को अपने निजी धन से सहारा देती थी और उनके सबसे प्रिय शिष्यों में से एक हो गई? वह जो भी रही हो, वह एक ऐसे आंदोलन की शुरुआत में मौजूद थी, जो पश्चिम को रूपांतरित कर रहा था और उसकी शोहरत निष्ठावान लोगों को प्रेरित करने के लिए बरकरार है।

संत जिसने ईसा मसीह का बपतिस्मा (दीक्षा संस्कार) किया

''जॉन ने सभी को उत्तर देते हुए कहा, ''सचमुच मैं पानी से तुम्हारा बपतिस्मा करता हूँ, लेकिन वह जो मुझसे भी अधिक शक्तिशाली है, वह आ रहा है, जिसके मैं जूते उतारने के योग्य भी नहीं हूँ। वह तुम्हारा बपतिस्मा पवित्र आत्मा और अग्नि से करेगा। उसका सूपा उसके हाथ में है। वह अपना फर्श अच्छी तरह से साफ करेगा और अपने अन्न भंडार में गेहूँ रखकर भूसे को सदा प्रज्वलित रहने वाली आग में जला देगा।''
आमीन, आमीन, मैं तुमसे कहता हूँ, जब तक कोई जल और आत्मा से नहीं जन्मा है, वह ईश्वर के राज्य में प्रवेश नहीं कर सकता।''

—जॉन 3:5

बपतिस्मा का ईसाई समारोह, ईसाई चर्च के सात धार्मिक संस्कारों में से एक है, इसे प्राय: 'पहला संस्कार' कहा जाता है, 'संस्कारों का द्वार' और 'चर्च का द्वार' भी कहा जाता है। यह सच्चे विश्वास करनेवाले के लिए एक गहन प्रतीकात्मक और महत्त्वपूर्ण घटना है। 'बैप्टाइज' शब्द यूनानी क्रिया 'बैप्टिड्जो' से बना है, जिसका अर्थ है 'विसर्जन करना'। बपतिस्मा की प्रक्रिया विसर्जन, जलमग्न और जल से ऊपर उभरने से बनी है। जब किसी व्यक्ति का पानी में बपतिस्मा किया जाता है, तो उसका शरीर पूरी तरह जलमग्न रहता है और उसे पुन: जल से बाहर लाया जाता है।

पानी के बपतिस्मा का गहनतर अभिप्राय है कि यह ईसा मसीह के मृत्यु, दफन और पुनर्जीवन तथा उसके साथ विश्वासियों के दावे और पहचान को प्रतीकात्मक रूप से दर्शाता है। इस तरह जल बपतिस्मा एक शारीरिक क्रिया है, जिसे बपतिस्मा किए जा रहे व्यक्ति के मनोमस्तिष्क में अमिट रूप से अंकित हो ज़ाना चाहिए कि यह वास्तव में ईसा मसीह के साथ उसका मिलाप है। यह एक बाह्य चिह्न और आंतरिक कृपा के साक्ष्य को दर्शाता है।

गॉस्पेल के सर्वाधिक यादगार और रोमांचक वर्णनों में एक है, ईसा का बपतिस्मा, जो सभी गॉस्पेल में सुनाया जाता है। इस अनोखे कार्य को करने की कृपा और विशेषाधिकार जिसे मिला वह था, ईसा मसीह का चचेरा भाई। यह वही व्यक्ति था, जिसने अपने समकालीन लोगों के बीच मसीहा के आगमन की घोषणा का साहसिक कार्य किया था। जिसके कारण आज उसे ईसा के प्रारंभिक, 'सैंट जॉन, द बैपटिस्ट' के नाम से जाना जाता है।

'जॉन द बैपटिस्ट' का पिता ज़करी (Zachary) आबिया प्रथा का पादरी था। ज़करी की पत्नी एलिजाबेथ, ईसा की माँ की रिश्ते में चचेरी बहन थी। सैंट ल्यूक से हमें ज्ञात होता है कि ज़करी और एजिलाबेथ दोनों पर ईश्वर की कृपा दृष्टि थी। दोनों को पुत्र नहीं था। बहुत समय तक दोनों ने ईश्वर से बेटे के लिए प्रार्थना की। जब साल-दर-साल बीतते गए और उनकी उम्मीद लगभग खत्म होने को आई, तभी एक फरिश्ता ज़करी के समक्ष तब उपस्थित हुआ, जब वह मंदिर में ईश्वर के सामने प्रार्थनारत था। फरिश्ते ने उससे कहा, ''डरो मत ज़करी, तुम्हारी प्रार्थना सुन ली गई है और तुम्हारी पत्नी एलिजाबेथ पुत्र को जन्म देगी और तुम उसे जॉन नाम से पुकारोगे, तथा तुम्हें आनंद और खुशी की प्राप्ति होगी और उसकी सोहबत में अनेकों को खुशी हासिल होगी। वह ईश्वर की नजर में महान् होगा। वह शराब का सेवन नहीं करेगा और माँ के गर्भ में ही वह पवित्र आत्मा से ओत-प्रोत होगा। वह इजराइल के बहुत से बच्चों को ईश्वर-प्रेम में लीन करेगा। और वो उसके समक्ष इलयास की शक्ति और उत्साह के साथ जाएगा, ताकि पिताओं को प्रेरित करे कि वे अपने बच्चों को समझाएँ और उन्हें ईसा मसीह की शिक्षाओं पर चलने के लिए तैयार करें।

कुछ देर के लिए फरिश्ते की भविष्यवाणी सुनकर ज़करी इतना स्तब्ध रह गया कि उसे विश्वास ही नहीं हुआ और वह चुपचाप खड़ा रहा। क्योंकि वह और उसकी पत्नी इतने बूढ़े हो चुके थे कि उन्हें एलिजाबेथ का गर्भधारण करना असंभव लगता था। उसके अविश्वास के लिए फरिश्ते ने उसे कुछ समय तक दंड दिया कि

इस चमत्कार होने (पुत्र के जन्म) तक वह गूँगा रहेगा।

इस तरह सैंट जॉन, द बैपटिस्ट ईश्वर की कृपा से गर्भ में आया। जब उसकी माँ छह महीने की गर्भवती थी, तभी उसकी रिश्ते की बहन (कजन) मेरी को ईसा मसीह के जन्म की पूर्व सूचना हुई और वह एलिजाबेथ से मिलने के लिए आई। गॉस्पेल में हमें बताया जाता है कि एलिजाबेथ के गर्भ में पल रहा बालक "खुशी से उछल पड़ा," क्योंकि उसे महसूस हो गया था कि वह अपने मसीहा की उपस्थिति में था, जो कि उसकी माँ मेरी के गर्भ में था।

जब जॉन का जन्म हुआ, तो चमत्कारी ढंग से ज़करी की जुबान वापस आ गई। इस बात से और एक बूढ़ी माँ ने बच्चे को जन्म दिया है, इससे सभी लोग अचरज में थे—"तुम्हारे विचार से यह बच्चा क्या बनेगा?"

जॉन के प्रारंभिक जीवन के बारे में सैंट ल्यूक केवल इतना ही बताते हैं कि वह बच्चा बड़ा हुआ, उसकी आत्मा सुदृढ़ हुई और उसके इजराइल में प्रकट होने के पहले वह रेगिस्तान में रहा। संभवतः सैंट जॉन को हेरोड की बेगुनाहों के कत्ल की घोषणा से बचाने के लिए रेगिस्तान भेज दिया गया था। बाद के विवरण हमें यह भी बतलाते हैं कि उसके पवित्र पादरी पिता ज़करी को हेरोड के द्वारा ईश्वर की बेदी के सामने मार डाला गया था, क्योंकि उसने मसीहा के आगमन की घोषणा की थी।

किंतु सैंट ल्यूक का गॉस्पेल जॉन दि बैपटिस्ट की जीवनगाथा को तीस वर्षों के अंतराल के बाद प्रस्तुत करता है। जब वह अपनी सार्वजनिक मंडली शुरू करता है। तब तक उसने रेगिस्तान में एक संन्यासी का जीवन व्यतीत किया था। अब वह अपना संदेश सुनाने के लिए लोगों के बीच आया। "टिबेरियस सीजर के पंद्रहवें वर्ष के शासन में ईश्वर की बात रेगिस्तान में ज़करी के पुत्र जॉन पर जाहिर हुई और वह जोर्डन के आस-पास के गाँवों में उपदेश देते हुए यहाँ आ पहुँचा। वह किसी कस्बाई पुरुष की तरह परिधान में नहीं था, बल्कि उसने साधारण पुरानी शैली के वस्त्र धारण कर रखे थे। लेकिन येरूशलम और जोर्डन के लोग उसके फकीरी व्यक्तित्व के आकर्षण से उसकी ओर खिंचे चले आए और जब उसने उनके बीच मसीहा के आने की घोषणा की, तो वे उसकी बातों की सच्चाई के प्रति विश्वस्त हो गए।" तपस्या करना, क्योंकि स्वर्ग का राज्य हाथ में है, उसका ये निरंतर कहना था और लोगों के हुजूम ने उस पर तुरंत विश्वास कर लिया।

सैंट जॉन ढोंगी फारसियों और सड्डयूसिओं (Pharisees and Sadducees) को ईश्वर का डर दिखाकर उनके तौर-तरीके सुधारने की चेतावनी देता था, "क्योंकि कुल्हाड़ी अब पेड़ों की जड़ों में रखी है। इसलिए ऐसे सभी पेड़, जो अच्छे फल नहीं

देते, काटकर आग में झोंक दिए जाएँगे।''

लोग उससे अनुरोध करके पूछते कि मसीहा के लिए तैयारी करने के लिए उन्हें क्या करना चाहिए? उसका जवाब सचमुच महत्त्वपूर्ण होता था, ''जिसके पास दो कोट हैं, उन्हें एक कोट उसे दे देना चाहिए, जिसके पास कोट नहीं है और जिसके पास भोजन है, उसे भी इसी बात का अनुसरण करना चाहिए।'' उसके पास आनेवालों में कुछ शासकीय अधिकारी हुआ करते थे, उन्हें वह कर की निर्धारित राशि से ज्यादा न वसूलने के लिए कहता था। सैनिकों (शायद यहूदी पुलिस अधिकारियों) को वह किसी व्यक्ति पर हिंसा न करने और किसी को गलत तरीके से न फँसाने की सीख देते हुए अपने वेतन पर ही संतुष्ट रहने की सीख देता था।

अपने श्रोताओं की अच्छी मनोवृत्तियों को पुष्ट करने के लिए वह लोगों का बपतिस्मा जोर्डन नदी में करने लगा। वह कहता था, ''बपतिस्मा अच्छा होता है, उतना, इसलिए नहीं कि इससे लोगों को पापों से मुक्ति मिलती है, जितना इससे शरीर पवित्र होता है और आत्मा तो पहले ही एक-एक पाप से न्याय द्वारा पवित्र हो जाती है।'' उसकी मंडली की इस विशेषता से लोग इतना ज्यादा आकर्षित होते थे कि उसके जीवनकाल में ही उसे 'बैपटिस्ट' उपनाम दे दिया गया था।

लोगों का बपतिस्मा करने के दौरान, सैंट जॉन ने लोगों को उसे मसीहा समझने की भूल न करने को कहा, वह हमेशा इसी बात पर जोर देता था कि उसका मिशन केवल अग्रदूत का था—''मैं वस्तुतः तुम्हारा बपतिस्मा पानी से करता हूँ, लेकिन मुझसे भी अधिक शक्तिशाली एक आएगा, जिसके जूतों के लेस (धागे) उतारने के भी मैं योग्य नहीं हूँ—वह तुम्हारा बपतिस्मा पवित्र आत्मा और अग्नि से करेगा। जिसका पंखा उसके हाथ में है, वह अपना फर्श साफ-सुथरा करके पवित्र करेगा और अपने अन्न भंडार में गेहूँ इकट्ठा कर, भूसे को वह कभी न बुझने वाली आग में जला देगा।''

इस दौरान यह अग्रगामी उपदेश देता रहा, बपतिस्मा करता रहा, तभी गैलिली से ईसा स्वयं उसके द्वारा बपतिस्मा कराने के लिए जोर्डन आ गए। अब प्रश्न उठ सकता है—वह जो निष्पाप है, उसे अपने पापों को त्यागने के लिए जॉन से बपतिस्मा क्यों कराना है? चर्च इसका उपयुक्त उत्तर देता है कि यह अवसर परमपिता द्वारा पूर्व निर्धारित था, जब ईसा धरती पर ईश्वर के पुत्र के रूप में संसार के सामने आए। फिर ईसा ने जॉन के बपस्तिमा की स्वीकृति दी।

किंतु शुरू में सैंट जॉन इस विशाल कार्य को संपादित करने के प्रति अनिच्छुक था। लेकिन ईसा ने उसे यह कहते हुए रोक लिया, ''मेरा बपतिस्मा तुम्हारे द्वारा

किया जाना चाहिए और तुम मेरे पास आओ।''

ईश्वर यह किसी दूसरे कारण से होने दे रहा था। उत्तर देते हुए ईसा ने उससे कहा, ''अब भले ही इसमें कष्ट हो, क्योंकि इससे हम सभी न्याय को पूर्ण करने में सक्षम हो जाएँगे और बपतिस्मा के बाद ईसा पानी से बाहर निकल आए। अब स्वर्ग के द्वार उनके लिए खुल चुके थे। तभी स्वर्ग से आवाज आई—'यह मेरा प्रिय पुत्र है, जिससे मैं बहुत प्रसन्न हूँ।'

इस बपतिस्मा के बाद ईसा गैलिली के कस्बों में उपदेश देते रहे, जबकि जॉन जोर्डन में लगातार अपनी मंडली चलाते रहे। उसी समय यहूदी लोगों ने पादरियों को ईसा से 'तुम कौन हो?' पूछने के लिए भेजा। उसने स्वीकार लिया और नकारा नहीं, उसने स्वीकार किया ''मैं ईसा मसीह नहीं हूँ,'' फिर उन्होंने उससे पूछा, ''फिर क्या? क्या तुम इलियास हो?'' उसने कहा, ''नहीं, मैं नहीं हूँ।'' ''तो क्या तुम देवदूत हो?'' उसने उत्तर दिया, ''नहीं', इसलिए उन्होंने उससे कहा, ''तो बताओ, तुम कौन हो, ताकि हम उन्हें जवाब दे सकें, जिन्होंने हमें भेजा है। तुम अपने बारे में क्या कहते हो?'' उसने (जॉन) कहा, ''मैं वीराने में गूँजती हुई आवाज हूँ (और जैसा कि पैगंबर इसैअस ने कहा), जो सीधे ईश्वर का रास्ता प्रशस्त करती है।''

जैसा कि हमने पहले देखा है, जब ईश्वर का फरिश्ता ज़करी से जॉन के जन्म की घोषणा कर रहा था, उसने भविष्यवाणी की थी कि बच्चा इलियास के तेज और शक्ति से ईश्वर के समक्ष उपस्थित होगा।

सैंट जॉन का बुलावा आ चुका था, लेकिन ईश्वर के इस संदेशवाहक की शहादत अभी शेष थी। बाइबल के विभिन्न वर्णनों से हमें उसके बाद के जीवन के विषय में ज्ञात होता है। दुष्ट तानाशाह, हेरोड ने अपनी हेरोडियस नामक भतीजी से अनैतिक विवाह कर लिया था। जब सैंट जान ने इस व्यभिचार को गलत करार दिया, तब हेरोड और हेरोडियस दोनों उससे खफा हो गए और उसे कारागार में डाल दिया। ऐसा भी कहा जाता है कि जब ज्यादा-से-ज्यादा लोग सैंट जॉन के पास बपतिस्मा के लिए पहुँचने लगे तो हेरोड ने गलत ही सोच लिया कि यदि वह सैंट जॉन को रोक देगा, तो वह मसीहा को भी किसी तरह रोक देगा। वजह चाहे जो भी हो, लेकिन सैंट जॉन, द बैपटिस्ट को जेल में डाल दिया गया था। लेकिन कारावास में भी वह सदा सत्य और न्याय का विजेता तथा ईसा मसीह पर दृढ़ विश्वास रखनेवाला बना रहा। कहा जाता है कि लोगों का एक समूह उससे जेल में मिलने के लिए गया और उससे पूछा कि क्या ईसा सचमुच मसीहा है। जॉन ने उन्हें स्वयं ईसा से जाकर ही पूछने के लिए कहा। वे ईसा के पास गए और कहा, ''जॉन द बैपटिस्ट ने हमें आपके

पास भेजा है, क्या आप सचमुच वही हो, जिसे आना है या हम किसी और की तलाश करें?''

जॉन का संदेश लेकर आए इन लोगों के समक्ष ईसा ने कई चमत्कार किए और उनके प्रश्नों का इस तरह जवाब दिया—''उत्तर देते हुए उन्होंने उनसे कहा, तुमने जो देखा और सुना है, वह सब जाकर जॉन को बता दो—अंधे देखते हैं, लँगड़े चलते हैं, कोढ़ी को काया व स्वच्छता प्राप्त होती है, बहरे सुनते हैं, मृत जीवित हो जाते हैं, गरीब लोगों को (गॉस्पेल) उपदेश दिया जाता है। ईसा ने जॉन की सत्यता की घोषणा इस तरह की, यह वही है, जिसके बारे में लिखा जाता है—''देखो, मैं तुम्हारे सामने अपना फरिश्ता भेजता हूँ, जो तुम्हारे सामने तुम्हारा रास्ता तैयार करेगा। क्योंकि मैं तुमसे कहता हूँ—उन सभी लोगों में, जिनको औरतों ने जन्म दिया है, कोई भी जॉन से बड़ा पैगंबर नहीं है।''

लेकिन उससे घृणा करनेवाली हेरोडियस जॉन से बदला लेना चाहती थी। उसने अपनी पहली शादी से जन्मी अपनी बेटी सैलोमी की मदद से जॉन को खत्म करने की योजना बनाई। एक शानदार दावत समारोह में सैलोमी ने हेरोड के सामने नृत्य किया और नशे की हालत में तानाशाह हेरोड ने उसे उसकी पसंद का कोई भी उपहार माँगने के लिए कहा। अपनी माँ की जिद पर सैलोमी ने कहा कि वह चाहती है कि 'जॉन द बैपटिस्ट' का सिर उसके सामने थाली में रखकर पेश किया जाए।

हेरोड के मन में उसके तमाम पापों के बावजूद ईश्वर के लिए डर था, वह उसके इस अनुरोध पर भौंचक्का रह गया। अपने मन की अंतरतम गहराई में वह जानता था कि सैंट जॉन बेगुनाह है। लेकिन चाल चली जा चुकी थी और उसने वचन दे दिया था। सैंट जॉन को एक दुष्ट नृत्यांगना तथा उसकी माँ की क्रूर इच्छा की तृप्ति के लिए मार डाला गया।

सैंट ऑगस्टिन बताते हैं, ''इस तरह उसे मौत के घाट उतार दिया गया, जो ''औरतों से जन्म लेनेवालों में महानतम था और एक नृत्यांगना को इनाम मिल गया।'' ऐसा लग रहा था उतावलेपन में ली गई शपथ को अपराधिक तरीके से पूरा किया गया।

सैंट जॉन की मौत की खबर पाकर उसके शिष्य उसके शव को उठा ले गए, उसे एक मकबरे में रख दिया और जाकर ईसा को इस विषय में बताया। इस तरह अग्रदूत का उल्लेखनीय जीवन समाप्त हुआ, जिसने अपने मसीहा को तभी पहचान लिया था, जब वह अपनी माँ के गर्भ में था। जिसे मसीहा का बपतिस्मा करने का

अनोखा सम्मान हासिल था और जो सत्य तथा आस्था के लिए जिया और मृत्यु को प्राप्त हुआ।

विचार मनन

गुरुदेव साधु वासवानी ने अपनी एक प्रार्थना जैसी कविता में एक गूढ़ संदेश दिया है, "हर परिस्थिति में और हर स्थिति में, दुःख और कष्ट में याद रखें कि ईश्वर सर्वोत्तम जानकार है। वह जो भी करता है, हमारे फायदे के लिए करता है। हमें जो भी बाधा, कठिनाई या दुर्भाग्य महसूस होता है, उसे हमारे पास एक निश्चित उद्देश्य से भेजा गया है। हमारे साथ जो भी होता है, हम पर जो भी विपत्तियाँ आती हैं, उनका अपना एक छिपा हुआ अर्थ होता है, जिसे हम प्रायः देख या समझ नहीं पाते।"

दुःख, दर्द, कठिनाई, अकेलापन और असुरक्षा हमें आत्मिक रूप से मजबूत होने के लिए, हममें नैतिक साहस भरने के लिए और हमारी इच्छाशक्ति को सुदृढ़ करने के लिए प्रदान की जाती हैं। वे हमें शोधन और पवित्रीकरण की प्रक्रिया से गुजारती हैं।

गुरुदेव साधु वासवानी हमसे कहते थे—"धन्य है सत्य का तलाशी! क्योंकि उसका जीवन दुखद और आँसू भरा है।" हरेक कष्ट ईश्वर का उपहार होता है। यह ऐसा उपहार है, जो तुम्हारी आत्मोन्नति में सहायक होता है। कष्ट को टालने का मतलब है—खूबसूरत जीवन से स्वयं को वंचित रखना। खूबसूरती का सर्वोत्तम दर्शन दुःख से ही आता है।

स्वर्ग की पुनः प्राप्ति
ईसा का कष्ट और पुनर्जीवन

''जब हम येरूशलम पहुँचेंगे,'' उसने उन्हें बताया, ''तो मानव-पुत्र को पादरी लोग और धार्मिक आचार्य धोखा देंगे। वे उसे मृत्युदंड की सजा सुनाएँगे और रोमवासियों को उसे सौंप देंगे। वे उसका उपहास करेंगे, उस पर थूकेंगे, अपने कोड़ों से उसे पीटेंगे और उसे मार डालेंगे, लेकिन तीन दिनों के बाद वह पुनः जी उठेगा।''

—मार्क 10:32-34

सलीब पर ईसा मसीह की मृत्यु की मार्मिक कहानी चारों गॉस्पेल के साथ-साथ फरिश्ते, सैंट पॉल के लेखन में भी दर्ज की गई है। इन प्रसंगों का सर्वाधिक हृदयविदारक पहलू यह है कि उनकी मृत्यु अनुचित, क्रूरतापूर्ण और बहुत ही दर्दनाक थी, यह उस ईश्वर के पुत्र को मिलती है, जो कि निष्पाप और उन सभी आरोपों से बेगुनाह है, जो उन पर उनके ही लोगों द्वारा इतनी निर्दयतापूर्तक मढ़े गए हैं। यद्यपि ईसा अनुचित कष्ट सहन करते हैं, किंतु वह जानते हैं कि ईश्वर की यही इच्छा है कि वह कष्ट भोगें और निर्भयतापूर्वक वह अपनी अग्निपरीक्षा का सामना करते हैं।

ईसा ने प्रेम और क्षमा का उपदेश दिया। लेकिन उनके दुश्मनों का उनसे

डरने का यही कारण नहीं था। ऊँचे यहूदी पादरी, लोगों के बीच उनकी बढ़ती लोकप्रियता से भयभीत थे। उन्होंने महसूस किया कि वह उनकी सत्ता को तथा उनके द्वारा स्थापित पूजा-प्रार्थना की व्यवस्था के महत्त्व को कम कर रहे हैं। जहाँ तक रोमवासियों की बात है, तो उन्हें भय था कि वह एक सामूहिक विद्रोह, एक जन-आंदोलन शुरू कर सकते थे, जो जुडिया के रोमन साम्राज्य के लिए खतरा पैदा कर सकता था। इस तरह इन समूहों में से प्रत्येक अपने निहित स्वार्थों से प्रेरित होकर चल रहे थे।

इन्हीं में से एक जूडस इसकेरिअट, ईसा के ही एक शिष्य ने इसी बीच मंदिर के पादरियों और कानून निर्माताओं के साथ ईसा को गिरफ्तार करने का षड्यंत्र रच लिया।

संदेह और धोखे से निर्मित हो रहे इसी परिवेश में ईसा और उनके शिष्य यहूदी त्योहार फसह की रस्म मनाने के लिए एक साथ मिले। फसह भोज की रस्म उनके एक अनुयायी के घर में संपन्न हुई, जहाँ बारह फरिश्ते भोज के लिए एकत्रित हुए, जिसे अंतिम भोज (द लास्ट सपर) के रूप में जाना गया। गॉस्पेल इन होने वाली घटनाओं का बड़ी बारीकी से उल्लेख करते हैं :

जब वे भोजन ग्रहण करने वाले थे, तभी ईसा ने उनसे कहा—

> ''कष्ट भुगतने से पूर्व तुम लोगों के साथ फसह भोज ग्रहण करने की मेरी बहुत इच्छा है। मैं तुम्हें बता दूँ कि मैं दूसरा फसह भोज तब तक ग्रहण नहीं करूँगा, जब तक यह ईश्वर के राज्य में ही ग्रहण न किया जाए।''

फिर उन्होंने रोटी तोड़ी और उनमें से प्रत्येक को वितरित की। 'यह मेरा शरीर है, जो तुम्हारे लिए दिया गया है।' इसे ऐसे खाओ, मानो तुम मुझे याद कर रहे हो।

भोजन करने के उपरांत उन्होंने एक कप शराब हाथ में ली और उनसे कहा, ''यह मेरा खून है, जो तुम्हारे लिए उड़ेला गया है और इसी से ईश्वर अपना नया··· अनुबंध बनाते हैं। जो मेरे साथ धोखा करेगा वह यहीं इसी मेज पर मेरे साथ मौजूद है। इंसान का पुत्र उसी तरीके से मरेगा, जो उसके लिए नियत कर दिया गया है। लेकिन यह उस आदमी के लिए भयंकर होगा, जो उसे धोखा देता है।''

एक-एक करके उन्होंने पूछा, ''वो मैं तो नहीं हूँ स्वामी, क्या मैं हूँ?'' ईसा ने समझाया कि भले ही उन्हें मालूम था कि वह धर्मग्रंथों में दी गई भविष्यवाणी के आधार पर मृत्यु को प्राप्त होंगे, लेकिन उन्हें धोखा देनेवाले का भाग्य भयानक होगा—''···कहीं ज्यादा बेहतर होता कि वह कभी जन्मा ही नहीं होता।''

फरिश्तों ने पहले स्वयं इस बात पर बहस की कि वह कौन है, जो ईसा को धोखा देगा। फिर बात इस पर आ गई कि उनमें से ईसा मसीह का महानतम शिष्य कौन है! ईसा ने उनसे कहा, ''...वह जो तुममें से सबसे महान् है, वह नम्र हो जाए और जो सेवा करता है वह शासन करता है। क्योंकि बड़ा कौन है—वह, जो मेज पर बैठा है या वह, जो सेवा करता है? क्या वह जो मेज़ पर बैठा है? फिर भी मैं आप लोगों के बीच एक सेवक नहीं हूँ...

साइमन पीटर ने विरोध प्रकट किया कि वह जेल चला जाएगा। वस्तुत: वह ईसा के साथ अपनी मौत पसंद करेगा। लेकिन ईसा ने उससे कहा, ''मैं तुम्हें बताता हूँ पीटर, जब तक तुम तीन बार नहीं नकारोगे कि तुम मुझे जानते हो, तब तक मुर्गा दिन की बाँग भी नहीं देगा।''

तदुपरांत ईसा माउंट ओलिवर में प्रार्थना करने चले गए। उन्होंने शिष्यों को भी प्रार्थना करने के लिए प्रेरित किया, ताकि वे प्रलोभन से बच सकें। फिर उनसे कुछ दूर जाकर घुटनों के बल बैठकर प्रार्थना की, ''हे पिता, यदि आपकी इच्छा हो, तो यह प्याला मुझसे ले लीजिए, फिर भी मेरी इच्छा रहने दीजिए, जो आपकी इच्छा हो, वही पूरी होनी चाहिए।'' ईश्वर के एक फरिश्ते ने उनके सामने उपस्थित होकर उनके इरादे को मजबूत किया। लेकिन वह तीव्र मानसिक वेदना में थे। उनके माथे पर पसीने की बूँदें छलक आई थीं और वे जमीन पर गिरीं। ये बूँदें खून की बूँदों की तरह थीं। लेकिन ईसा द्वारा दु:ख की भविष्यवाणी से थककर शिष्य सो चुके थे। उन्होंने उन्हें जगाकर कहा, ''क्या तुम लोग अब भी सोकर आराम कर रहे हो? समय आ गया है, जब मानव के पुत्र को पापियों को सौंपा जाना है। उठो, आओ चलें। जो मुझे धोखा देगा, वह यहीं है।''

वह अभी बोल ही रहे थे कि लाठी और तलवार लिये एक बड़ी भीड़ के साथ जूडस वहाँ आ पहुँचा। जूडस ईसा के पास आया और उन्हें चूमा। इसी बात पर उसके और फारसियों के बीच सहमति हुई थी।

जब भीड़ ने ईसा को गिरफ्तार किया, तो सभी शिष्य भाग गए। फिर जिन्होंने ईसा को पकड़ा था। वे उन्हें बड़े पादरी कैआफास और सान्हेड्रिन के पास ले गये। वहाँ पत्रकार और बुजुर्ग एकत्र थे।

अब मुख्य पादरी और सारी परिषद् ईसा के खिलाफ झूठे साक्ष्य की तलाश कर रहे थे, ताकि वे उन्हें मौत की सजा दे सकें। फिर झूठे गवाह सामने आए। उन्होंने उन पर यह बोलने का आरोप लगाया कि वे ईश्वर के मंदिर को नष्ट कर

देंगे। ईसा चुप रहे। उच्च पादरी ने उनसे कहा, ''मैं तुम्हें ईश्वर की शपथ देता हूँ, हमें बताओ कि क्या ईश्वर के पुत्र मसीहा तुम्हीं हो?''

ईसा ने उससे कहा, ''तुमने ऐसा कहा है, लेकिन मैं तुम्हें बताता हूँ कि अब से तुम इंसान के पुत्र को शक्ति के दाईं ओर बैठे हुए और स्वर्ग के बादलों में से आता हुआ देखोगे।''

उनके दुश्मनों के लिए इतना काफी था। उच्च पादरी ने ईसा का चोगा फाड़ दिया और कहा, ''इसने धर्म-निंदा की है। अब हमें और किसी गवाह की क्या जरूरत? तुमने उसकी धर्म-निंदा सुन ली। तुम लोगों का क्या फैसला है?'' उन्होंने उत्तर दिया, ''वह मृत्यु के लायक है।''

इसके पश्चात् उन्होंने उनके चेहरे पर थूका और कुछ लोगों ने ऐसा कहते हुए चाँटे जड़े, ''ईसा हम पर भविष्यवाणी करो। तुम्हें कौन मार रहा है?''

उसी वक्त एक कामवाली लड़की पीटर के पास आई। वह आँगन में बैठा था। उसने पीटर से कहा, ''मैंने तुम्हें नज़ारेथ के ईसा के साथ देखा है।'' पीटर ने कहा, ''मुझे नहीं मालूम, तुम कह क्या रही हो?'' वह द्वार के बाहर चला गया, जहाँ दूसरी लड़की ने अपने मित्रों से कहा, ''मैंने इसे देखा है, यह गैलिली में ईसा के साथ था।'' तुरंत पीटर ने इस बात को नकार दिया। ''मैं इस आदमी को नहीं जानता।'' उसने कहा।

कुछ समय बाद, जो वहाँ खड़े थे, वे पीटर के पास गए और कहा, ''निश्चित ही तुम भी उनमें से एक हो,'' फिर उसने कसम खाते हुए उनसे कहा, ''मैं उस आदमी को नहीं जानता।'' उसी समय एक मुर्गे ने बाँग दी। पीटर को ईसा की बातें याद हो आईं। वह दूर चला गया और फूट-फूटकर रोया।

ईसा के दुश्मन उनकी हत्या को कानूनी और राजकीय रूप देना चाहते थे। सुबह उन्हें पोंटियस पिलेट के पास ले जाया गया। जूडस, जो विश्वासघात के लिए जिम्मेदार था, ने फैरिसीज से मिले चाँदी के तीस टुकड़े लौटा दिए। पश्चात्ताप में वह स्वयं फाँसी पर लटक गया।

गवर्नर पोंटियस पिलेट जानता था कि ईसा बेगुनाह है। उसकी पत्नी ने भी उससे अनुरोध किया कि एक बेगुनाह के मुकदमे और सजा से वह कोई सरोकार न रखे। लेकिन पिलेट मजबूर था। ईसा ने अपने बचाव में कुछ नहीं कहा और पादरियों द्वारा उकसाई गई भीड़ उनके खून की प्यासी हो गई। वे चीख-चीखकर कह रहे थे, ''इसे सूली पर चढ़ा दो।''

''क्या तुम यहूदियों के राजा हो?'' पिलेट ने पूछा।

"आपने ही ऐसा कहा है?" ईसा ने कहा। प्रमुख पादरियों ने उन पर कई बातों के आरोप लगाए। इसलिए पिलेट ने फिर से उनसे पूछा, "तुम उत्तर नहीं दोगे? देखो, वे तुम पर कितने सारे आरोप लगा रहे हैं!" लेकिन ईसा ने फिर भी कोई जवाब नहीं दिया और पिलेट हैरान रह गया।

"क्यों? उसने क्या अपराध किया है?" पिलेट ने उनसे पूछा। उन्होंने यही कहा, "उसे सूली पर चढ़ाओ! उसे सूली पर चढ़ाओ!"

भीड़ से चिढ़कर पिलेट ने अपना पल्ला झाड़ लिया और अपने हाथ पानी से धोए "मैं इस आदमी के खून के लिए बेगुनाह हूँ, यह तुम्हारी जिम्मेदारी है।"

भीड़ चीख उठी, "उसका खून हम पर और हमारे बच्चों पर है।" ईसा को कोड़े मारे गए और सूली पर चढ़ाने के लिए उन्हें सौंप दिया गया।

सैनिकों ने ईसा के कपड़े उतार दिए और उन्हें लाल चोगा पहना दिया गया। काँटों का ताज उन्हें पहनाया। उन्हें दाहिने हाथ में एक डंडा पकड़ा दिया गया। फिर वे उसके सामने अभिवादन की मुद्रा में झुके और उनका उपहास उड़ाया— "यहूदियों के राजा की जय-जयकार हो!" उन्होंने कहा, "उन्होंने उन पर थूका और डंडे से उनके सिर पर बार-बार प्रहार किया। इस तरह उनका उपहास कर लेने के बाद उन्होंने चोगा उतार लिया और उनके कपड़े उन्हें पहना दिए। फिर उन्हें सूली पर चढ़ाने के लिए ले जाया गया।"

जब सैनिक उन्हें ले जा रहे थे, तब लोगों की भारी भीड़ उनके पीछे चल रही थी। भीड़ में वे महिलाएँ भी शामिल थीं, जो ईसा के लिए विलाप कर रही थीं। मुड़कर ईसा ने उनसे कहा, येरूशलम की बेटियों "मेरे लिए मत रोओ, स्वयं के लिए और अपने बच्चों के लिए रोओ।"

दो अन्य व्यक्ति, जो अपराधी थे, उन्हें भी ईसा के साथ मौत की सजा देने के लिए ले जा रहे थे। जब वे गोलगोथा नामक स्थान पर पहुँचे, तब उन्होंने उन्हें सूली पर चढ़ा दिया। उनके साथ उन दोनों अपराधियों को भी सूली पर चढ़ा दिया गया, एक को दाहिने तरफ और दूसरे को उनके बाईं ओर।

पिलेट ने एक सूचना तैयार कर सूली पर लटका दी थी। इसमें लिखा था— "नजारेथ का जीसस, यहूदियों का राजा।" कई यहूदियों ने इसे पढ़ा। क्योंकि वह स्थान, जहाँ उन्हें सूली पर चढ़ाया गया था, शहर से नजदीक था और इसे लैटिन और यूनानी भाषा में लिखा गया था। यहूदियों के प्रमुख पादरियों ने पिलेट का विरोध किया। उन्होंने कहा, "यहूदियों का राजा मत लिखो, बल्कि यह लिखो कि इस व्यक्ति ने यहूदियों का राजा होने का दावा किया।"

पिलेट ने उत्तर दिया, ''मैंने जो लिख दिया, सो लिख दिया।''

जब सैनिकों ने ईसा को सूली पर चढ़ाया, तो उन्होंने उनके कपड़े ले लिये और उनके चार हिस्से करके आपस में बाँट लिये। उनके (ईसा) शरीर पर केवल अंतर्वस्त्र ही रह गया था। ये अतंर्वस्त्र बिना जोड़ के था। ऊपर से लेकर नीचे तक एक ही टुकड़े में बुना गया था। ''इसे नहीं फाड़ते'', उन्होंने एक दूसरे से कहा ये किसे मिलेगा इसका फैसला पर्ची डालकर करते हैं।

इस तरह शास्त्रों में बताई गई बात सच हुई कि उन्होंने मेरे कपड़े आपस में बाँट लिए और मेरे अंतर्वस्त्र के लिए पर्चियाँ निकालीं।

ईसा ने कहा, ''हे पिता, इन्हें माफ कर दो; क्योंकि ये नहीं जानते कि ये क्या कर रहे हैं!'' लोग खड़े यह सब देख रहे थे। और सत्ता के लोग उन्हें ताने कस रहे थे। वे कह रहे थे, ''यह दूसरों की रक्षा करता था। अब अगर यह ईश्वर का मसीहा है, तो अपनी रक्षा स्वयं कर ले।'' सैनिकों ने भी आकर उनका उपहास किया। ''यदि तुम यहूदियों के राजा हो, तो खुद की रक्षा कर लो।''

मौत की सजा पा रहे अपराधियों में से एक ने उनका अपमान करते हुए कहा, ''क्या तुम मसीहा नहीं हो? तो अपनी और हमारी रक्षा करो।'' लेकिन दूसरे अपराधी ने उसे डाँटते हुए कहा, ''ईश्वर से तुम्हें डर नहीं लगता, क्योंकि तुम्हें भी वही सजा मिली है। हमें जो सजा मिली है, वह उचित है। क्योंकि हमें अपने कर्मों की सजा भुगतनी पड़ रही है। लेकिन इस आदमी ने तो कुछ भी गलत नहीं किया।''

फिर उसने कहा, ''जीसस, जब आप अपने राज्य में आओगे, तो मुझे याद करना।''

ईसा ने उत्तर दिया, ''मैं सच कहता हूँ, आज तुम मेरे साथ स्वर्ग में रहोगे।''

ईसा की सलीब के नजदीक उसकी माँ मेरी, माँ की बहन, क्लोपास की पत्नी, मेरी और मेरी मैगेडलिन खड़ी थीं। जब ईसा ने अपनी माँ को और अपने एक शिष्य को वहाँ देखा तो उन्होंने उनसे (माँ) कहा, ''औरत, यह तुम्हारा बेटा है,'' और शिष्य से कहा, ''और यह तुम्हारी माँ है।'' उस समय के बाद वह शिष्य (जॉन) उन्हें (माँ को) अपने घर ले गया।

बाद में यह जानते हुए कि सब कुछ समाप्त हो चुका है, ईसा ने कहा, ''मुझे प्यास लगी है।'' वहाँ एक मर्तबान में शराब रखी हुई थी। उन्होंने स्पंज में उसे भिगोया और एक लंबी छड़ी के माध्यम से उसे ईसा के होठों के पास ले जाया गया।

दुपहर का वक्त था और तीन बजे तक हर जगह अँधेरा उतर आया, क्योंकि सूर्य प्रकाशहीन हो गया था। मंदिर का पर्दा फटकर दो भागों में विभक्त हो गया। ईसा ने तेज आवाज में कहा, ''हे पिता, तेरे हाथों में मैं अपनी आत्मा सौंपता हूँ।'' इतना कहने के साथ उन्होंने अंतिम साँस ली।

जो कुछ हुआ, उसे देखकर रोमन सेंटुरियन ने ईश्वर का गुणगान किया और कहा, ''निश्चित रूप से यह धर्मनिष्ठ इंसान था।'' वहाँ एकत्र सभी लोगों ने जब यह सब देख लिया, तो वे अपनी छाती पीटकर वहाँ से चले गए। लेकिन वे सभी, जो उन्हें (ईसा) जानते थे (जिनमें वे औरतें भी शामिल थीं, जो गैलिली से उनका (ईसा) अनुसरण करते आई थीं), कुछ दूर पर खड़े होकर यह सब देख रहे थे।

अगले दिन सैबॅथ (रविवार, ईसाइयों के आराम का दिन) था और यहूदी शव को नीचे उतारना चाहते थे। एक सैनिक ने भाले को ईसा की बगल में चुभोया, तो खून और पानी बहने लगा। उसे महसूस हो गया था कि ईसा पहले ही मर चुके थे।

अब एरिमेंथी का जोसफ, जो ईसा का शिष्य था, ने पिलेट से ईसा के शव को माँगा। पिलेट की अनुमति से वह शव को ले गया। जोसफ के साथ निकोडिमस था, जो लोबान और अन्य रसायन का मिश्रण दफन प्रक्रिया के लिए लाया था। दोनों ने मिलकर ईसा के शरीर को लिनन के कपड़े में लपेटा। यह यहूदियों की परंपरा के अनुरूप था। जहाँ ईसा को सूली पर चढ़ाया गया था, वहाँ एक बगीचा था। बगीचे में एक नया मकबरा था, जिसमें उस समय तक किसी को भी नहीं दफनाया गया था, इसलिए उन्होंने ईसा के शव को वहीं रख दिया।

तदुपरांत सप्ताह के प्रथम दिन मेरी मैगेडलिन मकबरे के पास सुबह जल्दी पहुँच गई। अभी हलका अँधेरा ही था। उसने पाया कि मकबरे से पत्थर को हटा दिया गया था। वह दौड़कर पीटर और एक अन्य शिष्य के पास गई और उन्हें बताया, ''वे ईसा को मकबरे से निकालकर ले गए हैं और हमें नहीं मालूम उन्होंने उन्हें (ईसा शव) कहाँ रखा है।''

पीटर और जॉन उनके साथ मकबरे तक गए और ऐसा ही पाया। फिर वे घर लौट आए। मकबरे के बाहर रोते हुए मेरी बिल्कुल अकेली खड़ी थी। रोते हुए वह मकबरे के अंदर झाँकने के लिए झुकी और उसने पाया कि जहाँ ईसा के शरीर को रखा गया था, वहाँ दो सफेद फरिश्ते बैठे हुए हैं—एक सिर की तरफ था और दूसरा पैर की तरफ। उन्होंने मेरी से कहा, ''तुम क्यों रो रही हो?'' उसने कहा, ''वे मेरे स्वामी को ले गए और मुझे नहीं मालूम कि उन्होंने उन्हें कहाँ रखा है।'' इतना कहकर वह पीछे मुड़ी तो ईसा को खड़े पाया। लेकिन वह उन्हें पहचान नहीं

पाई थी। ईसा ने उससे कहा, "औरत, तुम क्यों रो रही हो? तुम किसे खोज रही हो?" उन्हें माली समझकर उसने कहा, "श्रीमान, यदि आप उन्हें ले गए हैं तो मुझे इतना बता दो कि आपने उन्हें कहाँ रखा है? मैं जाकर उन्हें ले आऊँगी।"

ईसा ने उससे कहा, "मेरी।" वह मुड़ी और इब्रानी (Aramaic) में उनसे कहा 'रब्बानी!' (जिसका अर्थ शिक्षक है) ईसा ने उससे कहा, "मुझसे मत लिपटो, क्योंकि मैंने अभी तक पिता के पास आरोहण नहीं किया है, लेकिन मेरे भाइयों (शिष्यों) के पास जाओ और उनसे कहो, मैं अपने और तुम्हारे पिता, अपने और तुम्हारे ईश्वर के पास आरोहण कर रहा हूँ।" मेरी मैगेडलिन ने जाकर शिष्यों को बताया, "मैंने स्वामी को देखा है।" और जो कुछ उन्होंने कहा था, वह सब बताया।

उस शाम जब सभी शिष्य इकट्ठे हुए और यहूदी नेताओं के डर से उन्होंने दरवाजे लगा रखे थे, तभी ईसा उनके बीच प्रकट हुए और कहा, "तुम्हें शांति मिले।" उन्होंने उन्हें अपने हाथ और बगलें दिखाईं। स्वामी को देखकर शिष्य खुशी से झूम उठे। ईसा ने उनसे कहा, "तुम्हें शांति मिले! क्योंकि पिता ने मुझे शांति भेजी है और मैं तुम्हें भेज रहा हूँ।" और इसी के साथ उन्होंने अपनी साँसें छोड़ीं और कहा, "पवित्र आत्मा को प्राप्त करो। यदि तुम किसी के पाप को क्षमा कर दोगे, तो वे क्षमा हो जाएँगे, यदि तुम क्षमा नहीं करोगे, तो वे क्षमा नहीं होंगे।"

उन्होंने उनसे कहा, "जब मैं तुम्हारे साथ था, तब भी मैंने तुम्हें यही बताया था। मेरे बारे में लॉ ऑफ मोजेस (मूसा), द प्राफेट्स और द साम्स (Psalms) में जो कुछ लिखा है, वह पूरा होगा।"

तदुपरांत उन्होंने उनके मन को खोला, ताकि वे ग्रंथों को समझ सकें। उन्होंने (ईसा) कहा, "यही लिखा है : मसीहा कष्ट सहेगा और मृत्यु से तीसरे दिन जी उठेगा और येरूशलम से शुरू करके सभी देशों में पापों के क्षमा के लिए पश्चात्ताप का उपदेश दिया जाएगा। तुम इन बातों के गवाह हो। मैं तुम्हें वह प्रेषित करने जा रहा हूँ, जो मेरे पिता ने वचन मुझे दिया है। लेकिन जब तक उस सर्वोच्च से शक्ति का वस्त्र तुम्हें न पहना दिया जाए, तब तक शहर में ही रहो।"

जब वह उन्हें बेथैनी से बाहर ले गए, तो अपने हाथों को उठाकर उन्होंने उन्हें आशीष दिया। उन्हें आशीष देते हुए, वे उन्हें छोड़कर ऊपर स्वर्ग में चले गए। फिर उन्होंने उनकी अर्चना की और खुशी-खुशी येरूशलम लौट आए तथा लगातार ईश्वर का गुणगान करते हुए वे मंदिर में रहे।

विचार मनन

जब सलीब पर जीजस ने अत्यधिक कष्ट और वेदना सही, तो उनके विषय में कहा गया : "वे दूसरों की रक्षा करने आए थे, तो भला स्वयं की रक्षा क्यों नहीं कर सके?"

स्पष्ट तौर पर यह टिप्पणी अज्ञानता में की गई, क्योंकि कष्टों का उपहार संत, मसीहा, मददगार और मानवता की उत्थान करने वाले जान-बूझकर चुनते हैं।

गुरुदेव साधु वासवानी इस बात को बड़ी खूबसूरती से कहते हैं, "कष्ट वह वरदान है, जो ईश्वर अपने उन प्यारे बच्चों पर लुटाते हैं, जिन पर—स्वयं को, अपने ज्ञान और प्रेम को—प्रकट करते हुए अपनी अनंत कृपा का अर्थ समझाते हैं।"

संत और महात्मा सर्वदाता से दर्द के तीर प्राप्त करते हैं। वे धूप और वर्षा दोनों में खुशी मनाते हैं, ईश्वर का अहसान मानते हैं और उसके पवित्र नाम का गान करते हैं। मानवता के हर महान् व्यक्ति को उसकी सलीब बर्दाश्त करनी पड़ी है।

जब हम लहूलुहान और कष्ट में होते हैं, तो याद रखें, ईश्वर की इच्छा हमारे माध्यम से काम करती है—और कष्ट व दर्द से ईश्वर की इच्छा हमारा शुद्धीकरण कर रही होती है, प्रकाश के दर्शन के लिए हमें तैयार कर रही होती है।

कन्फ्यूशीवाद

संक्षिप्त परिचय

कन्फ्यूशीवाद को 'विद्वानों का संस्थान' कहा जाता है। चीनी महात्मा कंफ्यूशियस की शिक्षाओं पर आधारित यह एक नैतिक दार्शनिक व्यवस्था है। यद्यपि कन्फ्यूशीवाद को धर्म बनाने और स्वयं कंफ्यूशियस को रक्षक की चुनौती देने के लिए प्रयास किए गए हैं। किंतु यह छठवीं व पाँचवीं ईसा पूर्व शताब्दी में कंफ्यूशियस के द्वारा पढ़ाई जानेवाली जीवन पद्धति है। जहाँ कुछ लोगों के द्वारा इसे दर्शन और कुछ के द्वारा धर्म माना जाता है, वहीं शायद कन्फ्यूशीवाद की सर्व-समावेश करनेवाले मानवतावाद के रूप में विवेचना की जा सकती है। हालाँकि यह आध्यात्मिक बातों से बहुत ज्यादा इत्तेफाक नहीं रखता। इसकी उत्पत्ति चीन में हुई, किंतु यह कोरिया, ताइवान और वियतनाम में फैल गया। अधिकतर लोग, जो कंफ्यूशियस की शिक्षाओं को अपनाए हुए हैं, वे चीन के पारंपरिक धर्म को मानते हैं, जो कि कन्फ्यूशीवाद , बौद्ध धर्म, ताओवाद और युगों पुराने स्थानीय व्यवहारों तथा मान्यताओं का मिश्रण है।

कुंग फू जू (551-479 ईसा पूर्व) गौतम बुद्ध का समकालीन था। (कंफ्यूशियस, जिस नाम से हम उसे जानते हैं, वह चीनी मूल का लैटिन रूप है); हालाँकि अपनी आजीविका के लिए वह उबाऊ सरकारी नौकरी करने को बाध्य था और अपनी माँ की देख-भाल करता था। उसका मन प्राचीन उत्कृष्ट साहित्य के अध्ययन में लगा रहता था, जिससे उसे खुशी और सुकून दोनों मिलते थे।

यह तो ज्ञात नहीं है कि कन्फ्यूशियस के गुरु कौन थे, लेकिन यह व्यापक तौर पर माना जाता है कि वे प्राचीन चीन की परंपराओं, संगीत, धनुर्विद्या, रथ-संचालन, सुलेख और अंकगणित में बहुत ही निपुण थे। उन्होंने स्वयं ही शास्त्रों का अध्ययन किया था, जो उन्हें हमेशा से बहुत प्रिय थे। लोगों का शिक्षक बनने के लिए उन्होंने बहुत जल्द नौकरी छोड़ दी और सम्मानित तथा प्रतिष्ठित व्यक्ति

के रूप में विख्यात हो गए और उन्हें चलता-फिरता विश्वविद्यालय कहा जाने लगा। अपने समर्पित शिष्यों के साथ वे बैलगाड़ी में सवार होकर निकल पड़े और पूर्वोत्तर तथा मध्य चीन की यात्रा के दौरान दैनिक जीवन की घटनाओं से ज्ञान हासिल करते गए। सुकरात की तरह, वे आम लोगों के बीच जाते, उनकी समस्याएँ और परेशानियों के बारे में जानते और उन्हें नीति और सद्‌गुणों पर आधारित जीवन जीने की सलाह देते।

दुर्भाग्य से उनकी शिक्षाएँ शासकों और उनके आस-पास रहने वाले प्रभावशाली लोगों को पसंद नहीं आईं; वास्तव में, कन्फ्यूशियस के बहुत सारे भाषण व्यापक राजनैतिक गलियारों में स्वीकार्य नहीं हुए, लेकिन उनके निजी अनुयायियों की संख्या लगातार बढ़ती रही और वे विजन और मिशन (दूरदर्शिता और लक्ष्य) वाले व्यक्ति के रूप में ऊँची प्रतिष्ठा हासिल करते गए।

कन्फ्यूशियस अकसर यह दावा करते थे किं उन्होंने कभी कोई आविष्कार नहीं किया और वे केवल प्राचीन ज्ञान को ही प्रसारित करते थे; हालाँकि उन्होंने बहुत सारे नए विचारों को जन्म दिया। अनेक पश्चिमी प्रशंसक कहते हैं कि रक्त के बजाय गुणों की श्रेष्ठता का क्रांतिकारी विचार सबसे पहले कन्फ्यूशियस का ही था। उनके पहले 'जूनिज' शब्द का अर्थ 'नेक व्यक्ति' प्रचलित था, लेकिन धीरे-धीरे लेखन में इसका अर्थ बदलता गया और उसका अर्थ अंग्रेजी भाषा में 'gentle-man' (सज्जन) हो गया।

कन्फ्यूशियस की मौत के दो हजार साल में उनके विचार चीन में व्यापक रूप से स्वीकार्य हुए, जिसका कारण शायद यह था कि उनका आधार दैनिक आचार, मानवीय मूल्य, निजी संबंधों पर बल और नैतिकता तथा आम चीनी परंपरा और विश्वास थे। उन्होंने पारिवारिक निष्ठा, पूर्वजों के सम्मान और नई पीढ़ी के बीच सभी बुजुर्गों के सम्मान का प्रचार किया। उस समय की नैतिक शिथिलता और सामाजिक वैमनस्य से क्षुब्ध होकर उन्होंने लोगों से मानववाद, न्याय, सत्य और नैतिकता का आग्रह किया। कोई आचार संहिता या औपचारिक धर्मसिद्धांत तय करने के बजाय उन्होंने अपने शिष्यों को स्वयं सोचने के लिए, प्राचीन शास्त्रों से मूल्यों के बारे में सीखने और सैद्धांतिक विचारों के बजाय निजी उदाहरणों से सद्‌गुण और अच्छाई को पोषित करने के लिए प्रोत्साहित किया।

कन्फ्यूशियस के कुछ अनुयायियों का आज किसी दिव्य अस्तित्व या मरनोपरांत जीवन में पूर्ण विश्वास है। हालाँकि वे प्राण और आत्मा में यकीन करते हैं और

कुछ तो पूर्वजों की पूजा भी करते हैं। इस तरह की ईश्वर की कोई अवधारणा वैसे कन्फ्यूशीवाद में है नहीं।

कन्फ्यूशीवाद की कुछ प्रमुख अवधारणाएँ हैं—रेन (मानवता या उदारता); ली (संस्कार नियम), झोंग (अपने सच्चे स्वभाव के प्रति निष्ठा), शु (आदान-प्रदान) और शिओ (संतानोचित भक्ति)। ये सब मिलकर दी (गुण) बनते हैं। उनकी सारी शिक्षाओं का सार एक शब्द 'ज़ेन' में समेटा जा सकता है। इस कठिन शब्द का निकटतम पर्याय 'सामाजिक' गुण है। सामाजिक सद्भाव और शांति बनाए रखने के लिए दया, सेवा, सदाशयता, लगनशीलता, सम्मान, परोपकार और कर्मठता जैसे सभी गुण 'ज़ेन' में शामिल हैं।

उनका सुनहरा नियम है—'जो व्यवहार तुम्हें अपने लिए पसंद न हो, वह दूसरों के साथ भी मत करो। कोई शत्रु तुम्हें चोट पहुँचाता है, तो तुम उससे बदले में स्नेह और न्याय दो।

कंफ्यूशियस कैसे शिक्षक बना

''यदि आप वर्ष के सन्दर्भ में सोचते हैं, तो एक बीज रोपित कीजिए; यदि दस वर्षों के सन्दर्भ में सोचते हैं, तो वृक्ष रोपित कीजिए; यदि सौ वर्षों के सन्दर्भ में सोचते हैं, तो लोगों को शिक्षित कीजिए।''

—कंफ्यूशियस

चीनी विद्वान् बू मिंग हमें बताते हैं कि वे तीन महान् आत्माएँ, जिन्होंने चीनी जीवन और संस्कृति पर सबसे महान् प्रभाव डाला है, वे हैं बुद्ध, कंफ्यूशियस और लाओत्से, जो एक-दूसरे से कुछेक वर्षों के अंतर से जन्मे थे। इन सभी का जन्म उस दौर में हुआ, जिन्हें चीनी इतिहास में 'वसंत और शरद का युग' कहा जाता है और जिन्हें निरंतर आज तक चीनी लोगों के द्वारा पूजनीय व आदरणीय माना जाता है। बू मिंग के अनुसार, लाओत्से का जन्म 15 फरवरी, 571 ईसा पूर्व क्यू रेन ली कू काउंटी, चु देश (अब लुयी काउंटी, हेनान प्रॉविंस) में हुआ। पाँच सालों बाद, 08 अप्रैल, 566 ईसा पूर्व शाक्य मुनि (बुद्ध) का जन्म आज के नेपाल में हुआ। अगले पंद्रह वर्षों के बाद कंफ्यूशियस का जन्म कुफु, शेनडांग प्राविंस में 27 अगस्त, 551 ईसा पूर्व हुआ। आगे वह बताते हैं—''तीनों संतों का दुनिया में आगमन समान युग में हुआ, क्या यह एक ऐतिहासिक संयोग था या देवताओं की एक व्यवस्था?''

बू मिंग हमें यह भी बताते हैं कि कंफ्यूशियस, जिसमें ज्ञान की बहुत भूख थी, झाऊ (Zhou) की सभी औपचारिक व्यवस्थाएँ व संस्कृति सीखने के लिए झाऊ प्राविंस गया। ऐसा कहा जाता है कि उस समय लाओत्से शाऊकैंग शी शी (राष्ट्रीय वाचनालय या इतिहास के संग्रहालय का प्रमुख अध्यक्ष/प्रभारी) था। साथ ही वह झाऊ की राजधानी लुओ यांग के शाही महल में झू जिया शी (साम्राज्य इतिहासकार) था। दूसरे शब्दों में, वह उन सभी प्रणालियों का प्राधिकृत अधिकारी था, जिन्हें कंफ्यूशियस सीखने का इच्छुक था। दो महान् विद्वानों के मिलने को लेकर बहुत से अनुमान व मिथक बनाए गए हैं। लेकिन हम नहीं जानते हैं कि अपनी यात्रा समाप्त करने के बाद कंफ्यूशियस ने एक बयान दिया, जो कई पीढ़ियों से चला आ रहा है—"सिद्धांतों की प्रचुरता में, मैं झाऊ स्टेट का अनुसरण करता हूँ।" कंफ्यूशियस का मौलिक प्रयास झाऊ के साथ जिआ और शांग राज्यों की प्रथाओं का तुलनात्मक अध्ययन करना था। यह तथ्य कि अपने अध्ययन के अंत में कंफ्यूशियस ने झाऊ प्रथा को बढ़ावा देने का निश्चय किया, एक संकेत है कि अपनी ऐतिहासिक यात्रा के दौरान सचमुच उसने बहुत कुछ सीखा था।

झाऊ और झाऊ के औपचारिक अनुपालन प्रणाली के समारोह में पालन की जाने वाली प्रथा सीखने के बाद वह लु काउंटी लौटा, तो कंफ्यूशियस प्रसिद्ध हो गया और महान् विद्वान् के रूप में प्रतिष्ठित हुआ और ज्यादा-से-ज्यादा छात्र उसके साथ अध्ययन करने के लिए आने लगे। हम बेझिझक कह सकते हैं कि चीनी शिक्षा के इतिहास में कंफ्यूशियस पहला व्यक्ति था, जिसने छात्रों को निजी तौर पर पढ़ाया। उसके समय से पहले स्कूल सरकार द्वारा चलाए जाते थे। कंफ्यूशियस ने अपने निजी स्कूल को बढ़ावा दिया। विविध तरह के छात्र उसे मिले और सामान्य लोगों की शिक्षा को लोकप्रिय बनाया। उसने समाज में ज्ञान का प्रसार किया और प्राचीन शिक्षा में महान् योगदान दिया। लेकिन इन प्रारंभिक दिनों के दौरान कंफ्यूशियस राज्य सरकार द्वारा सौंपे गए कई राजकीय कार्यों में भी लगा रहा।

जब कंफ्यूशियस 35 वर्ष की उम्र का था, वह काई राज्य चला गया। काई के ड्यूक जिंग ने उससे पूछा कि देश का शासन कैसे चलाया जाना चाहिए? कंफ्यूशियस ने उससे कहा, "सम्राट् को सम्राट् की तरह कार्य करना चाहिए, अधिकारियों को अधिकारियों की तरह कार्य करना चाहिए, पिताओं को पिताओं की तरह कार्य करना चाहिए और पुत्रों को पुत्रों की तरह कार्य करना चाहिए।"

व्यावहारिक स्तर पर उसने कहा, "एक देश का शासन चलाने के लिए बजट में मितव्ययी और किसी अनुपयुक्त खर्चे को समाप्त कर देना चाहिए।"

कहा जाता है कि ड्यूक जिंग, कंफ्यूशियस की सलाह से इतना प्रभावित हुआ कि उसने कंफ्यूशियस को नाई-जाई में कुछ भूमि देने की इच्छा प्रकट की। किंतु उसके दरबारी और मंत्री उस विद्वान् को इतना महत्त्व दिए जाने से खुश नहीं थे, जो उनकी तरह जन्म से शाही खानदान से नहीं था। ड्यूक के सलाहकार यान यिंग ने उसे जमीन देने के खिलाफ समझा दिया। उसने कहा, ''इस तरह का विद्वान् बात करने में तो बहुत अच्छा है। आप उन्हें कानून से नियंत्रित नहीं कर सकते। वे घमंडी, मनमौजी, अपनी मर्ज़ी के मालिक होते हैं। वे अंत्येष्टि प्रबंधनों जैसे समारोहों पर बहुत ध्यान देते हैं और शानदार अंत्येष्टि के लिए अपनी सारी जायदाद उड़ा देने के इच्छुक होते हैं। वे हर कहीं अपना दल बनाते हैं और रुतबा व वेतन की तलाश करते हैं। इसलिए आप देश का शासन चलाने के लिए उनका इस्तेमाल नहीं कर सकते। अब कंफ्यूशियस वेशभूषा, परिधान और व्यक्तिगत साज-सज्जा पर जोर देता है, दरबार पहुँचने और छोड़ने के लिए जटिल औपचारिक शिष्टाचार को पारिभाषित करता है और तहजीब के नियम को जरूरत से ज्यादा बढ़ावा देता है। कई पीढ़ियों के बाद भी हम इन अनावश्यक और पूरी तरह सुरचित औपचारिकताओं में प्रवीण और रच-बस नहीं पाएँगे। यदि आप सचमुच काई के रीति-रिवाज को बदलना चाहते हैं, तो मेरे विचार से उसकी शिक्षाएँ आपके लिए बहुत मददगार नहीं हो सकतीं।''

सही हो या गलत, यान यिंग की सलाह का ड्यूक के निर्णय पर बहुत असर हुआ। तब से, हालाँकि ड्यूक जिंग तब भी कंफ्यूशियस से बड़ी विनम्रता से मिलता था, किंतु उसने शासन या समारोह के विषय पर उससे कोई राय नहीं ली। काई के कुछ छोटे स्तर के अधिकारी कंफ्यूशियस को शारीरिक रूप से नुकसान पहुँचाना चाहते थे। जब ड्यूक जिंग को इसके बारे में पता चला तो उसने कंफ्यूशियस से कहा, ''मैं बूढ़ा हूँ और मैं तुम्हें उस तरह का दर्जा और संरक्षण नहीं दे सकता, जिसके तुम काबिल हो।'' अतः कंफ्यूशियस काई से चला गया और लू स्टेट लौट आया।

वापस लू में कंफ्यूशियस को राजनैतिक प्रशासन में राज्य को विविध महत्त्वपूर्ण बातों पर अपनी सेवाएँ देते हुए बड़ी उपलब्धियाँ हासिल हुईं। उसे कई महत्त्वपूर्ण कार्य संपादन का श्रेय भी मिला। कुछ लोग कहते हैं कि उसका दर्जा लू के प्रधानमंत्री के जितना बढ़ा दिया गया था। लेकिन शासकीय अधिकारी के रूप में उसका रास्ता आसान नहीं था। एक बार ड्यूक द्वारा ईश्वर को बलि देने के समारोह के दौरान, शाही सलाहकार सान हुआन ने जान-बूझकर कंफ्यूशियस को

बलि देने की प्रक्रिया में हिस्सा नहीं लेने दिया। कंफ्यूशियस उस समारोह में परामर्शदाता की भूमिका में काम कर रहा था। अब जैसा कि कंफ्यूशियस ने स्वयं सिखाया था, यह झाऊ के शिष्टाचार प्रणाली की सबसे कठोर सजाओं में से एक था। उसी समय से कंफ्यूशियस जान गया था कि उसका लू की सरकार में सचमुच कोई भविष्य नहीं था, इसलिए वह अपना देश छोड़कर चला गया और अपने विचारों के प्रचार हेतु उपदेश देने के लिए बैलगाड़ी में यहाँ-वहाँ घूमता रहा।

कंफ्यूशियस और उसके शिष्य के विषय में एक मनोरंजक वृत्तांत कहा जाता है। एक दिन जिक्सिया नाम के एक व्यक्ति ने उसके करीबी शिष्यों में से प्रत्येक के बारे में पूछना शुरू किया।

सबसे पहले उससे पूछा गया कि येनहुई किस तरह का व्यक्ति है? कंफ्यूशियस ने कहा, ''येनहुई मुझसे भी ज्यादा संवेदनशील है।''

''जिगोंग किस तरह का व्यक्ति है?''

कंफ्यूशियस ने उत्तर दिया, ''जिगोंग मुझसे भी ज्यादा वाक्पटु है।''

जिक्सिया अपने प्रश्नों पर डटा रहा।

''जिलु कैसा आदमी है?''

कंफ्यूशियस ने उत्तर दिया, ''जिलु मुझसे भी ज्यादा साहसी है।''

जिक्सिया ने आगे पूछा, ''तो जिझांग के बारे में क्या''? जिझांग कैसा आदमी है?''

और कंफ्यूशियस ने उत्तर दिया, ''वह मुझसे भी ज्यादा संजीदा है।''

अब तक हर कोई पूरी तरह से हड़बड़ाए हुए थे और जिन शिष्यों के बारे में पूछा गया, वे परेशान और उलझन में थे। भला वे अपने गुरु से ज्यादा संवेदनापूर्ण, ज्यादा वाक्पटु, ज्यादा साहसी और ज्यादा संजीदा कैसे हो सकते थे?

कंफ्यूशियस ने बताया, ''येन्हुई संवेदना के बारे में जानता है, लेकिन वह यह नहीं जानता कि कब संवेदनशील नहीं होना है। जिगोंग बातचीत में निपुण है, किंतु वह नहीं जानता कि चुप कब रहना चाहिए। जिलु को बहादुरी का ज्ञान है, लेकिन उसे नहीं मालूम कि भयभीत कब होना चाहिए। जिझांग संजीदा और संस्कारी है, लेकिन वह यह नहीं जानता कि औरों के साथ समायोजन और समझौता कब करना चाहिए। यदि आप उन सभी की प्रतिभाओं को एकत्र करके, उन्हें मेरी सभी कमियों के बदले देना चाहेंगे, तो मैं उन्हें (एकत्र प्रतिभाओं को) स्वीकार नहीं करूँगा।''

अपने तरीके से गुरु उन्हें हरेक चीज में सामान्य रहने का तत्त्व सिखा रहा था।

एक कहानी के उदाहरण से उसके अंतर के विचार को समझा जा सकता है। जी लू ने उससे एक प्रश्न पूछा, ''जब हम एक अच्छा प्रस्ताव सुनते हैं, तो क्या हमें इसे तुरंत ही अमल में लाना चाहिए?''

कंफ्यूशियस ने उत्तर दिया, ''तुम्हें सबसे पहले उस व्यक्ति से पूछना चाहिए, जिसके पास ज्यादा अनुभव हो। कुछ समय बाद रान यू ने उससे वही प्रश्न पूछा। कंफ्यूशियस ने उसे उत्तर दिया, ''बेशक, तुम्हें इसे तुरंत अमल में लाना चाहिए।'' एक तीसरा छात्र, जिसने दोनों उत्तरों को सुना था, वह दोनों विरोधी उत्तरों से उलझन में पड़ गया और उसने कंफ्यूशियस से इनके बीच अंतर स्पष्ट करने के लिए कहा।

कंफ्यूशियस ने कहा, ''रान यू निर्णय लेते समय हमेशा झिझकता है, इसलिए उसे अपेक्षाकृत ज्यादा साहसी होने के लिए प्रोत्साहित किया जाना चाहिए। जी लू की प्रवृत्ति हड़बड़ी में निर्णय लेने की है। इसलिए उसे सावधान किया जाना चाहिए। यह स्वाभाविक ही है कि अलग-अलग लोगों को अलग-अलग उत्तर दिया जाना चाहिए।''

कंफ्यूशियस उस वक्त युवा नहीं था, जिस समय वह एक भटकते हुए शिक्षक के रूप में अपना जीवन जी रहा था। तब उसकी उम्र लगभग 50 वर्ष थी। लेकिन वह अपने विचारों के प्रोत्साहन में अपने निष्ठावान विद्यार्थियों के साथ अलग-अलग देशों में घूमते हुए लगातार अथक कार्य करता रहा। किंतु किसी भी देश की राज्य सरकार ने उसके विचारों को स्वीकार नहीं किया। जब वह 68 साल की उम्र का हो गया, तो कंफ्यूशियस लू लौट आया। लेकिन लू ने भी उसे एक राजकीय दर्जा नहीं दिया। वस्तुतः कंफ्यूशियस ने अब कोई राजकीय कार्य प्राप्त करने का प्रयास ही छोड़ दिया। वह निरंतर अपने प्रिय शिष्यों को पढ़ाता रहा। 72 वर्ष की उम्र में 479 ईसा पूर्व कंफ्यूशियस ने अंतिम साँस ली।

कंफ्यूशियस के अंतिम दिनों के बारे में हमें एक मजेदार दंत कथा सुनने को मिलती है। अपनी सांसारिक यात्रा के अंतिम दिनों में उसने बिस्तर पकड़ लिया था। वह अपने अनेक शिष्यों से घिरा रहता था। वह उन्हें अंतिम शिक्षा देना चाहता था। उसने बड़ा सा मुँह खोलते हुए उनसे कहा, ''अंदर की तरफ देखो और बताओ, तुम्हें क्या नजर आता है?''

शिष्यों ने मुँह के अंदर देखा और कहा, ''गुरुजी हमें तो केवल आपकी जीभ नजर आ रही है।'' कंफ्यूशियस ने फिर उनसे पूछा, ''तुम्हारे मुँह में क्या है?''

छात्रों ने उत्तर दिया, ''हमारे मुँह में जीभ है और दाँत हैं।''

कंफ्यूशियस ने फिर उनसे कहा, ''दाँत मजबूत और कठोर हैं। लेकिन जीभ मुलायम और गूदेदार है। जीभ हमारे जन्म के साथ ही रहती है, जो दाँत से पहले बनती है। एक नवजात शिशु में भी जीभ रहती है। दाँत बाद में आते हैं, लेकिन बढ़ती उम्र के साथ बुढ़ापे में झर जाते हैं। लेकिन जीभ आदमी के साथ जीवन-पर्यंत रहती है। इसकी वजह यह है कि जीभ मुलायम और गूदेदार है। यह मुलायम होने के कारण उम्र भर कायम रहती है। इसलिए मृदुभाषी बनो, मधुरभाषी बनो।''

कंफ्यूशियस के गुण और ज्ञान के प्रति प्रेम की प्रशंसा उनके शिष्यों ने 'एनालेक्ट्स' में की है, जिसमें उसे ऐसा वर्णित किया गया है, जो अपने ज्ञान के उत्सुक अनुसरण में अपना भोजन भूल जाता था और इसे हासिल कर लेने की खुशी में अपना दु:ख भूल जाता था। भूतकाल के जो भी पारंपरिक अभिलेख हुआ करते, चाहे इतिहास, गीतमय कविताएँ या क्रिया कांड या समारोह, जिससे गुणों को बढ़ावा मिलता, वह उन्हें खोज निकालता और अपने शिष्यों को पढ़ाया करता। वह अनुरागी स्वभाव और औरों के प्रति सहानुभूतिपूर्ण तथा सर्वाधिक समझदार व्यक्ति था। वह अपने शिष्यों को बहुत प्यार करता था और उसे उनसे चिरस्थायी प्रेम, निष्ठा और समर्पण मिलता था।

विचार मनन

आज हमारे विद्यालयों और महाविद्यालयों में मिलने वाली शिक्षा पुस्तकीय ज्ञान पर जोर देती है। छात्रों को कुछ पुस्तकें पढ़ने को कहा जाता है, कुछ तथ्यों को 'रटने' याद करने और उन्हें पुन: प्रस्तुत करने को कहा जाता है। हम उनके दिमाग में सूखे तथ्य और आँकड़े भरते जाते हैं, क्योंकि हम 'शिक्षा' शब्द के सच्चे अर्थ को भुला बैठे हैं। 'एज्युकेशन' का लैटिन मूल में अभिप्राय 'बाहर निकालना' होता है। यही तो शिक्षा है—'बाहर निकालने की प्रक्रिया।' दुर्भाग्य से हमने इसे बिल्कुल उलटा करके अंदर भरने वाली प्रक्रिया कर दिया है।

मुझे गुरुदेव साधु वासवानी के शब्द याद आते हैं—"विद्यालय किन से बनता है? प्राय: भवन और फर्नीचर पर ही जोर दिया जाता है। लेकिन विद्यालय, जो मैं सोचता हूँ, वह स्थान नहीं है, बल्कि परिवेश है, जिसमें शिक्षक और छात्र रहते हैं। शिक्षक और छात्रों का साथ—इसी से विद्यालय बनता है। तो ऐसा प्राचीन भारत में हुआ करता था। विद्यालय (आश्रम) का केंद्र गुरु हुआ करता था, जहाँ वह शिक्षक हुआ करता था, जो अपने आप में शुद्धीकरण का वातावरण था।"

जि गाँग ने गुलामों का उद्धार किया

''इस बात की परवाह मत करो कि कोई तुम्हारे गुणों को नहीं पहचानेगा। इस बात की परवाह करो कि तुम उनके गुणों को नहीं पहचान सकते हो।''

—कंफ्यूशियस

जि गाँग कंफ्यूशियस का वरिष्ठ शिष्य था, जिसे उसके गुरु बहुत चाहते थे। जि गाँग एक समृद्ध व्यापारीय पृष्ठभूमि से ताल्लुक रखता था। वह एक अति सम्माननीय नागरिक था और कभी-कभार लू राज्य के द्वारा उसे शासकीय कार्य में लगा दिया जाता था (जहाँ वह और कंफ्यूशियस के दूसरे शिष्य रहते थे)। कहा जाता है कि उसने लू राज्य के लिए, किसी पद पर न होने के बावजूद, उसके भाष्य-कौशल के कारण कई कूटनीतिक कार्य किए। कहा जाता है कि आगे चलकर वह बहुत धनी हो गया था।

कंफ्यूशियस युद्ध काल में रहा, जब चीन के कई राज्य एक-दूसरे के खिलाफ लगातार द्वंद्व और संघर्षरत थे। इन निरंतर जंगों के दौरान प्राय: ऐसा हुआ करता था कि एक राज्य के नागरिक, जिन्हें दुश्मन राज्यों के द्वारा बंदी बना लिया जाता था, उन्हें विजेता राज्य में गुलाम बनाकर रखा जाता था। इस तरह लू के कई गरीब नागरिक पड़ोसी देशों (राज्यों) में गुलाम बनाकर रखे गए थे। लू राज्य की एक नीति थी, जिसके तहत उन लोगों को सरकारी तौर पर मान्यता दी जाती थी और

पुरस्कृत किया जाता था, जो अपने गुलाम साथी नागरिकों की स्वतंत्रता के लिए फिरौती देते थे।

एक बार जि गाँग एक दूसरे राज्य में कूटनीतिक दौरे पर था। उसने पाया कि उसके कई साथी नागरिक वहाँ गुलामी की अवस्था में रह रहे हैं। उसने अपने पैसे से कई साथी नागरिकों की मुक्ति के लिए फिरौती का भुगतान किया और उन्हें वापस लू राज्य ले आया। राजा के अधिकारियों द्वारा इस कार्य की बहुत सराहना की गई और उन्होंने जि गाँग को उसकी उदारता के लिए कीमती पुरस्कार प्रदान किया। किंतु जि जाँग दो तथ्यों के प्रति बहुत सचेत था, पहला यह कि वह कंफ्यूशियस का समर्पित शिष्य था और वह स्वयं एक धनाढ्य परिवार का था। इसलिए उसने बड़ी विनम्रता से पुरस्कार लेने से मना कर दिया। पुरस्कार का त्याग कर उसने स्वयं को अत्यंत सभ्य और निस्स्वार्थी माना।

किंतु जब उसने कंफ्यूशियस को इस विषय में बताया तो उसके गुरु बहुत खुश नहीं हुए। उन्होंने जि गाँग को समझाया कि लू के अधिकतर लोग बहुत गरीब हैं और उसकी तरह उदारता प्रकट करना वहन नहीं कर सकते। जब जि गाँग की तरह का प्रतिष्ठित नागरिक इनामों को लेने से मना कर देता है, तो वह एक ऐसी छवि निर्मित करता है कि राजकीय पुरस्कार ग्रहण करना शर्मनाक है। इससे ऐसे अन्य लोगों के प्रयासों में अवरोध उत्पन्न होगा, जो अपने साथी नागरिकों को स्वतंत्र कराने की पहल करते हैं और इस तरह गुलाम बना लिये गए लोगों को बचाने की सरकारी योजनाओं को निरुत्साहित करेगा।

इसलिए कंफ्यूशियस ने संकेत किया कि यद्यपि जि गाँग का बर्ताव उसके स्वयं की नेकनामी के लिए अच्छा है, किंतु इससे देश में एक नकारात्मक प्रभाव उत्पन्न होगा। किसी अच्छे कार्य के लिए दिए जा रहे पुरस्कार को अस्वीकार करना अल्प अवधि के लिए ही ठीक होगा, लेकिन दीर्घकाल में यह राज्य और उसके नागरिकों के लिए अच्छा नहीं होगा। सच तो यह है कि भविष्य में यह उस देश का अभिशाप बन जाएगा।

विचार मनन

सेवा के माध्यम से आत्मा को उत्कृष्ट बनाओ। दूसरे शब्दों में, सचेत हो जाओ कि आप ईश्वर के यंत्र मात्र हैं। वह कार्य करनेवाला है, आप

केवल उसके औजार, उसके माध्यम हैं। इसलिए अहं का और संकीर्ण स्वार्थ का हर विचार मन से निकाल दो और उस चिरंतन शक्ति के यंत्र बन जाओ, जो लोगों और राष्ट्रों के जीवन को तराशते हैं।

यह अच्छा है कि जो दूसरों की सेवा करना चाहते हैं, इस बात का ध्यान रखते हैं कि सेवा का उद्देश्य मन, हृदय और बुद्धि को पवित्र तथा ईश्वर की अनुभूति की राह पर हमें अग्रसर करना है। उन्हें वह दिव्य निस्स्वार्थ खुशी भी हासिल होती है, जो दीन-दुखियों की सेवा करने से आती है और अँधेरी, दु:खी जिंदगियों में प्रेम का प्रकाश लाती है। यही वे असली भावनाएँ हैं, जिनका पोषण उन लोगों में होना चाहिए, जो दूसरों की रक्षा करते हैं, न कि तुच्छता, अहंकार और स्वयं पर घमंड।

मेरा आपसे निवेदन है—अपनी श्रेष्ठता सिद्ध करने के लिए दूसरों की सेवा करने की मत सोचो। इससे तुम्हें बदनामी हासिल होती है और इससे उनका अवमूल्यन होता है, जिनकी सेवा आप इस भाव से करते हैं। इससे सेवा का भाव और अवधारणा ही नष्ट हो जाती है। सच्ची सेवा अहं के प्रदूषण से मुक्त होती है।

मेनसियस की माँ

''वह, जो सीखता है, लेकिन सोचता नहीं है, वह खो जाता है; वह, जो सोचता तो है, लेकिन सीखता नहीं है, वह बड़े खतरे में रहता है।''

—कंफ्यूशियस

मेनसियस न केवल चीनी इतिहास के सर्वाधिक ख्यातिप्राप्त दार्शनिकों में एक था, बल्कि कंफ्यूशियस दर्शन के अग्रणी अनुयायियों में प्रमुख था। बहुत से लोग उसे गुरु की शिक्षाओं का सच्चा ट्रांसमीटर मानते हैं। वस्तुत: उसकी कृति 'मेंग्जी' कंफ्यूशियस प्रथा का एक ग्रंथ बन गई है। कंफ्यूशियस के बाद मेनसियस स्वयं महानतम कंफ्यूसियन विचारक के रूप में सम्मानित हुआ और आधुनिक समय तक कंफ्यूसियन विचार के विकास में उसकी शिक्षाएँ बहुत प्रभावी रही हैं। उसके बड़े होने के वर्षों के बारे में और अपने बेटे को बनाने, ढालने और तराशने में उसकी माँ की भूमिका की एक खूबसूरत कहानी इस तरह है।

मेंग के (Meng Ke) (जन्म के समय मेनसियस का यही नाम था) का जन्म जाऊ काउंटी, शेंडोंग प्रोविंस में हुआ था। जब वह मात्र तीन साल का था, तभी उसके पिता का देहांत हो गया। अब बेटे के पालन–पोषण की जिम्मेदारी माँ झाँग (Zhang) पर आ गई। आज भी झाँग को अनुकरणीय स्त्री और माँ के रूप में जाना जाता है। उसकी कहानी से जुड़े सर्वाधिक प्रसिद्ध चीनी वाक्यांशों में एक है, ''मेनसियस की माँ ने तीन बार स्थान बदला। और यही हमारी कहानी का सार

है—क्यों और कहाँ और कब-कब मेनसियस की माँ ने स्थान बदला?''

उसके विधवा होने के बाद प्रारंभिक वर्षों में मेनसियस और उसकी माँ एक श्मशान के नजदीक रहते थे। जब मेनसियस छोटा बच्चा था, तब वह बार-बार दफन प्रक्रिया देखता था और अंत्येष्टि के दौरान विलाप करनेवालों की वह नकल करने लगता था। यह सब देखकर झाँग चौंक जाती थी, उसने सोचा कि ऐसा परिवेश उसके बेटे के लिए ठीक नहीं। इसलिए व्यस्त बाजार के निकट उसने अपना निवास स्थान बनाने का निर्णय किया।

यहाँ भीड़-भाड़ वाले बाजार क्षेत्र में दुकानें ही दुकानें थीं। व्यवसायी हमेशा ही एक-दूसरे से बातें करते रहते थे। कभी वे अपने व्यवसाय के विषय पर, तो कभी अपनी यात्राओं की कहानियाँ एक-दूसरे को सुनाते रहते थे। उनमें से अधिकतर तेज आवाज में बात करते और शेखी बघारा करते थे। अब मेनसियस व्यापारियों की नकल करने लगा। वह जोर-जोर से बातें करता, वह कहाँ गया था और क्या किया था, इन बातों को बढ़ा-चढ़ाकर बोलता। उसकी माँ के मन में डर बैठ गया। वह नहीं चाहती थी कि उसका बेटा बकवादी और डींगे हाँकनेवाला बने। काफी सोच-विचारकर वे फिर वहाँ से चले गए।

लेकिन अब तक मेनसियस की माँ ने एक महत्त्वपूर्ण सबक सीख लिया, इस बार उसने एक स्कूल के नजदीक रहने का विकल्प चुना। यहाँ उस स्थान में आने-जानेवाले लोगों में अधिकतर शिक्षक विद्वान् एवं बौद्धिक वर्ग के लोग रहते थे, जो अपने हाव-भाव, तौर-तरीके के प्रति गंभीर होते थे और बड़े लहजे और सभ्यतापूर्वक बातें किया करते थे। ऐसे परिवेश में पलते-बढ़ते हुए, मेनसियस विद्वान् और सज्जन के आवश्यक तौर-तरीके एवं शिष्टाचार ग्रहण करने लगा। वह व्यवहारकुशल बन गया। जिसे कन्फ्यूशन रीति में ''जूनिज'' कहा जाता है। बातचीत और उठने-बैठने में वह पूरी तरह सज्जन, सौम्य और मिलनसार बन गया।

मेनसियस की माँ बहुत खुश थी। वह सोचती, ''यह परिवेश मेरे बच्चे के पालन-पोषण और बड़े होने के लिए अच्छा है।'' तब तक उसने आजीविका कमाने के लिए घर में कपड़े बुनने का काम शुरू कर दिया था।

जब मेनसियस ने स्कूल जाना शुरू किया, तो एक दिन वह कक्षा से चुपचाप अपने दोस्तों के साथ खेलने के लिए भाग गया। उसने बाहर दूसरे बच्चों को खेलते हुए देखा था, इसलिए उनके साथ खेलने के लिए चुपके से निकल भागने की तरकीब सोची थी। जब वह घर लौटा, तो उसकी माँ बुनाई कर रही थी। उसके

गंदे कपड़ों को देखते ही वह सारा माजरा समझ गई। उसने पूछा, ''क्या तुम अभी स्कूल से आए हो?'' आज मैं स्कूल नहीं गया। उसने ईमानदारीपूर्वक उत्तर दिया।

उसकी माँ उसे चरखे के पास ले गई। उसने उसे अपने द्वारा बुना हुआ कपड़े का एक टुकड़ा दिखाया और कैंची से उसे आधा काट दिया। अब उसने अपने बेटे से कहा, ''इस कपड़े के टुकड़े को देखो। यह किसी काम का नहीं है, क्योंकि यह अधूरा है। यदि तुम एक सच्चे विद्वान् बनना चाहते हो, तो तुम्हें मन लगाकर पढ़ना होगा। वरना तुम्हारा हाल इसी कपड़े के टुकड़े की तरह हो जाएगा। एक-एक इंच करके इसे बुनने में मुझे बहुत समय लगा। अब मैंने इसे आधा काट दिया, इसलिए यह बेकार हो गया। यदि तुम भी आधा-अधूरा काम करोगे तो तुम्हारा भी हाल इस बेकार कपड़े की तरह हो जाएगा।''

मेनसियस को अपनी माँ द्वारा दी गई सीख से बहुत प्रेरणा मिली। उसके बाद से वह एक छात्र और मनुष्य के रूप में खिलने लगा। अध्ययन करना और सीखना, उसका सबसे बड़ा शौक बन गया। अपनी माँ की मदद और समर्थन से मेनसियस ने छह शास्त्रीय कलाओं (Classical arts) में प्रवीणता हासिल कर ली और अपने समय का सर्वाधिक ख्यातिप्राप्त विद्वान् कहलाया।

विचार मनन

जब बच्चे जन्म लेते हैं, तो उन्हें गर्म कपड़े में लपेटकर माँ के नजदीक रखा जाता है, क्योंकि ऐसा माना जाता है कि रिश्ते की प्रक्रिया इसी अवस्था से ही शुरू हो जाती है।

यह 'रिश्ता' बहुत विशेष होता है, क्योंकि इसमें माँ की संवेदना से पहचान शामिल होती है। बच्चे की चेतना में माँ की सजगता निकटतम, सर्वाधिक प्रिय और सबसे अहम होती है; जिस व्यक्ति का बच्चे के विकास में सबसे बड़ा योगदान होता है, उससे आत्मीयता होती है और प्यार का रिश्ता जुड़ता है, जो माँ और बच्चे दोनों के लिए बहुत मान्य रखता है।

इसीलिए मैं सभी माताओं से कहता हूँ, उन्हें अपने बच्चे को आया और नौकरों की देख-रेख में नहीं छोड़ना चाहिए। आप चाहे जितने भी व्यस्त हों, आप चाहे जितने भी संपन्न हों, किंतु इस बहुमूल्य कर्त्तव्य को

किसी और पर मत छोड़ो। कोई तुम्हारी, माँ, की जगह कैसे ले सकता है? जिसने बच्चे को अपने गर्भ में पाला व पोषित किया है, उसके जन्म का कीमती उपहार उसे दिया है और उसे इस सुंदर उज्ज्वल दुनिया में लाई है? कोई और तुम्हारा स्थान कैसे ले सकता है? इसलिए अपने बच्चे को सदा अपने पास रखो; उसके महत्त्वपूर्ण निर्माणात्मक वर्षों में व्यक्तिगत रूप से उसकी देख-भाल करो।

सम्राट् यू शुन

"गुरु ने कहा, ऊँचा! कि शुन और यू को संसार पर अधिकार करना चाहिए था, फिर भी किसी को भी अपना नहीं मानना चाहिए था।"

—एनालेक्ट्स

यू शुन प्राचीन चीन का प्रसिद्ध शासक था, जिसे चीनी इतिहास में तीन संप्रभुओं और पाँच सम्राटों में एक माना गया है। शुन बहुत गरीब घर से था, लेकिन उसके महान् गुणों से सम्राट् याओ इतना प्रभावित था कि सम्राट् के शासनकाल में उसे प्रमुख प्रशासकीय दर्जा दिया गया था। शुन अपने लिए सौंपे गए कार्यों को इतनी सत्यनिष्ठा व ईमानदारी से संपन्न करता था कि उसे जनता व शासक का सम्मान और विश्वास हासिल हुआ। अंततः सम्राट् ने जब गद्दी छोड़ने का फैसला किया, तो यू शुन को अपना उत्तराधिकारी नियुक्त किया। कहा जाता है कि शुन ने इस प्रस्ताव को विनम्रतापूर्वक अस्वीकार कर दिया और यह कहा कि उसकी अपेक्षा किसी ज्यादा गुणी और सक्षम को यह कार्य सौंपा जाए। लेकिन अंततः वह सम्राट् का बड़ा दायित्व निभाने के लिए तैयार हो गया। बाद की शताब्दियों में याओ और शुन दोनों ही कंफ्यूशियन दार्शनिकों द्वारा महिमामंडित किए गए। शुन खास तौर पर अपनी नम्रता और पितृ-भक्ति के लिए विख्यात हुआ। उसकी कहानी इस प्रकार है।

दंतकथा के अनुसार, शुन की माँ का देहांत उसकी शैशवास्था में ही हो गया था। उसके अंधे पिता ने दूसरी औरत से विवाह कर लिया। शुन का जियांग नामक एक सौतेला भाई था, जो बहुत धृष्ट और क्रूर था। जिद्दी और संवेदनहीन पिता, अति रोबदार और निरंकुश माँ और दुष्ट व चालबाज भाई के बीच शुन की जिंदगी वाकई नर्क बनकर रह गई थी। लेकिन वह निरंतर उन्हें प्रेम करता रहा और उनका साथ देता रहा। सभी कठिन कार्य शुन के लिए आरक्षित रखे जाते थे, लेकिन उसे खराब से खराब भोजन और वस्त्र दिए जाते थे। उसने अपनी पारिवारिक जिम्मेदारियों को कभी नजरअंदाज नहीं किया। अपने माता-पिता को प्रेम और सम्मान देने में उसने कभी कोई समझौता नहीं किया। सालोंसाल वह बड़े सब्र के साथ उनका वैमनस्य और कुचेष्टा सहन करता रहा। अंततः एक दिन जब उसकी सौतेली माँ और उसके बेटे ने उसे जान से मार देने का षड्यंत्र रचा तो वह घर से भाग गया। लेकिन जब सब कुछ सामान्य हो गया, तो वह अपने परिवार में वापस लौट आया। परिवारवाले उसके बिना बहुत परेशानी में थे। इसलिए कहा जाता था—"परिवार जब शुन को मार डालना चाहता था, तो उसे नहीं मार सका। फिर भी जब उन्हें उसकी जरूरत थी, तो वह हमेशा हाजिर रहता था। ऐसे अप्रिय और दुखद पारिवारिक वातावरण में रहते हुए शुन की ईमानदारी, भद्रता, सब्र और गुण तपते हुए स्वर्ण की तरह निखरते गए। इंसान की सबसे बड़ी दौलत—उद्देश्य की ताकत और उच्च नैतिक चरित्र—उसने अपने भीतर इन दोनों का विकास किया। अंततः उसकी सौतेली माँ ने उसे घर से निकाल दिया। परिणामस्वरूप यू शुन को बाध्य होकर कहीं और अपनी आजीविका कमाने जाना पड़ा। लेकिन जहाँ कहीं भी वह गया, उसने अपनी छाप छोड़ी।"

बड़े मजे की बात है कि यू शुन ने चीन के मिट्टी के बर्तनों के निर्माण में भारी योगदान दिया। घर से दूर रहने के प्रारंभिक दिनों में शुन ने यलो (पीली) नदी के किनारे बसे झुफेंग गाँव में कुम्हार का काम शुरू किया। इतिहास बताता है कि "शुन की कारीगरी और कार्य-कौशल उल्लेखनीय था। उसके द्वारा बनाए गए मिट्टी के बर्तन न केवल सुडौल और कलात्मक हुआ करते थे, बल्कि वे देखने में सुंदर, टिकाऊ और उचित मूल्य के होते थे। शुन की आदत थी कि उपयोग की जानेवाली मिट्टी की गुणवत्ता पर वह खास ध्यान देता था। उतना ही सजग वह बर्तनों को पकाते समय ताप के प्रति भी रहता था। इससे उसके बर्तन ठोस और टिकाऊ बनते थे। लोग उसके मिट्टी के बर्तन खरीदने के लिए टूट पड़ते

थे, जबकि दूसरे कुम्हार उससे उसकी विशेष तकनीक सीखने आते थे। शुन उन्हें अपनी तकनीक साझा करके बहुत खुश होता था। उसके मिट्टी के बर्तनों की काफी माँग थी। दूर-दराज से लोग उन्हें खरीदने के लिए आते थे। ग्राहकों की माँग की पूर्ति करने के लिए उसे अपने काम में बहुत व्यस्त रहना पड़ता था। उसका व्यवसाय फलता-फूलता गया। शुन लगातार लोगों के संपर्क में रहता था। वह अपने समय, प्रयास और बर्तनों की गुणवत्ता पर कभी कोई समझौता नहीं करता था। इन सबमें जो सर्वाधिक उल्लेखनीय बात है, वह यह कि सर्वदा बढ़ती हुई माँग के बावजूद उसे कीमत बढ़ाने या बाजार पर एकाधिकार करने का लालच कभी नहीं हुआ। वह अपने सामान्य लाभ में ही खुश रहते हुए, अपने गुणवत्ता और ईमानदारी के विचारों के प्रति समर्पित रहता था।

धीरे-धीरे उस प्राचीन समय में उसने कुम्हार के चक्के (Potter Wheel) का प्रयोग करने की नवीनतम और उन्नत तकनीक ईजाद कर ली। उसकी प्रसिद्धि येलो (पीली) नदी क्षेत्र में सर्वत्र फैल गई। उस क्षेत्र में बहुत से कुम्हारों ने यह सोचकर कि उन्हें भी उतनी ही सफलता मिलेगी, वहाँ अपना व्यवसाय स्थापित कर लिया। लेकिन वे गुणवत्ता पर कम और फायदे पर ज्यादा ध्यान केंद्रित करते थे। वे अच्छी तरह मिट्टी तैयार करने पर ध्यान नहीं देते थे, वे आग में बर्तनों को पकाने की प्रक्रिया में कटौती करके ईंधन और समय बचाते थे। परिणामस्वरूप उनके बर्तन ठीक तरह से पके हुए नहीं होते थे और कुछ समय तक प्रयोग में आने के बाद टूट-फूट जाते थे। ये कुम्हार फायदा तो कमाते थे, लेकिन उनके उत्पादों की गुणवत्ता बहुत घटिया थी।

शुन ने वी नामक स्थान पर मिट्टी के बर्तन निर्माण का नया व्यवसाय प्रारंभ किया। यह एक तरह का आदर्श कारखाना बन गया, जहाँ उसने अपेक्षाकृत अधिक उन्नत तकनीकों का अध्ययन कर उनमें महारत हासिल की। इन तकनीकों को वे स्वेच्छा से उस क्षेत्र के सभी कुम्हारों को सिखाया करता था। उसने ज्यादा खूबसूरत और सज्जायुक्त बर्तन बनाने पर ध्यान केंद्रित किया।

जब दूसरे कुम्हार शुन की बढ़ती लोकप्रियता से ईर्ष्या करने लगे, तो वे उस पर यह कहते हुए ऐतराज करने लगे कि वह उन्हें व्यवसाय से बाहर करने की कोशिश कर रहा है। लेकिन शुन ने बड़े धैर्य के साथ उनकी बातें सुनीं और उनसे कहा, ‘‘मैं यहाँ आप लोगों से प्रतिस्पर्धा करने या आपके ग्राहक चुराने नहीं आया हूँ। मैं अपने बर्तन कैसे बनाता हूँ, यह मेरा काम है। लेकिन मैं एक भी ग्राहक को

बर्तन खरीदने को बाध्य नहीं कर सकता। यदि लोग मेरे बर्तन नहीं लेना चाहते, तो मैं उन्हें मजबूर तो नहीं कर सकता। उसी तरह यदि हर कोई मेरे बर्तन खरीदना चाहता है, तो मैं उन्हें मना भी नहीं कर सकता। प्रिय मित्रो, जरा इस विषय पर सोचो, हम सभी बर्तन बनाते हैं, लेकिन लोग मेरे ही बर्तन क्यों खरीदते हैं, तुम्हारे क्यों नहीं? ऐसा क्यों है?''

कुम्हारों ने मन में खटास रखते हुए कहा, ''तुम्हारे बर्तन टिकाऊ और उचित मूल्य के हैं। हमारे बर्तन कमजोर और महँगे हैं। इसलिए लोग तुम्हीं से खरीदते हैं, हमसे नहीं। क्या तुम हमसे हमारा काम छीनने के लिए ऐसा जान-बूझकर नहीं कर रहे हो? तुमने कीमत कम कर दी और हमें फायदा लेने नहीं देते।''

शुन ने उनसे कहा, ''अब जरा उन कपड़ों के बारे में सोचो, जिन्हें हम अपने घर-परिवार के लिए खरीदते हैं। यदि उनके धागे फट जाएँ और उनके रंग धुँधले हो जाएँ, तो क्या तुम हमेशा उसी दुकान से कपड़े खरीदते रहोगे? क्या गुणवत्ताहीन उत्पाद की तुम अच्छी कीमत दोगे? फिर तुम मुझसे कैसे उम्मीद कर सकते हो कि गुणवत्ताहीन बर्तन बनाकर अपने ग्राहकों को भगा दूँ?''

लेकिन कुम्हार संतुष्ट नहीं हुए। उन्होंने कहा, ''तुम्हारे यहाँ आने से पहले हमारा सब कुछ अच्छा चल रहा था। हमारे अपने हिस्से के ग्राहक हुआ करते थे और हम अच्छा फायदा कमाते थे। तुम्हारे आने के बाद से सब कुछ बदल गया है। ऐसा नहीं है कि हमारे बर्तन अचानक कमजोर हो गए हैं। लेकिन जब से तुमने अपना काम शुरू किया है, कोई भी हमारे बर्तन नहीं खरीदता है।''

शुन ने उन्हें बताया, ''लोग तुमसे इसलिए खरीदा करते थे, क्योंकि उनके पास कोई विकल्प नहीं था। वे तुमसे इसलिए नहीं खरीदते थे कि उन्हें तुम्हारे बर्तन पसंद थे, बल्कि इसलिए कि उन्हें बेहतर बर्तन नहीं मिलते थे।''

जब सालोंसाल हमारी फसलें खराब हो जाती हैं, तो क्या हम चोकर और घास नहीं खाते? जब उनके पास केवल कमजोर गुणवत्तावाले बर्तन उपलब्ध थे, तो तुम उन्हें चोकर, घास खाने के लिए ही मजबूर कर रहे थे। ऐसा नहीं है क्या?''

कुम्हारों ने उत्तर दिया, ''हम कारीगर हैं, जो अपने कौशल पर ही जीते हैं। हमें तो केवल पैसा कमाना और धनी होना आता है। हम अच्छा बनने की परवाह नहीं करते।''

शुन ने कहा, ''ऐसा नहीं है। धन केवल दयालुता के अंदर अस्तित्वान होता है। बिना दयालुता के तुम्हें धन कहाँ मिलेगा?''

वह क्रुद्ध कुम्हारों को समझाता रहा, "आदमी और जानवरों में दयालुता और अच्छाई का ही अंतर है। यदि मैं औरों को धोखा नहीं देता हूँ, तो वे भी मुझे धोखा नहीं देंगे। धनी होने के लिए तुम लोगों ने उन्हें कमजोर बर्तन बेचकर धोखा दिया। हालाँकि हर कोई पैसा कमाना और धनी होना चाहता है। यदि हर व्यवसाय में लोग तुम्हारी तरह ही सोचने लग जाएँ और गुणवत्ताहीन उत्पाद तैयार करें, तो मैं तुमसे पूछता हूँ कि क्या कोई पैसा कमा सकता है? तुम तो केवल मिट्टी के बर्तन बनाते हो और तुमको बहुत सी चीजें दूसरों से खरीदनी पड़ती हैं। बहुत सारे उत्पादों के साथ प्रतियोगिता करने के लिए तुम्हारे पास केवल एक ही उत्पाद है, तो तुम्हारी जीत कैसे हो सकती है? भले ही तुम बर्तनों पर ज्यादा लाभ कमाते हो, तुम नहीं जानते कि कितना पैसा दूसरे व्यर्थ के उत्पादों पर तुम्हें खर्च करना पड़ता है। बिना दयालुता और अच्छाई के कोई धनी नहीं हो सकता, तो अच्छा और दयालु होना क्या बुद्धिमत्ता नहीं है?"

शुन की ज्ञान की बातें सुनकर कुम्हार दंग रह गए और उसके मार्गदर्शन में उन्होंने अपने तरीके सुधारे। वे अपने व्यवसाय में ईमानदारी और सच्चाई बरतने लगे। वे लागत बचाकर कमजोर गुणवत्ता के बदले मजबूत और टिकाऊ बर्तन बनाने लग गए।

बाद में सम्राट् याओ ने यू शुन को एक क्षमतावान नेता और अच्छे प्रशासक के रूप में पहचाना। शुन को तदुपरांत आदेश मंत्री, सामान्य नियामक और चार चोटी के क्षेत्रों का प्रमुख बनाया गया। जहाँ कहीं भी उसे कार्य करने को भेजा जाता था, वह थोड़े समय में ही वहाँ अनुशासन, व्यवस्था और एक अच्छी कार्य संस्कृति को स्थापित कर देता था। अंततः जैसा कि हमने देखा, सम्राट् याओ ने अपने दो नालायक बेटों को सिंहासन का उत्तराधिकारी न बनाकर शुन को उत्तराधिकारी बनाया।

कहा जाता है कि जब एक बुद्धिमान और असली व्यक्ति नेतृत्व की बागडोर सँभालता है, नैतिकताएँ पहले आती हैं और मार्गदर्शन पर जोर दिया जाता है। उसने अपनी ताकत के लिए कठोर कानूनों और कड़ी सजा का प्रावधान नहीं किया। कहा जाता है कि उसके शासनकाल में लोग ज्यादा दयालु और ईमानदार बन गए। लोगों को मात्र आध्यात्मिक दायित्वों को सिखाने की जरूरत होती थी, फिर हर कोई अपना चरित्र सुधार लेता था और दयालु बन जाता था। कुछ और अधिक करने की जरूरत नहीं थी। फिर भी शासन अच्छा चला और सब कुछ व्यवस्थित रहा।

'हिस्टॉरिकल रिकॉर्ड्स : रिकॉर्ड्स ऑफ फाइव एंपरर्स' (ऐतिहासिक लेख-प्रमाण : पाँच सम्राटों के लेख-प्रमाण) में सम्राट् शुन का मूल्यांकन कुछ इस तरह से है—"जब शुन माउंट ली में एक किसान था, तो स्थानीय लोगों ने उसे अपनी जमीन दे दी, जब वह 'लेक जे' में मछुआरा था, तो स्थानीय मछुआरे उसे अपने घरों में ठहराते थे; जब वह येलो नदी का कुम्हार था, तो उस क्षेत्र के मिट्टी के बर्तन कमजोर गुणवत्तावाले नहीं हुआ करते थे। जब पहले वर्ष वह वहाँ था, ज्यादा रहवासी वहाँ एकत्र हुए; दूसरे साल जब वह वहाँ था, तो एक शहर बस गया—तीसरे साल तक वहाँ एक महान् मेट्रोपॉलिस की स्थापना हो गई।" जहाँ कहीं उसने काम किया, वहाँ सभ्यता और सहृदयता प्रवृत्ति तैयार हो जाती थी। जहाँ कहीं वह गया, लोगों ने उसका अनुसरण किया। इस तरह सीमा कियन ने शुन की प्रशंसा की— "दुनिया में सभ्यता और दयालुता यू शुन से शुरू हुई।"

विचार मनन

जिसे आर्थिक विकास के घटक कहा जाता है, उसके अनुसार किसी देश का 'कल्याण' और 'समृद्धि' सकल राष्ट्रीय आय, (जीएनआई) देश के उत्पादन 'सकल घरेलू उत्पादन' (जी.डी.पी.) से नहीं होती, बल्कि हमें 'जीवन की गुणवत्ता', जिसे मेरे संवेदनशील पाठक 'जीवन स्तर' से कहीं बढ़कर महसूस करेंगे। समाज की प्रकृति और सार्वजनिक जीवन की दशाएँ, लोगों को उपलब्ध सार्वजनिक सेवाएँ और सुविधाएँ, जीवन की प्रत्याशा, शिक्षा, पारिवारिक जीवन और परिवार कल्याण, सामुदायिक जीवन, रोजगार के अवसर एवं रोजगार सुरक्षा, राजनैतिक स्वतंत्रता और सामाजिक सुरक्षा, लैंगिक समानता, धन का न्यायोचित वितरण, उन्नति के अवसर, पर्यावरण का संरक्षण एवं बचाव—ये और दूसरे अन्य मुद्दे लोगों के संपूर्ण कल्याण में अपना योगदान देते हैं।

अच्छाई के बीज बोना

"जब आप एक अच्छा व्यक्ति देखें, तो उसके जैसा बनने की सोचें। जब आप किसी बुरे व्यक्ति को देखें, तो अपनी कमजोरियों पर मनन करें।"

—कंफ्यूशियस

कंफ्यूशियस स्वयं को एक शिक्षक मानता था, जो नयापन लाने की अपेक्षा संप्रेषण करता है। सर्वोपरि वह अपने शिक्षण से प्राचीन काल के महान् कला-साहित्य के ज्ञान का खजाना संप्रेषित करता था। प्रस्तुत है, प्राचीन क्विंग वंश (Qing Dynasty) के महापुरुषों की एक कहानी।

क्विंग वंश के पूर्व वृतान्त में झाँग एक व्यापारिक दलाल का कर्मचारी था। एक अवसर पर उसके मालिक ने उसे एक सौदा करने और बकाया भुगतान प्राप्त करने के लिए एक व्यापारी के पास भेजा, जो यांग्ट्ज नदी के पार रहता था। यह उस ऋतु की बात है, जब नए साल का अवकाश तेजी से करीब आ रहा था। झाँग ने संभवतः जल्दी-से-जल्दी अपना काम पूरा करने की योजना तैयार की, ताकि नए साल के समारोह में समय पर वह घर लौट सके। मालिक के सोने-चाँदी के सिक्कों को कपड़े के थैले में रखकर वह बहुत जल्दी घर के लिए रवाना हो गया और पहली नाव पकड़ने की तैयारी कर ली। लेकिन जब वह अपने ठिकाने पर पहुँचा, तो उसे महूसस हुआ कि शहर के द्वार अभी खुले नहीं थे। वह खाली बाजार के चौक पर बैठ गया और द्वार के खुलने का इंतजार करने लगा। लेकिन

थोड़ी ही देर में उसे नींद आ गई और कपड़े के थैले को तकिया बनाकर वह सो गया।

थोड़ी देर बाद जब उसकी नींद खुली, तो शहर के द्वार खुल ही रहे थे। झाँग द्वार की ओर भागा और जल्दबाजी में सिर के नीचे रखा कपड़े का थैला भूल गया। करीब आधे घंटे बाद उसे अहसास हुआ कि थैले में रखा उसका सारा पैसा पीछे छूट गया था। वह झट बाजार की तरफ भागा, लेकिन वहाँ लोगों की भीड़ जमा हो गई थी और थैला वहाँ नहीं था।

झाँग को बड़ी चिंता हुई। चिंता में उसकी भौंहें सिकुड़ गई थीं और वह आस-पास निहार रहा था कि कोई आकर उसका थैला लौटा दे। एक बुजुर्ग सा व्यक्ति उसके पास पहुँचा और पूछा, ''क्या बात है? तुम किसी को या कुछ खोज रहे हो?'' झाँग ने अपनी आप बीती उसे बताई। बुजुर्ग ने उसकी बात बड़े ध्यान से सुनी और फिर झाँग को निकट ही अपने घर ले गया।

जब उन्होंने घर में प्रवेश किया, तो उस बुजुर्ग ने झाँग से कहा, ''आज सुबह जब मैंने द्वार खोला तो मुझे रास्ते में एक थैला मिला। लेकिन मुझे पता नहीं कि यह तुम्हारा है या नहीं। क्या तुम बता सकते हो, थैले में क्या था?'' झाँग ने उत्तर दिया, ''थैले के अंदर दो लिफाफे हैं, प्रत्येक में सोने और चाँदी के सिक्के की कुछ रकम है। बड़ा लिफाफा मेरे मालिक का है और छोटा मेरा है।''

बुजुर्ग ने थैले के अंदर की चीजों की जाँच की, जो कि बिल्कुल वैसे ही थे, जैसा झाँग ने बताया था। उसने उसी क्षण झाँग को थैला लौटा दिया।

झाँग ने चैन की साँस ली और वह इतना द्रवित हुआ कि उसकी आँखों में आँसू आ गए। उसने बुजुर्ग के प्रति अपना आभार और प्रशंसा व्यक्त करनी चाही और उसे चाँदी के कुछ सिक्के अपने व्यक्तिगत राशि से देने लगा, लेकिन बुजुर्ग ने मुस्कराकर उत्तर दिया, ''यदि पैसे से मुझे इतना प्रेम होता, तो मैंने तुम्हें थैले के बारे में बताया ही नहीं होता। मैंने वह किया, जो मैंने उचित समझा। मैं नहीं सोचता कि हमें पारितोषिक के लिए अच्छा काम करना चाहिए। सही काम करना और जो अच्छा है, वही करना, अपने आप में एक पुरस्कार है।''

झाँग ने उस बुजुर्ग से उसका नाम पूछा, उसे दिल खोलकर धन्यवाद दिया और अपना शेष काम पूरा करने के लिए वह आगे चला गया।

जब झाँग नदी घाट पर नाव का इंतजार कर रहा था, उस समय बहुत शोर-शराबा था। नदी में अचानक तूफान सा आ गया था। तेज हवा चल रही थी, कई

नौकाएँ पलट गई थीं और बहुत से लोग डूब रहे थे। झाँग ने यह सब परेशानी और दुःख अपने आस-पास देखा। उसी समय एक विचार उसके मन में आया कि उस बुजुर्ग ने उसके सोने-चाँदी के सिक्के लौटाकर एक तरह से उसके जीवन की रक्षा की थी। अब उसकी बारी है, जब अपने धन से वह दूसरों की जान बचाए। अपने चाँदी के सिक्के खर्च करके उसने कुछ लोगों को, डूबते व्यक्तियों को बचाने के लिए तैयार किया। कई दर्जन लोग उसकी संवेदना के आवेग से बच गए। जिनकी जान बची थी, उन लोगों ने झाँग को घेर लिया और उसके कार्य के लिए बहुत-बहुत धन्यवाद देकर आभार व्यक्त किया। उनमें से एक उस बुजुर्ग का बेटा था, जिसने झाँग को उसका गुम हुआ थैला लौटाया था। वह यांग्ट्ज नदी के उत्तरी क्षेत्र में अपना काम पूरा करके नानजिंग में घर वापस लौट रहा था। झाँग को यह सुनकर बड़ी हैरानी हुई। तब उसने वहाँ उपस्थित सभी लोगों को अपनी कहानी सुनाई और हर कोई इन दोनों चमत्कारों के विषय में सुनकर रोमांचित हो गया। सभी का मत था कि यही ईश्वरीय विधान है, अच्छाई का बदला अच्छाई ही होता है। युवक झाँग को अपने परिवार से मिलाने के लिए अपने घर ले गया। आगे चलकर जब झाँग ने अपनी बेटी के लिए उस युवक का हाथ माँगा, तो दोनों परिवार रिश्तेदारी के बंधन में बंधकर एक हो गए।

झाँग ने अच्छे कृत्य की शक्ति को महसूस किया। बुजुर्ग ने मिले हुए धन को अपने लिए नहीं रखा। न ही उसने अपने अच्छे कार्य के लिए पुरस्कार की माँग की। उसने न केवल झाँग को संकट से बचा लिया, अपितु उसके हृदय में अच्छाई करने का बीज भी बो दिया। इस तरह अपने बेटे की जान बचाने का अवसर तैयार कर लिया। हमें एक प्राचीन चीनी कहावत सुनने को मिलती है, ''बदले में किसी परिणाम की इच्छा किए बिना, अच्छे कार्य करना दूसरों को संवेदनायुक्त बनाएगा और तुम्हारी अपनी परेशानी हल करेगा। जरूरत में लोगों की मदद करना, उन्हें अच्छे कार्य करने को प्रेरित करेगा और तुम्हें औरों से मदद प्राप्त होगी।''

विचार मनन

जॉन डन नामक कवि ने लिखा है, ''कोई भी व्यक्ति टापू नहीं होता। दूसरे, जैसा कि हम उनके बारे में सोचते हैं, हमसे अलग नहीं होते।

हम और दूसरे लोग एक विशाल पूर्णता के हिस्से हैं। हमें स्वयं को दूसरों से दूर नहीं करना है। यदि हम स्वस्थ, खुशहाल जिंदगी जीना चाहते हैं, तो मानसिक, नैतिक और आध्यात्मिक रूप से हमें दूसरों, विशेषकर हमारे कम सौभाग्यशाली भाई और बहनों के कल्याण के बारे में चिंता करनी चाहिए। एक स्वार्थी व्यक्ति, जो केवल अपनी और अपने करीबियों की भलाई के विषय में ही चिंतित रहता है, वह कभी भी खुश नहीं होता। जब हम बाहर निकलकर दूसरों को खुश करते हैं, तभी खुशी हमारे जीवन में प्रवाहित होती है।''

जॉन वेस्ले नामक उपदेशकर्ता की मेरी पसंदीदा कहावतों में से एक है—

''तुम जितना भला कर सकते हो करो, हर तरह से करो, हर जगह करो, हर समय करो, जितने लोगों का कर सकते हो, जब तक कर सकते हो, करते रहो।''

इस्लाम धर्म

संक्षिप्त परिचय

इस्लाम विश्व के दो प्रमुख धर्मों में से एक है। विश्व की मुस्लिम आबादी दस अरब से ज्यादा अनुमानित है, जो चार महाद्वीप और संसार के कई क्षेत्रों में फैली है। यह उत्तर अफ्रीका, मध्य-पूर्व एशिया और यूरोप के कुछ क्षेत्रों में व्याप्त है।

व्युत्पत्ति विज्ञान के अनुसार इस्लाम सिन-लाम-मिम से निकलता है, जिसका आधारभूत अर्थ है 'सुरक्षा और शांति'। इस शब्द का अन्य मूल अर्थ 'समर्पण' बताया जाता है। आधुनिक विद्वान् इसका अर्थ 'स्वयं को ईश्वर के लिए खो देने और ईश्वर की खुशी के लिए अपनी खुशी को समर्पित कर देने' से जोड़ते हैं।

इस्लाम का संदेश 1400 साल पहले पैगंबर मुहम्मद पर जाहिर किया गया था। यह गैब्रिल नामक फरिश्ते के द्वारा प्रकट किया गया था और 'कुरान शरीफ' में इसे संरक्षित किया गया। इस्लाम धर्म का अनुयायी मुस्लिम कहलाता है। मुस्लिम एक अरबी शब्द है, जो एक ऐसे व्यक्ति का हवाला देता है, जो स्वयं को ईश्वर की इच्छा में समर्पित कर देता है।

मुस्लिम मानते हैं कि सच्चा इस्लाम विश्व के निर्माण से पूर्व के समय का है और आदम को सबसे शुरुआती पैगंबरों में से एक मानते हैं, जिसके बाद अब्राहम, मूसा, ईसा और सबसे अंत में पैगंबर मुहम्मद का नाम आता है। लेकिन इतिहास के उद्देश्य से अधिकतर लोग पैगंबर मुहम्मद को इस्लाम का संस्थापक मानते हैं। ईश्वर ने कुरान शरीफ का रहस्य प्रकट करने के लिए उन्हीं को चुना था और जिस रूप में आज हम इस्लाम को जानते हैं, वह उन्हीं के द्वारा स्थापित किया गया था।

इस्लाम का आधारभूत सिद्धांत यह है कि ईश्वर एक है और अल्लाह सर्वशक्तिशाली ईश्वर का उचित नाम है। अल्लाह के दूसरे नाम भी हैं, जो उसकी विशेषताएँ बताने के लिए प्रयोग किए जाते हैं—सृष्टिकर्ता, पालनहार, दयावान और सहृदय इत्यादि। पवित्रता की अवधारणा इस्लामिक मान्यता का केंद्र है। आस्थावान लोगों के द्वारा कायम रखे जाने हेतु पवित्रता के विभिन्न पहलू हैं। एक है नशा, शराब और जुआ को टालने के माध्यम से। दूसरा सुअर के मांस व अन्य तरह के भोजन ग्रहण न करके और अंत में कर्मकांडीय सफाई के पैमाने को कायम रखना।

मुस्लिम मान्यताओं को संक्षिप्त में प्रायः सात सिद्धांतों में बताया जाता है—

1. **तोहीद**—ईश्वर की एकता।
2. **रिसाल्लाह**—मुहम्मद के पैगंबरी के प्रति स्वीकृति, ईश्वर का दूत।
3. **मलाईकाइ**—फरिश्तों में विश्वास।
4. **कुतुबुल्लाह**—ईश्वर की पुस्तकों पर विश्वास (जैसे—कुरान शरीफ और साल्मस (भजन) ऑफ डेविड)।
5. **यामुद्दीन**—कयामत के दिन पर विश्वास।
6. **अल-कदर**—पूर्व ठिकाने की स्वीकृति।
7. **अखरीह**—मृत्यु के बाद पुनर्जीवित होने के प्रति आस्था।

बतौर मुस्लिम, प्रत्येक सदस्य को पाँच आवश्यक कर्त्तव्यों का पालन करना होता है, इसे आस्था के पाँच स्तंभ कहते हैं। ये हैं—

1. एक मुस्लिम को स्वीकार करना चाहिए कि अल्लाह और उसके पैगंबर मुहम्मद के अलावा कोई ईश्वर नहीं है।
2. मुस्लिम को मक्का की ओर मुँह करके पाँच समय की प्रार्थना करनी चाहिए—भोर में, दुपहर को, मध्य पूर्वाह्न, गोधूली वेला और अँधेरा होने के बाद।
3. प्रत्येक मुस्लिम को जकात, अर्थात् गरीब मुसलमानों के लिए स्वैच्छिक योगदान करना चाहिए।
4. मुस्लिम को रमजान के महीने में उपवास रखना चाहिए। उपवास के महीने के दौरान मुस्लिम को भोजन, पानी, धूम्रपान और संभोग से भोर से सूर्यास्त तक परहेज करना चाहिए।

5. मुस्लिम को मक्का की तीर्थयात्रा करनी चाहिए। प्रत्येक वयस्क मुस्लिम, जो शारीरिक और वित्तीय रूप से इसके लिए सक्षम है, उसे कम-से-कम जीवन में एक बार यह तीर्थ अवश्य करना चाहिए।

ये साधनाएँ इस्लाम की आधार हैं। ये वे दायित्व हैं, जो हर मुस्लिम में होने चाहिए। इन्हें शहादब (आस्था का बयान), सलत (प्रार्थनाएँ), जकात (भिक्षा), सावम (उपवास) और हज (तीर्थयात्रा) के रूप में जाना जाता है।

मुहम्मद बने पैगंबर

''हमने तुम्हें खुशखबरी देने और लोगों को खुश करने के लिए भेजा है।''

—कुरान शरीफ, शेबा (34 : 28)

जिस युग में पैगंबर मुहम्मद का जन्म हुआ, वह युग अरब में अज्ञानता और अंधकार का युग था। मानो ऐसा था कि ईश्वर ने अपने पैगंबर को लोगों को नैतिक पतन और अज्ञान से उबारने के लिए भेजा था।

इस्लामी इतिहासकार इस युग को अज्ञानता (अयामुलजाहीलियाह) का युग बताते हैं, जिसमें सामान्य तौर पर कहा जाए तो नैतिक सदाचार और आध्यात्मिक नियम काफी पहले भुला दिए गए थे। अंधविश्वास के कर्मकांडों और मतों ने दैवीय धर्म का स्थान ले लिया था।

कुरैश जनजाति के कुछ बुजुर्ग (पैगंबर के पूर्वज) और कुछ मुट्ठी भर लोग ही इब्राहिम के धर्म को मान रहे थे, लेकिन असंख्य दूसरे लोग पूरी तरह से अंधविश्वास और विधर्मी कर्मकांडों में रत थे। कुल मिलाकर अरब के लोग मूर्तिपूजक हो चुके थे। हालाँकि उनके अंतरतम में कहीं यह बात थी कि ईश्वर केवल एक ही है, जिसे वे अल्लाह कहते थे। ईसाई और यहूदी धर्म जैसे दूसरे अब्राहमी धर्मों का उस क्षेत्र में आकर्षण नहीं रह गया था।

लगभग 605 ई. में, जब पैगंबर 35 वर्ष के थे, मक्का में बाढ़ आई और काबा का भवन बुरी तरह क्षतिग्रस्त हो गया। कुरैश ने इसके पुनर्निर्माण का निर्णय

लिया। यद्यपि मक्का के अधिकतर लोग मूर्तिपूजक थे, फिर भी उनमें से अनेक लोग काबा के प्रति बड़ा सम्मान रखते थे, उन्हें विश्वास था कि भूतकाल के पैगंबरों से संबंधित यही अंतिम कड़ी थी, पुनर्निर्माण की प्रक्रिया प्रारंभ हो गई और जब दीवारें एक निश्चित ऊँचाई तक पहुँच गईं, तो विभिन्न वंशों के बीच इस बात को लेकर विवाद खड़ा हो गया कि काले पत्थर (हजर असवाद) को इसके निर्धारित स्थान पर रखने का सम्मान व श्रेय किसे मिलेगा! विवाद तब तक गहराता गया, जब तक इस बात पर आम राय नहीं बन गई कि अगले दिन काबा की सीमा पर प्रवेश करनेवाला पहला व्यक्ति इस मसले को हल करेगा।

ईश्वर की ऐसी मर्ज़ी थी कि काबा की पवित्र सीमा में प्रवेश करनेवाले पहले व्यक्ति और कोई नहीं, मुहम्मद थे, जिन्हें पहले ही 'सत्यनिष्ठ' और 'विश्वासपात्र' के रूप में पहचाना और सम्मानित किया जा चुका था। इस तरह कुरैश खुश थे। इस तरह मुहम्मद ने पवित्र पत्थर की स्थापना का निर्णय लिया। ईश्वर ने तय किया था कि अरब के लोगों में वही नए धर्म का नेतृत्व करेंगे।

इन वर्षों के दौरान अत्यधिक समय एकांत और ध्यान में बिताना मुहम्मद की परंपरा थी। उनकी पसंदीदा जगह थी माउंट हीरा के ऊपरी हिस्से की गुफा, जहाँ वे प्राय: एकांत में मनन करने के लिए जाया करते थे। रमजान के पवित्र महीने में यह उनकी आदत थी। उनकी पत्नी 'खदीजाह' और उनके प्रिय भान्जे, अली के अलावा कोई भी उनके एकांतवास को भंग करने के लिए ऊपर नहीं गया।

जब वे चालीस साल की उम्र के हुए, तो उनके समक्ष एक दिव्य रहस्योद्घाटन हुआ। ऐसा नहीं था कि उनका चरित्र रातों-रात चमत्कारिक रूप से रूपांतरित हो गया, क्योंकि वे सदा से एक अद्‌भुत व्यक्ति थे, जिनके हृदय में उनके साथ के लोगों के लिए प्रेम और संवेदना भरी रहती थी। लेकिन अब समय आ गया था कि जब प्रभु को अपने चुने हुए दूत के समक्ष खुद को प्रकट करना था।

एक दिन जब वे हीरा की गुफा में एकांतवास में ध्यान कर रहे थे, तो फरिश्ता जिब्रील (गैब्रील) चकाचौंध कर देने वाले श्वेत प्रकाश में उनके सामने उपस्थित हुआ और उनसे कहा 'सुनाओ!' यह आवाज गुफा में बार-बार प्रतिध्वनित हुई। फरिश्ते ने बार-बार आदेश दिए, 'सुनाओ!'

'सुनाओ!' उस ईश्वर के नाम पर, जिसने सारे अस्तित्वान चीजों को बनाया, गीली मिट्टी से इंसान को बनाया। पढ़ो और तुम्हारा ईश्वर सबसे उदार है, जिसने कलम से लिखना सिखाया और इंसान को वह सिखाया, जिसे वह नहीं जानता था।

मुहम्मद डर और आश्चर्य से काँप रहे थे। धीरे-धीरे उन्होंने फरिश्ते के शब्दों को दुहराना शुरू किया। जिब्रील गायब हो गया और गुफा में अँधेरा छा गया।

भौंचक्के से, खुद पर काबू रखते हुए मुहम्मद गुफा से बाहर आए। वे समझ नहीं पा रहे थे कि हुआ क्या था! वे घर के रास्ते पर जाने वाले थे, तभी फरिश्ते ने उन्हें पुकारा, ''जान लो, मुहम्मद, तुम अल्लाह के संदेशवाहक हो और मैं फरिश्ता जिब्रील हूँ।''

यही पहली आयतें (कुरान शरीफ की पंक्तियाँ) थीं, जो पैगंबर पर जाहिर की गईं और यह तिथि 27वाँ रजब, इलिफेंट का चालीसवाँ वर्ष (610 CE) था।

दिव्य संदेशों का प्रवाह, जो अगले 23 वर्षों तक निरंतर जारी रहने वाला था, शुरू हो गया और पैगंबर को देश का नेतृत्व करने, अंधविश्वास, अज्ञानता और अविश्वास के व्यवहारों को नष्ट करने, धार्मिक विश्वास का महान आदर्श स्थापित करने और मानवता को आस्था की रोशनी तथा आनंदित जीवन की राह दिखाने का आदेश दिया गया।

जहाँ तक पैगंबर की बात है, तो वह इस नए अनुभव से उलझन में पड़ गए और सीधे घर चले गए, जहाँ उन्हें उनकी समझदार पत्नी खदीजाह का बहुत समर्थन मिला। कहा जाता है कि जब उन्होंने घर में प्रवेश किया, तब वे उस अनुभव के प्रभाव से काँप रहे थे, जो उन्हें हुआ था। खदीजाह ने उन्हें कंबल में लपेटा और शांत किया। सदा प्रेम और संवेदना के फरिश्ते की तरह, उसने उन्हें राहत और सलाह दी। तदुपरांत वह उन्हें सम्माननीय और विद्वान्, रिश्ते के भाई एबिओनाहट वरकाह इब्न नाफल के यहाँ ले गई, जो उन दिनों एक पवित्र ईसाई था। वरकाह ने यहूदी और ईसाई ग्रंथों का अत्यधिक अध्ययन किया था। इस्लामी इतिहासकार हमें बतलाते हैं कि मुहम्मद की बातें सुनने के बाद उसने तुरंत कहा कि मुहम्मद को यकीनन पैगंबर घोषित किया गया है और उनका प्रकटीकरण स्वयं ईश्वर के द्वारा हुआ था। ''यह नेमस (गैब्रील) जिसे अल्लाह ने मूसा के पास भेजा था,'' उसने अपने रिश्ते के भाई को बतलाया—''काश, मैं जवान होता, ताकि मैं उस समय तक रह सकता, जब तुम्हें मेरे समर्थन की सर्वाधिक आवश्यकता होगी, जब तुम्हारे अपने ही लोग तुम्हें बाहर निकाल रहे होंगे।''

सकते में आकर मुहम्मद ने उससे पूछा, ''क्या वे सचमुच मुझे बाहर खदेड़ देंगे?'' वरकाह ने 'हाँ' में उत्तर दिया और कहा, ''तुम्हारे पहले के पैगंबरों का भी वस्तुत: यही हाल हुआ है। कोई भी, जो तुम्हारी तरह का संदेश लेकर आया है, उसके साथ दुश्मनी और वैमनस्यता का ही व्यवहार उनके अपने ही लोगों द्वारा किया गया। तुम्हें भी नकार दिया जाएगा और यातना दी जाएगी। तुम्हें गालियाँ दी जाएँगी और तुमसे घृणा की जाएगी। यदि उस दिन तक मैं जीवित रहा, तो मैं मजबूती से

तुम्हारा समर्थन करूँगा। मैं तुम्हारा और ईश्वर का साथ दूँगा।'' वरकाह ने फिर मुहम्मद का माथा चूमा और चला गया। कुछ दिनों बाद उसकी मौत हो गई।

सबसे पहले खदीजाह ने इस्लाम अर्थात् मूसा की पैगंबरी पर निष्ठा और विश्वास किया कि अल्लाह ही एकमात्र ईश्वर है। बहुत समय उसे पता था कि उनका प्रिय पति सत्य, ईमानदारी, सहृदयता, उदारता और विश्वास की मूर्ती है। वह जानती थी कि इन वर्षों के दौरान वह एक मन से समर्पित भाव के साथ सत्य की खोज में थे। अली की तरह उनके करीबी भी उनका अनुसरण करते थे। अली के बाद मुहम्मद के गोद लिए हुए बेटे, जैद ने इस नए धर्म को अपनाया। जिसको अबू बकर, जो कुरैश जनजाति का प्रमुख सदस्य होने के साथ-साथ एक ईमानदार और धनी व्यवसायी तथा मुहम्मद के बचपन का साथी था, उसने अनुसरण किया।

मुहम्मद के जीवन में पैगंबरी प्रारंभ हो चुकी थी।

वरकाह की भविष्यवाणी की बातें भी सही सिद्ध हुईं। कुछ वर्षों तक पैगंबर ने कुछ गिने-चुने लोगों के बीच ही धर्म का उपदेश दिया, लेकिन बाद में उन्हें फरिश्ते के द्वारा आदेश दिया गया कि खुलकर सर्वाजनिक रूप से इस सत्य का उपदेश दें। और तभी उसकी जन्म-भूमि मक्का में उनके खिलाफ दुश्मनी सर उठाने लगी। कुरैश जनजाति के प्रभावशील लोगों ने उनकी सीखों का पुरजोर विरोध करना शुरू कर दिया। उन्हें महसूस हुआ कि वह उनकी सत्ता को चुनौती दे रहे हैं। उन्होंने ईर्ष्यावश अफवाह फैला दी कि वह नास्तिक है और पूर्वजों का धर्म नष्ट कर रहा है।

उनका अत्यधिक तिरस्कार किया गया और धमकियाँ दी गईं। उनके दुश्मनों ने लोगों को उन्हें पत्थर मारने और जहाँ भी वह जाते, उन पर आक्रमण करने के लिए उकसा दिया।

पैगंबर के चाचा, अबू तालिब, एक बुजुर्ग, उनके खिलाफ फैल रही दुश्मनी और घृणा से सकते में आ गए थे। चिंता और डर में उन्होंने पैगंबर से कहा, ''मेरे प्रिय भतीजे, कुरैश लोग ताकतवर और सत्ता-संपन्न हैं और वे तुमसे घृणा करते हैं। मेरी बातों पर गौर करो, उनकी ताकत से डरो। उनके गुस्से को मत भड़काओ मैं तुम्हें विनती करता हूँ कि अपना उपदेश प्रचार बंद करके अपने काम पर लौट जाओ।''

पैगंबर मुहम्मद निडर थे। अपने वृद्ध चाचा, जिनका वे सम्मान करते थे और चाहते थे, से उन्होंने कहा, ''मेरे लिए मत डरो। ईश्वर सत्य का साथ देने के लिए मेरी मदद करेगा या मुझे मौत देगा।''

मैं आपको बताऊँ कि मेरे परमप्रिय गुरुदेव साधु वासवानी जब कभी यह कहानी हमें सुनाते थे तो विस्मयपूर्वक कहते थे, ''सत्य, चाहे वह फाँसी पर लटका

दे। सत्य, चाहे वह आग में झोंक दे!'' ऐसी आस्था थी पैगंबर की सत्य में कि उन्होंने अपनी जान की भी परवाह नहीं की!

उन्हें उनके मित्रों से पता चला कि उनका जीवन खतरे में है और यह कि रात के अँधेरे में खतरनाक व्यक्तियों को उनकी जान लेने के लिए भेजा गया है। पैगंबर मुहम्मद को उस बुरे समय में घर छोड़ने के लिए विवश किया गया। उनके साथ उनका मित्र और निष्ठावान अनुयायी अबू बकर था।

वे लोग ईश्वर के इन दोनों सेवकों के पीछे पड़े हुए थे, जो पैगंबर की हत्या करना चाहते थे। वे सचेत थे। वे हाथों में नंगी तलवारें और भाला लेकर घोड़े पर सवार होकर उन्हें खोज रहे थे।

कुछ दूरी से अबू बकर ने उन्हें देख लिया और बुरी तरह भयभीत हो गया। बुरी तरह आतंकित होकर उसने पैगंबर से कहा, ''वे आ रहे हैं। जल्द ही वे हम तक पहुँच जाएँगे। वे अपनी तेज धार तलवारों से हमें कत्ल कर देंगे और हमारे शरीर मरुस्थल में जानवरों के खाने के लिए फेंक दिए जाएँगे।''

पैगंबर चुप थे। उन्हें आभास हुआ कि ईश्वर उनके साथ है और वे सुरक्षित हैं।

पास ही एक गुफा थी। पैगंबर मुहम्मद और अबू बकर दोनों उसी गुफा के अंदर छिप गए। कुछ देर बाद आघातियों का दल वहाँ पहुँचा। वे गुफा के द्वार पर रुक गए। उनके घोड़े हिनहिना रहे थे और वहाँ ठहरने का उनके सरदार का आदेश गुफा के अंदर सुनाई दिया।

अबू बकर डर के मारे पत्ते की तरह काँपने लगा। उसने फुसफुसाहट में कहा, ''अब हम क्या करेंगे? वे कई लोग हैं और हम केवल दो ही हैं।''

पैगंबर ने धीरे से उत्तर दिया, ''बिल्कुल नहीं, मित्र। हम दो नहीं बल्कि तीन हैं। तीसरा अल्लाह है। और जब वह करीब है, तो हमें डरने की जरूरत नहीं है।''

उसी समय एक चमत्कार हुआ, दोनों भगोड़ों (पैगंबर और अबू बकर) के गुफा में घुसने के बाद और आघातियों के आने के कुछ पहले एक बड़ी सी मकड़ी ने गुफा के प्रवेश द्वार पर अपना जाल बुन दिया था। बिना टूटे हुए, पूर्ण जाल को देखकर आघातियों ने आपस में कहा, ''इस गुफा के भीतर कोई नहीं जा पाया होगा। देख नहीं रहे, मकड़ी के जाल से इसका प्रवेश द्वार ही ढका हुआ है। देखो, यह जैसा का तैसा है, बिल्कुल नहीं बिगड़ा। यदि कोई भीतर गया होता तो जाल फट गया होता। आओ, कीमती समय बर्बाद न करें और आगे बढ़ें।''

इस तरह अल्लाह की कृपा से पैगंबर और उनका साथी बच गए।

विचार मनन

संसार के महान् धर्मों के संस्थापकों के विपरीत, पैगंबर मुहम्मद का जन्म हाल ही छठवीं शताब्दी के उत्तरार्ध अर्थात् 570 में हुआ। पैगंबर के जीवन के विषय में कई विवरण उपलब्ध हैं। उन्हें उनके अनुयायियों के द्वारा इतना सम्मानपूर्वक देखा जाता है कि बिना इस प्रार्थना, 'उन्हें शांति मिले,' के उनका उल्लेख कभी नहीं किया जाता।

पैगंबर के कार्य और बातें याद करके आगे चलकर लिखे गए (जिन्हें 'हडिथ' कहा जाता है), ताकि मुसलमानों की आने वाली पीढ़ियाँ कयामत के अंत तक उनके जैसा कार्य कर सकें, बोल सकें और रह सकें। उन्होंने हर समय व आधुनिक युग के मुसलमानों के लिए एक उदाहरण प्रस्तुत किया है। संपूर्ण अरब के एक तरह से शासक और सैन्य नेतृत्वकर्ता होने के कारण वह अब भी एक विनम्र, सहज व्यक्ति, सदा सज्जन, मृदुभाषी और अपने लोगों के लिए सदा दयावान रहे। समस्त मानवता के लिए वे एक आदर्श उदाहरण रहेंगे।

जहाँ दूसरे धर्मों का उनके स्थापकों के नाम पर नामकरण किया गया है, जैसे कि ईसाई और बौद्ध, जाति या जातीय समूह के नाम पर, जैसे कि यहूदी धर्म; इस्लाम (शांति, ईश्वर की इच्छा के प्रति समर्पण) अनोखा है, क्योंकि इसका नाम, जीवन के प्रति दृष्टिकोण एवं इसकी सार्वभौमिक प्रकृति को व्यक्त करता है।

अन्य धर्मों में, अद्वैत धर्मों में भी, लोगों को एक मध्यस्थ के माध्यम से ईश्वर प्राप्ति के लिए प्रेरित किया जाता है, जैसे कि संत, फरिश्ता या मसीहा या गुरु। किंतु इस्लाम ही एक ऐसा धर्म है, जिसमें व्यक्ति सीधे भगवान् से प्रार्थना कर सकता है।

इस्लाम की शिक्षा, भले ही उसमें धार्मिक कर्मकांड और नैतिकता शामिल है, जीवन के अन्य पहलुओं तक जाती है। पैगंबर मुहम्मद के मिशन में न केवल आध्यात्मिक और धार्मिक शिक्षाएँ शामिल हैं, बल्कि सामाजिक सुधार, अर्थशास्त्र, राजनीति, युद्ध और पारिवारिक जीवन के मार्गदर्शन भी शामिल हैं।

व्यक्ति की आध्यात्मिक और शारीरिक आवश्यकताओं के मध्य संतुलन कायम करके इस्लाम की शिक्षा संपूर्ण समाज की आवश्यकताओं के अनुकूल महसूस होती है।

अमीरी और गरीबी

"तीन चीजें विनाशकारी होती हैं और तीन चीजें रक्षा करती हैं। जो चीजें विनाशकारी होती हैं, वे हैं—लालच, जिसमें हम पड़ जाते हैं, इच्छाएँ, जिनका अनुसरण किया जाता है और व्यक्ति, जो स्वयं पर घमंड करता है। जो तीन चीजें रक्षा करती हैं, वे हैं—गोपनीय और सार्वजनिक तौर पर अल्लाह से डर, गरीबी और अमीरी में सामान्य बने रहना और क्रोध एवं खुशी में निष्पक्ष होना।"

—अल-बाजार (#80)

पवित्र पैगंबर हमेशा अपने साथियों और अनुसरणकर्ताओं के साथ मुलाकात किया करते थे। जो उनके इर्द-गिर्द इकट्ठे होकर उनकी ज्ञान और मार्गदर्शन की बातें सुनते थे। एक दिन ऐसी ही एक बैठक के दौरान एक बहुत ही गरीब व्यक्ति सभागृह के द्वार पर आया। वह फटे-चिथड़े पहने हुआ था। उसने सभा का अभिवादन किया—"आपको शांति मिले।" इधर-उधर बैठने का स्थान तलाश कर, एक खाली जगह देखकर वह पैगंबर की बातें सुनने के लिए बैठ गया।

पैगंबर अपने साथियों को सदा यही सीख देते थे कि सभी मुस्लिम अल्लाह की निगाह में भाई-भाई हैं और आस्थावान लोगों की सभा में किसी को भी अपने धन और रुतबे का घमंड नहीं होना चाहिए, हर कोई जहाँ जगह मिले, वहीं अपना वर्ग भूलकर बैठ जाए। उस गरीब व्यक्ति ने उसकी सीख का अनुसरण किया था

और ऐसा हुआ कि वह सभा में एक बहुत ही धनी व्यक्ति की बगल में बैठ गया।

धनी व्यक्ति इस बात से बहुत असहज महसूस कर रहा था। वह स्वयं में अटपटा महसूस करने के साथ-साथ नाराज भी हो रहा था। उसने अपने लबादे को अपने पास समेट लिया, ताकि उस गरीब व्यक्ति के कपड़े उसके लबादे से छू न जाएँ। पैगंबर ने यह सब देख लिया और उस धनी व्यक्ति से कहा, ''शायद तुम्हें डर है कि इस व्यक्ति की गरीबी तुम्हें किसी तरह प्रभावित कर सकती है?'' उस धनी व्यक्ति ने तुरंत इस बात से इनकार किया—''अरे नहीं, अल्लाह के संदेशवाहक।'' उसने कहा, ''शायद तुम्हें यह चिंता हुई कि तुम्हारा कुछ धन खिसककर उसके पास चला जाएगा, शायद उड़कर उसके पास चला जाएगा।''

धनी व्यक्ति वस्तुत: असमंजस में पड़ गया था, क्योंकि वास्तव में वह एक गरीब व्यक्ति के बगल में बैठने का अनिच्छुक था। लेकिन उसने इस बात का विरोध किया, ''वास्तव में ऐसा कुछ नहीं है, अल्लाह के दूत।''

''शायद तुम्हें डर है कि यदि उसके कपड़े तुम्हारे कपड़े से छू गए तो तुम्हारे कपड़े मैले हो जाएँगे?'' पैगंबर ने पूछा। ''नहीं, अल्लाह के दूत।''

''तो ऐसा क्यों हुआ कि तुम एक ओर खिसक गए और अपने लबादे को अपने पास समेट लिया? अब वह धनी व्यक्ति अपनी गलती स्वीकारने के लिए बाध्य हो रहा था। उसने कहा, ''मैंने जो किया, उसे मैं स्वीकार करता हूँ और उसका मुझे पछतावा है। यह बिल्कुल अवाँछनीय था। इसके लिए मैं आपसे क्षमा चाहता हूँ। और इस बात की क्षतिपूर्ति के लिए मैं अपनी आधी संपत्ति इस मुस्लिम भाई को प्रदान करने का प्रस्ताव रखता हूँ, ताकि मुझे माफी मिल सके।''

लेकिन उसके ऐसा कहने के बाद वह गरीब व्यक्ति उठकर खड़ा हुआ और बोला, ''हे अल्लाह के पैगंबर, मैं आपको विनम्रता से अनुरोध करता हूँ कि मैं इस प्रस्ताव को स्वीकार नहीं करता।'' सभा में बैठे सभी लोग इस बात से भौंचक्के रह गए। वे एक-दूसरे से कानाफूसी करने लगे कि यह गरीब व्यक्ति वास्तव में मूर्ख ही है, जो धन का ऐसा प्रस्ताव अस्वीकार कर रहा है।

किंतु उस गरीब व्यक्ति ने अपनी बात को समझाते हुए कहा, ''हे अल्लाह के पैगंबर, मैं बड़ी विनम्रता से यह प्रस्ताव अस्वीकार करता हूँ, क्योंकि मुझे डर है कि कहीं मैं धनी हो गया, तो मैं भी इस धनी की तरह तुच्छ और घमंडी हो जाऊँगा और अपने मुस्लिम भाइयों से वैसा ही बुरा बर्ताव करूँगा, जैसा कि इसने मेरे साथ किया।''

इस तरह सभा को उस दिन एक कीमती सीख मिली कि हमारी छोटी-छोटी

बातें भी यह प्रकट कर देती हैं कि हमारे मन में क्या है और यह घमंड और भेदभाव ईश्वर तथा उसके पैगंबर की नजर में स्वीकार्य नहीं होते।

विचार मनन

इस धरती पर शांति और समृद्धि केवल निस्स्वार्थ आदान-प्रदान से ही संभव है। यदि मेरे पास लाखों जीभें होतीं, तो उनमें से प्रत्येक से, मैं आपसे विनती करूँगा और विशेषकर अपने युवा मित्रों से, जो कल को हमारे नेता और सलाहकार बनेंगे कि—ताकत या शक्ति की तलाश मत करो, सेवा की तलाश करो। ख्याल रखने और मिल-बाँटने का निस्स्वार्थ भाव हममें हमारे भीतर स्वाभाविक रूप से आना चाहिए।

इसलिए मैं अपने मित्रों को कहता हूँ—"आइए, हमसे जितना हो सके, हम उतनी नेकी करें; जितने लोगों से हो सके, उतने लोगों के साथ करें, जितने तरीके से हो सके, उतने तरीकों से करें, जितने अवसरों पर हो सके, उतने अवसरों पर करें और जब तक हो सके, तब तक करें।"

यदि संसार का एक अंश भोग-विलासिता और समृद्धि में रहे, जबकि अधिकतर लोग गरीबी और कष्ट में रहें तो दुनिया शांतिमय और समृद्ध कैसे हो सकती है? इसीलिए हमारे पास जो है, उसे हमें औरों के साथ बाँटना चाहिए। आइए, अपनी कमाई का एक भाग, मान लो दसवाँ भाग उन लोगों की सेवाओं के लिए अलग रख दें, जो हमसे कम भाग्यशाली हैं।

हममें से कुछ, जो दो वक्त की रोटी नहीं जुटा पाते या अपनी आय के अंदर गुजारा करते हैं, उन्हें शुरू में ऐसा करना बहुत कठिन लग सकता है, लेकिन अंततः हम पाएँगे कि जितना भी हमारे पास है, उसी से मिल-बाँटने में ही हम सचमुच धन्य हो जाएँगे। यह संसार हमारे छोटे से प्रयासों के कारण एक बेहतर स्थान बन जाएगा।

तीन मित्र

''उस समय जब एक व्यक्ति की शवयात्रा शुरू की जाती है, तो संबंधित आत्मा मुर्दे के पीछे-पीछे आती है और बड़े पछतावे के साथ सबसे कहती है—'अरे मेरे बच्चो और सगे-संबंधियो! सावधान, कहीं यह दुनिया तुम्हें भी न धोखा दे, जैसा इसने मुझे दिया है। मैंने उचित-अनुचित का ध्यान रखे बिना धन कमाया और सारा-का-सारा दूसरों के लिए छोड़ दिया। अब मुझे इसके बोझ तले छोड़ दिया गया है, जबकि वे इसका फल भोग रहे हैं; इसलिए, जैसा मेरे साथ हुआ, वैसा तुम्हारे साथ न हो, इसके लिए सावधान रहो।'

—पैगंबर मुहम्मद की हदीथ

एक बार पैगंबर मुहम्मद, अल्लाह के दूत, अपने साथियों (सहाबह) के साथ मस्जिद में बैठे हुए थे। तभी एकाएक उन्होंने उनसे कहा, ''आज मैं तुम्हें एक कहानी सुनाऊँगा और एक तीन परत की पहेली प्रकट करूँगा, जिसे तुम्हें हल करने का प्रयास करना है।''

'पहेली' शब्द सुनकर सभा, पैगंबर मुहम्मद की बातें सुनने के लिए उत्सुक हो उठी। सारा जमावड़ा शांत हो गया—पैगंबर मुहम्मद ने कहानी कहना शुरू किया—

एक आदमी था, जिसे किसी तरह महसूस हो गया कि उसका जीवन समाप्ति

की ओर बढ़ रहा है। शीघ्र ही उसे महसूस हुआ कि उसका मौत से आमना-सामना होगा। अब उसे सबसे ज्यादा डर इसी बात का था कि कब्र में वह बहुत अकेला रहेगा। उसने मन ही मन सोचा कि उसे जिस चीज की सर्वाधिक जरूरत है, वह है सच्चे और वफादार मित्रों का सहारा और कुछ नहीं। वे उसकी मदद करेंगे। ये मित्र शायद मौत के बाद भी उसका साथ दें।

अपने सबसे विश्वासी मित्रों की मदद लेने का निश्चय करके वह अपने सबसे अच्छे मित्र के पास गया। उसने दरवाजा खटखटाया और उसके मित्र ने उसकी बहुत आवभगत की।

उस व्यक्ति ने अपने मित्र से कहा, "मैं बड़ी जरूरत में तुम्हारे पास आया हूँ। क्या तुम मेरी मदद कर सकते हो?"

"बेशक मैं तुम्हारी मदद करूँगा।" मित्र ने दिल से उसे आश्वस्त किया, "आखिर मित्र होते किस लिए हैं? अब बताओ, तुम्हें क्या चाहिए? क्षण भर में, मैं वह सब तुम्हें दे दूँगा।"

धीरे से व्यक्ति ने कहा कि मुझे किसी भौतिक मदद की जरूरत नहीं है। उसने कहा, "अब मैं ज्यादा नहीं जीऊँगा। मुझे अपना जीवन समाप्त होने के बाद तुम्हारी मदद चाहिए।"

परेशान होते हुए मित्र ने कहा, "मेरा वादा है कि मैं श्मशान में तुम्हारे लिए सबसे अच्छी जगह खरीदूँगा और तुम्हारे शव को ढकने के लिए सबसे अच्छा कफन दूँगा। इससे ज्यादा कोई तुम्हारे लिए और क्या कर सकता है?"

वह व्यक्ति निराश हो गया और अपने एक-दूसरे मित्र के पास पहुँचा। उसके दरवाजे पर पहुँचकर उसने अपनी परेशानी बतलाई और अपने मित्र से कहा कि मरने के बाद उसे उसके साथ की जरूरत है। क्या उसका मित्र उसकी मदद कर सकता है?

दूसरे मित्र ने कहा, "तुम तो जानते हो कि जीवन भर मैं तुम्हारी मदद के लिए तैयार रहा हूँ। इस जीवन में तुम्हें जो मदद चाहिए, वह मैं तुम्हें दे सकता हूँ। लेकिन जब तुम मर जाओगे, तो मैं तुम्हारे लिए क्या कर सकता हूँ? मैं तुम्हारे शव को कब्र तक उठाकर ले जा सकता हूँ, तुम्हें दफनाने में मदद कर सकता हूँ।"

अब वह व्यक्ति निराश और दुःखी हो गया। फिर भी वह एक तीसरे मित्र के घर ना उम्मीदी में भी उम्मीद लगाकर चला गया—"मैं उससे अलग उत्तर की उम्मीद कैसे कर सकता हूँ?" उसने सोचा।

और वह तीसरे मित्र के घर की ओर चला गया। उसे पूरा विश्वास था कि उसे वही उत्तर मिलेगा। लेकिन जब उसने तीसरे मित्र के सामने अपनी समस्या रखी और

उसकी मदद और सहारा चाहा, तो जो उत्तर उसे मिला, उससे वह खुशी से चकित रह गया। तीसरे मित्र ने सर्वाधिक उत्सुकतापूर्वक कहा, ''मुझे बताओ और जैसा हो सकता है, मैं तुम्हारी मदद करूँगा।''

उस व्यक्ति ने अनिच्छापूर्वक कहा, ''मुझे नहीं लगता कि तुम मेरी बात समझ पाए हो। मुझे तुम्हारी मदद की जरूरत इस जीवन में नहीं है। मैं मरने वाला हूँ और मुझे तुम्हारी मदद की जरूरत मौत के बाद होगी।''

मित्र ने उत्तर दिया, ''चिंता मत करो मेरे दोस्त! जीवन की तरह मौत में भी मैं तुम्हारे साथ रहूँगा। मैं तुम्हें विश्वास दिला दूँ, मैं कब्र तक तुम्हारे साथ चलूँगा। और जब मौत के फरिश्ते तुमसे प्रश्न करने और तुम्हारा हिसाब-किताब करने के लिए आएँगे, तो मैं तुम्हारा साथ दूँगा और फिर पुल-ए-सिरात (पुल) पर तुम्हारी मदद करूँगा और तुम्हें सुरक्षित स्वर्ग ले चलूँगा।''

यह उत्तर सुनकर वह व्यक्ति खुश हुआ और उसे चैन मिला। कुछ देर बाद वह शांति से मर गया, उसे डर और असुरक्षा महसूस नहीं हुई।

उपर्युक्त कहानी सुनाकर पैगंबर मुहम्मद मुड़े और अपने साथियों से पूछा कि क्या उनमें से कोई कहानी में वर्णित तीन मित्रों को पहचान सकता है?

हर कोई कहानी के अभिप्राय का अनुमान लगाता हुआ मौन था। जब कोई जवाब नहीं मिला तो पैगंबर मुहम्मद ने पहेली हल की।

''कहानी में जो व्यक्ति है, वह हरेक व्यक्ति की तरह है और उसकी कहानी हरेक इंसान की तरह है। एक दिन हममें से सभी को मरना है और अपनी मौत का सामना बहादुरी से करना है।''

''कहानी में जो पहला मित्र है, वह है पैसा, सांसारिक दौलत। यह जीवन में हमें मदद कर सकता है, लेकिन मौत के बाद यह बेकार है।''

''कहानी में दूसरा मित्र हमारे प्रिय लोग हैं, जैसे कि हमारा परिवार, हमारे सगे, हमारे बेटे और बेटियाँ। हम जीते हैं और उनके आराम के लिए जीवन भर संघर्ष करते हैं, लेकिन वे मौत के बाद, जो हमें दे सकते हैं, वह है श्मशान तक ले जाने के लिए कंधा।''

''तीसरा और सर्वाधिक अहम् मित्र हमारे कर्म (आमल) हैं।'' पैगंबर ने अपनी बात पूरी की—

''इस जीवन में जो भी हमारे पास है, वह इस जीवन के बाद कोई मूल्य नहीं रखता। ये हमारे अच्छे कर्म ही हैं, हमारे नेक कर्म ही हैं, जो हमारे साथ तब तक चलेंगे, जब तक हम अनन्त जीवन में न पहुँच जाएँ।''

विचार मनन

आदमी का जीवन सांसारिक क्रियाकलापों से इतना भरा हुआ है कि उसके पास आत्म-अध्ययन और आत्म-विश्लेषण का समय ही नहीं है। वह कभी भी स्वयं को इतने विस्तार, शांत मन और मनन की स्थिति में नहीं पाता, जहाँ वह ईश्वर की आवाज सुन सके और अपने हृदय के भीतर दिव्य नाम आलाप सके।

कहा जाता है कि सांसारिक इच्छाएँ समुद्र के खारे पानी की तरह हैं। ऐसा पानी इंसान की प्यास कभी भी नहीं बुझा सकता। इसके विपरीत, उसकी प्यास बढ़ती जाती है और मीठे पानी के लिए उसकी लालसा बढ़ती जाती है। स्वयं को पूरी तरह सांसारिक जीवन में डुबो देना वैसा ही है, जैसा नमकीन समुद्री पानी से प्यास बुझाने का प्रयास करना। कार्य महान् वरदान है। लेकिन हमें याद रखना चाहिए कि कार्य एक साधन है, साध्य नहीं। आजीविका को जीवन नहीं मान लेना चाहिए। अपने कार्य को इस संसार में जीवन का उद्देश्य मत बना लो। आपके जीवन का उद्देश्य आत्मा का विकास करना है। अत: अपने कार्य में लगे रहने के दौरान भी समस्त जीवन के स्रोत से जुड़े रहो, ईश्वर के निरंतर सान्निध्य में बने रहो। यदि आप अपने काम के लिए आठ या नौ घंटे देते हैं तो एक या दो घंटे का समय अपने आध्यात्मिक विकास के लिए दिया जाना कठिन नहीं होना चाहिए। इससे आपको ऐसी आंतरिक शांति और आनंद का अनुभव होगा, जिसे आपका काम कभी नहीं दे सकता।

हमें अपने लक्ष्य तक पहुँचने के लिए बहुत कुछ करना है। हमें तूफानों का सामना करना है। हमें अज्ञात खतरों से भरे समुद्रों को पार करना है, हमें पथरीले पर्वतों पर चढ़ना है, हमें अग्नि परीक्षा से गुजरना है। इन परीक्षाओं में उत्तीर्ण होना कठिन है। एक चीज हमें सुरक्षित पार लगा सकती है, वह है ईश्वरीय कृपा। उसकी कृपा मात्र से ही हम अपने गंतव्य तक पहुँच जाएँगे।

इसलिए आइए, ईश्वर से प्रार्थना करें, ''हे ईश्वर, हम पर दया करो, हमारे प्रति सहृदय रहो और हमें अपनी कृपा के योग्य बनाओ।''

यदि हम उसकी दया के पात्र बनना चाहते हैं, तो हमें अपने आस-पास सभी के प्रति दयालु होना चाहिए। दयालुता एक बहुत बड़ा आध्यात्मिक गुण है। हर किसी के प्रति दयालु रहिए। मित्र और दुश्मन, दोनों के प्रति

बराबरी से दयालु रहिए। पशुओं और पक्षियों के प्रति दयालु रहिए। सभी लोगों के प्रति दयालु रहिए। किसी के प्रति निर्णयात्मक मत रहिए, किसी की कमियाँ मत निकालिए, किसी की आलोचना मत करिए, गप्पें मत हाँकिए। विचारों, कार्यों और कर्मों से दयालु रहिए। दयालुता दोनों को खुशी देती है—उसे, जो देता है और उसे, जो प्राप्त करता है। सभी के लिए दुआ कीजिए।

अल्लाह उनसे प्रेम करता है, जो अपने भाइयों से प्रेम करते हैं

''आपमें से कोई भी यकीनन (अल्लाह और अपने मजहब में) तब तक विश्वास नहीं करता, जब तक वह अपने भाई के लिए वही न चाहे, जो वह अपने स्वयं के लिए चाहता है।''

—पैगंबर मुहम्मद की हदीथ

निम्नलिखित कहानी के विषय में कहा जाता है कि इसे पैगंबर मुहम्मद ने सुनाई थी—

एक बार तीन आदमी एक रास्ते पर जा रहे थे। उनमें से एक विटिलगो नामक चर्म रोग से पीड़ित था, दूसरा गंजा, अर्थात् उसके सर पर बाल नहीं थे और तीसरा अंधा था।

अल्लाह ने अपने फरिश्ते को उनके जीवन में चमत्कार करने के लिए उनके पास भेजा। फरिश्ता पहले व्यक्ति के पास पहुँचा और उससे पूछा, ''तुम दूसरी चीजों की अपेक्षा सबसे ज्यादा क्या पसंद करोगे?''

वह व्यक्ति चर्म रोग से पीड़ित था। उसने बड़ी लालसा के साथ कहा, ''मेरी सबसे बड़ी चाह है कि मेरी चमड़ी सुंदर और साफ हो जाए, क्योंकि लोग मेरी ओर घृणापूर्वक देखते हैं।''

फरिश्ते ने उसे छुआ और उसकी बीमारी पूरी तरह से ठीक हो गई। उसकी त्वचा गोरी, कोमल और चमकदार हो गई।

''अल्लाह की जय-जयकार हो!'' उसने कहा। उसकी आँखों में आँसू उमड़ पड़े।

''अब मैं आम आदमी की तरह आम लोगों के बीच रह, चल-फिर सकता हूँ।''

''और धन के रूप में तुम क्या चाहते हो?'' फरिश्ते ने पूछा।

''एक ऊँट।'' व्यक्ति ने उत्तर दिया।

तुरंत ही फरिश्ते ने उसके सामने एक गर्भवती ऊँटनी को प्रस्तुत कर दिया और अल्लाह के नाम पर आशीष देते हुए, उससे कहा कि उसका धन कई गुना बढ़ जाएगा।

अब वह फरिश्ता गंजे व्यक्ति के पास पहुँचा और उससे पूछा, ''वह कौन सी सबसे बड़ी चीज है, जो तुम्हें चाहिए?''

''मैं चाहता हूँ कि मेरे सिर पर अच्छे बाल आ जाएँ। लोग मेरे गंजे सिर को देखकर हँसते हैं।'' उस गंजे व्यक्ति ने तुरंत जवाब दिया।

ईश्वर के फरिश्ते ने उसे छुआ और उसके सिर पर बाल आ गए।

''धन के रूप में तुम्हें क्या चाहिए?'' फरिश्ते ने पूछा।

''मुझे एक गाय चाहिए।'' उस व्यक्ति ने उत्तर दिया।

फरिश्ते ने तुरंत एक गर्भवती गाय उपहार में दी और अल्लाह के नाम पर उसके लिए दुआ की कि उसका धन कई गुना बढ़ जाए।

अंततः वह अंधे आदमी के पास गया और उससे कहा, ''तुम्हें किस चीज की सबसे ज्यादा जरूरत है?''

''मैं चाहता हूँ कि अल्लाह मेरी आँखें लौटा दे, ताकि में लोगों को और आस-पास की दुनिया देख सकूँ।''

अल्लाह के फरिश्ते ने उसे छुआ और उसकी आँखों की रोशनी पूरी तरह से लौट आई।

''अब धन के रूप में तुम्हें क्या चाहिए?'' फरिश्ते ने पूछा।

आदमी ने कहा, ''मुझे भेड़ चाहिए।''

उसी पल फरिश्ते ने उसे एक गर्भवती भेड़ दे दी और अल्लाह के नाम पर दुआ की कि उसका धन कई गुना बढ़े।

तीनों व्यक्ति अपने-अपने रास्ते चले गए और फरिश्ते द्वारा दिए गए उन जानवरों की देख-भाल करने लगे। जानवर फले-फूले, बढ़े और उनकी संख्या में इतना इजाफा हुआ कि चर्मरोग से पीड़ित रहनेवाले व्यक्ति शीघ्र ही पूरी ऊँटों से

भरी एक घाटी का मालिक बन गया। गंजे व्यक्ति के पास गायों से भरी एक घाटी थी। उसी तरह कभी अंधे रहे व्यक्ति के पास भेड़ों से भरी घाटी थी। वे सभी समृद्धि भरा जीवन जीने लगे।

कुछ सालों बाद अल्लाह ने उनकी परीक्षा लेने की सोची और अपने फरिश्ते को उनके पास एक बार फिर भेजा। लेकिन इस बार फरिश्ता भेष बदलकर उनके पास पहुँचा।

पहले व्यक्ति के पास वह एक कुष्ठ रोगी के रूप में गया और उससे कहा, ''अल्लाह के नाम पर मेरी मदद करो। मेरी ओर दया करके देखो। बीमारी से मेरे इस तरह अंग-भंग हो गए हैं कि में अपनी आजाविका नहीं कमा सकता। अल्लाह ने तुम्हें इतना खूबसूरत गोरा चिट्टा बनाया है और इतने ऊँट बतौर धन दिया है। मेरी आपसे गुजारिश है कि मुझे एक ऊँट दे दो, ताकि मैं उससे अपनी आजीविका कमा सकूँ।''

उस व्यक्ति ने कहा, ''इधर देखो, मैं तुम्हारी नजरों में धनी हो सकता हूँ, लेकिन मेरे बहुत से दायित्व हैं। मेरे पास तुम्हें देने के लिए ऊँट नहीं है। इसलिए यह स्थान छोड़कर कहीं दूर चले जाओ, ताकि लोग तुम्हें देखकर घृणा न कर सकें।''

तभी फरिश्ता अपने असली रूप में प्रकट हुआ और कहा, ''तुम्हें वह समय याद है, जब तुम स्वयं घृणास्पद दिखनेवाले कोढ़ी थे और अल्लाह ने तुम पर दया करके, तुम्हें स्वस्थ किया और ऊँट के उपहार से तुम्हें दुआ दी? क्या अल्लाह के उपहार से ही तुम्हारे धन और समृद्धि में इजाफा नहीं हआ?''

उस व्यक्ति ने रुखेपन से जवाब दिया, ''जिसकी तुम बात कर रहे हो, मैं वह नहीं हूँ। मेरी सारी दौलत मुझे अपने दादा-परदादा से हासिल हुई है। यह उत्तराधिकार में प्राप्त किया हुआ धन है।''

''यदि तुम झूठ बोल रहे हो, तो तुम अपनी पूर्व अवस्था में आ सकते हो।'' कहकर फरिश्ता दूसरे व्यक्ति की तलाश में चला गया।

एक गंजे व्यक्ति का रूप धारण करके वह उस व्यक्ति के पास गया और उससे कहा, ''भाई, मेरे पास न तो धन है और न अच्छी सूरत। मेरी प्रार्थना है कि अल्लाह के नाम पर मुझे एक गाय दे दो। मैं कठिन परिश्रम करके तुम्हारे दिए हुए जानवर से अपने परिवार का गुजारा करूँगा।''

''चले जाओ यहाँ से,'' उस व्यक्ति ने कहा, ''मैं तुम्हें एक भी गाय नहीं दे सकता।''

"मुझे याद है, तुम एक गंजे और गरीब दुःखी व्यक्ति थे। अल्लाह ने तुम्हें अच्छी सूरत दी। क्या तुम्हें अल्लाह की रहमत याद नहीं है?" फरिश्ते ने कहा।

"मैं वह नहीं हूँ, जिसकी तुम बात कर रहे हो। मेरा धन मेरी कई पीढ़ियों से मेरे पूर्वजों से चला आ रहा है।" उस व्यक्ति ने कहा।

"यदि तुम झूठ बोल रहे हो, तो तुम अपनी पहली अवस्था में लौट जाओगे।" कहकर फरिश्ता तीसरे व्यक्ति के पास चला गया।

एक अंधे व्यक्ति के भेष में फरिश्ता अब धनी भेड़ों के व्यापारी के पास पहुँचा और उससे कहा, "अल्लाह के नाम पर मुझ पर दया कीजिए। मैं अंधा हूँ और जीने के लिए संघर्ष कर रहा हूँ। मेरा आपसे अनुरोध है कि मुझे मात्र एक भेड़ दे दो, ताकि मैं उसकी मदद से अपना गुजारा कर सकूँ।"

भेड़ के व्यापारी ने धीरे से अंधे व्यक्ति का हाथ पकड़ा और कहा, "भाई, किसी समय मैं भी तुम्हारी तरह अंधा और गरीब था। अल्लाह की मुझ पर मेहरबानी हुई। उसने मेरी आँखें लौटा दीं और मुझे वह दौलत दी, जिससे मैं आज आराम से जी रहा हूँ। यह धन वैसे ही तुम्हारा भी है, जैसे यह मेरा है। आओ और मेरे निवास से वह सब ले लो, जो तुम्हें चाहिए। अल्लाह खुश होगा।"

फरिश्ता उस आदमी के सामने प्रकट हो गया और उससे कहा, "अल्लाह की नजर में तुम धन्य हो, क्योंकि तुम्हें अपनी पहले की स्थिति और उसकी तुम पर दया भी हुई ये तुम्हें याद है। ऐसा हो कि तुम्हारा धन और भक्ति बढ़े। अल्लाह सचमुच तुमसे खुश है और तुम्हारे दो साथियों से नाराज है।"

हमें जो आशीर्वाद मिलता है, उसको सराहना और उसके लिए धन्यवाद देना, इस्लाम धर्म का एक अहम् हिस्सा है। हमें मानना चाहिए, वह सब कुछ जो हमारे पास है, वह हमें अल्लाह की उदारता से मिला है। हम इसके लायक नहीं हैं बल्कि यह दुआ ही है, जिसके कारण यह हमें मिला है और मन में यह भाव रखना कि यह अल्लाह से मिला है। इस बात को बहुत ज्यादा अहमियत दी जाती है, क्योंकि इससे हमारा आभार प्रकट होगा और हमारा घमंड तथा धृष्टता समाप्त होगी।

(सहिह बुखारी से : ग्रंथ-4, पुस्तक 56, वर्च्यूज एंड मेरिट्स ऑफ द प्राफेट [PBUH] एंड हिज कंपेनियंस, संख्या 670)

विचार मनन

क्या आप ईश्वर को अपना साझेदार बनाना चाहते हैं? क्या आप आज उसके साथ चलना चाहते हैं और कल के लिए उस पर यकीन करना चाहते हैं? क्या आप एक ऐसे बैंक के लिए चेक जारी करने का विशेषाधिकार दिया जाना चाहते हैं, जो कभी असफल नहीं होता—ईश्वर का बैंक?

अपने साझेदार को उसके हिस्से के धन को देने के कुछ नए तरीके हैं—

- अपना जन्मदिन, खासकर अपने बच्चों का जन्मदिन उम्रदराज लोगों के घर में मनाइए। आप पाएँगे कि वृद्ध लोगों के साथ अपना भोजन बाँटकर आपको किसी खर्चीली पार्टी से कहीं ज्यादा संतुष्टि मिलेगी।
- प्रत्येक दीवाली, प्रत्येक क्रिसमस या कोई भी त्योहार अपने लिए अलग तय कर लीजिए और उन लोगों के लिए उपहार खरीदिए, जो ऐसी विलासितापूर्वक चीजों को पाने की बात स्वप्न में भी नहीं सोच सकते। चेक से दान देने मात्र से ही संतुष्ट मत हो जाइए। वस्तुत: किसी पिछड़े इलाके, अस्पताल या संस्थान चले जाइए।
- किसी गरीब बच्चे की शिक्षा का खर्च उठा लीजिए। किसी की शल्य क्रिया का खर्च उठाने का प्रस्ताव कीजिए, किसी संस्थान में एक दिन का भोजन का प्रायोजन, संसार छोड़कर चले गए आपके पारिवारिक सदस्यों की याद में कीजिए।

उपर्युक्त सभी ईश्वर को समर्पण के भाव से कीजिए। अहं और घमंड का साथ मत दीजिए। अपने हृदय में विनम्रता और प्रेम धारण करके दीजिए। देना विशेषाधिकार है, क्योंकि देने की प्रक्रिया देनेवाले को उतना ही धन्य करती है, जितना लेनेवाले को। ईश्वर सबसे बड़ा दाता है—सभी को देनेवाला। वह सदा देता ही रहता है। और यदि आदमी को ईश्वर की समानता में बढ़ना है, तो उसे भी दाता बनना होगा। यदि हम गरीबों और जरूरतमंदों के साथ उन चीजों को बाँटें, जिनका हम उपयोग नहीं करते या नहीं कर सकते, तो यह दुनिया कितनी खूबसूरत जगह बन जाएगी, वे सचमुच धन्य हैं, जो गरीबों को देते हैं, क्योंकि ये वे हैं, जिन्हें बहुत उदारता से पुरस्कृत किया जाएगा।

पहले खलीफा की सादगी

''ये वही है, जिसने तुम्हें धरती का प्रशासक बना दिया है और तुममें से कइयों को दूसरों से ऊँचे दरजे पर रखा है, ताकि जो उसने तुम्हें दिया है, उसकी कसौटी पर वह तुम्हारी परीक्षा ले सके।''

—कुरान शरीफ (6 : 165)

कहा जाता है कि पैगंबर मुहम्मद सादगी और सच्चाई का समन्वय थे, जिसका वह न केवल उपदेश देते थे, अपितु दैनिक जीवन के कार्यों में उनका पालन भी करते थे। हमें बताया जाता है कि जब अपने निष्ठावान अनुयायियों के साथ बैठते थे, तो अजनबी उनके हाव-भाव, तौर-तरीके या उनके पहनावे से उन्हें नहीं पहचान पाते थे। एक बार उन्होंने भक्तों के संबोधन हेतु बनाए जा रहे मंच का बहिष्कार कर, उसे जनता के पैसे का दुरुपयोग बताया। वे अपने सभी अनुयायियों के बीच पूर्ण ईमानदारी, सच्चाई पर जोर देते थे। एक बार उनकी पत्नी आयशा ने एक अवसर पर बताया कि उनके घर में महीने भर चूल्हा नहीं जला, इस दौरान वे खजूर और दूध के सहारे रहे।

हसन का एक हदीथ बताता है कि एक बार पैगंबर ने कहा, ''मेरे मालिक ने मक्का की घाटी को मेरे लिए सोने में बदलने का प्रस्ताव किया, लेकिन मैंने कहा, 'नहीं, मेरे मालिक, बल्कि मुझे एक दिन के पर्याप्त भोजन की व्यवस्था दे दो और दूसरे दिन के लिए मुझे भूखा रख दो।' उन्होंने ऐसा तीन बार कहा, ''जब

मैं भूखा रहूँगा, तो मैं तेरे आगे सर झुकाऊँगा और तेरा नाम लूँगा और जब मुझे पर्याप्त मिल जाएगा, तो मैं तेरा धन्यवाद करूँगा, आपकी महिमा गाऊँगा।''

वे महान् नेता, जिन्होंने पैगंबर की मृत्यु के बाद, निष्ठावान लोगों का प्रभार संभाला, उन्होंने स्वयं को सच्चाई, ईमानदारी, सादगी और सार्वजनिक जीवन में मितव्ययी की खूबसूरत परंपरा के योग्य अनुयायी साबित किया।

अबू बकर एक खानदानी धनी व्यापारी था। मक्का में उसके समृद्धि के दिनों में उसने अपना सारा धन गरीबों की मदद करने और इस्लाम के कार्य को बढ़ावा देने में लगाया। यहाँ तक कि पैगंबर ने एक बार कहा, ''मैं किसी ऐसे व्यक्ति को नहीं जानता, जो उपकार करने में अबू बकर को पीछे छोड़ दे।''

जब वह पहला खलीफा बना, तो उसने अत्यंत सादगी भरा जीवन जीया। कहा जाता है कि तप, मितव्ययता और अपने जीवन की सादगी तथा ऊपरी वेशभूषा में अबू बकर ने अपने समय के सभी मुसलमानों को पीछे छोड़ दिया था। कहा जाता है कि सार्वजनिक जीवन में पहनने के लिए उसके पास केवल एक ही जोड़े कपड़े और एक लबादा था। इसी साधारण पोशाक में वह अरबी जनजाति के सर्वाधिक अमीर और संपन्न मुखियाओं तथा उनसे मिलने आने वाले यमन के राजाओं से मुलाकात करते थे। ऐसे अतिथि खलीफा के सामने शानदार हीरे-जवाहरात जड़ित महँगे कपड़ों व ताज में स्वयं को प्रस्तुत करते थे। लेकिन खलीफा को देखकर वे स्वयं में सकुचा जाते थे और उनकी पवित्र विनम्रता तथा गंभीरता के सामने टिक नहीं पाते थे। परिणामस्वरूप वे भी उनकी सादगी अपनाने का निर्णय ले लिया करते थे।

श्रद्धावानों के नेता बनने के बाद अबू बकर ने अपने लोगों से कहा, ''आपके बीच जो कमजोर हैं, ईश्वर की इच्छा से मेरे साथ तब तक ताकतवर बने रहेंगे, जब तक उनके अधिकार उन्हें नहीं मिल जाते और आप लोगों के बीच जो ताकतवर हैं, ईश्वर की इच्छा से मेरे साथ तब तक कमजोर बने रहेंगे, जब तक मैं उनसे वह नहीं ले लेता, जो उन पर देय है। अबू बकर ने सख्ती से इस नीति का पालन किया और बराबरी का न्याय किया। इस नीति के परिणामस्वरूप, जैसा कि कहा जाता है, मदीना एक ऐसा समाज बन गया, जो मुकदमों से रहित था।''

प्रसिद्ध इतिहासकार एडवर्ड गिब्बन हमें बताते हैं कि अपना काम वे (खलीफा) स्वयं करते थे। वे एक सामान्य से मकान में रहते थे। वे बहुत ही मितव्ययी, कम भोजन करते और जमीन पर सोते थे। उनकी सेवा में कोई संतरी

नहीं हुआ करता था। जिब्बन कहते हैं, ''उनकी गौरवपूर्ण सादगी से दुनिया के राजाओं का वैभव अपमानित होता था।''

एक विवरण के अनुसार, खलीफा की मेज पर स्याही के दो दवात थे, एक सरकारी खजाने से मिला था और दूसरा उनके निजी पैसे से खरीदा गया था। जब वे कार्यालयीन पत्र लिखा करते थे, तो वह पहले दवात का प्रयोग करते थे और अपने निजी काम में वे दूसरे दवात का प्रयोग करते थे।

कहा जाता है कि घर चलाने के लिए वे अपनी पत्नी को दो दीनार दिया करते थे। एक बार उन्हें सपत्नीक एक भोज में आमंत्रित किया गया था, जहाँ उन्हें स्वादिष्ट मिठाइयाँ खाने के लिए प्रस्तुत की गईं। इतने स्वादिष्ट भोजन से उनकी पत्नी इतनी प्रभावित हुई कि उसने अपने पति से कहा कि काश, वह भी ऐसा भोज अपने मित्रों को दे सकती! अबू बकर ने उससे कहा कि ऐसी विलासिता के लिए उनके पास पैसा नहीं है, किंतु उन्होंने आगे कहा, यदि घर चलानेवाले पैसे से वह इतनी बचत कर ले कि वह ऐसी शानदार दावत दे सके, तो उन्हें कोई आपत्ति नहीं होगी।

उसी दिन से बड़ी मेहनत से वह घर चलानेवाले पैसे से कुछ-कुछ बचाने लगी। महीने के आखिरी में वह कम-से-कम उस मिठाई के लिए पैसा इकट्ठा कर सकी, जो उसने उस भोज पर चखी थी। उसने खुशी-खुशी यह अपने पति और मित्रों को प्रस्तुत की। इस प्रयास के लिए खलीफा ने उसकी तारीफ की और पूछा, इस मिठाई की लागत कितनी आई? उसने हिसाब लगाया और कहा कि कुछ पैसे उसने महीने भर के दौरान बचा लिये थे, जिससे वह मिठाई तैयार हो सकी। अगले दिन खलीफा अपने खजाने में गए और अधिकारियों को सूचित किया कि उनका मासिक भत्ता उतनी ही राशि (मिठाई की लागत) से कम कर दें। और तभी से उन्होंने आधे दिरहाम से भत्ता कम कर दिया, ताकि उनकी पत्नी भविष्य में इस दिखावे से बच सके।

यदि पहले खलीफा की ऐसी सत्यता और निष्ठा थी, तो उनके उत्तराधिकारी उमर यकीनन इस परंपरा के सच्चे उत्तराधिकारी थे। विशाल साम्राज्य में शासन करते इन नेताओं की सहजता और ईमानदारी का बखान करते हुए महात्मा गांधी ने उमर के बारे में निम्नलिखित कहानी सुनाई—

एक बार जब उमर अपने सहायक असलम के साथ रोज की तरह मदीना की सीमाओं में घूम रहा था, तभी उसने दूर रेगिस्तान में आग जलती हुई देखी। उसने कहा,

''लगता है, वहाँ कोई पड़ाव है। शायद यह कोई कारवाँ है, जो रात हो जाने के कारण शहर में प्रवेश नहीं कर सका। आओ चलें और उनकी देख-रेख करें।''

जब वह वहाँ पहुँचा, तो उसे वहाँ एक औरत और कुछ बच्चे नजर आए। बच्चे रो रहे थे। औरत ने आग पर पानी की कड़ाही रखी हुई थी। उमर ने उसका अभिनंदन किया (उस औरत ने नहीं पहचाना कि वह उमर था)। उमर ने पूछा, ''ये बच्चे क्यों रो रहे हैं?''

''क्योंकि ये भूखे हैं।'' औरत ने जवाब दिया।

उमर ने पूछा, ''कड़ाही में क्या पक रहा है?''

उस औरत ने उत्तर दिया, ''बच्चों को बहलाने के लिए कुछ पानी है, ताकि वे इस विश्वास से सो सकें कि उनके लिए भोजन तैयार हो रहा है। मुझे दुःख में नजरअंदाज करने के लिए, अल्लाह कयामत के दिन उमर और मेरे बीच फैसला करेगा।''

''उमर को तुम्हारे इस दुःख का पता कैसे चलेगा?''

उस औरत ने उत्तर दिया, ''वह हमारा खलीफा है, तो यह उसका काम है कि वो हमारी खबर ले।''

उमर शहर लौट आया और सीधे बैतुल मल (खैरातखाना) चला गया, जहाँ उसने एक बोरे में आटा, खजूर, चरबी और कपड़े भरे, और कुछ पैसे भी लिये। जब बोरा तैयार हो गया, तो उसने असलम को आदेश दिया कि वह बोरा उसकी पीठ पर लाद दे।

असलम हैरान रह गया, उसने दलील दी कि बोरा वह स्वयं लादकर ले जाएगा। लेकिन उमर ने उसकी एक न सुनी और कहा, ''क्या तुम कयामत के दिन मेरा बोझ ढोओगे? यह थैला मुझे ही ले जाना होगा, क्योंकि मुझसे ही इस औरत के बारे में सवाल किया जाएगा।''

जब वह औरत के खेमे के पास पहुँचा, तो खलीफा ने कड़ाही में कुछ आटा, कुछ खजूर और चरबी डाल दी और स्वयं भोजन पकाने लगा। जब भोजन तैयार हो गया, तब उसने अपने हाथों से परिवार को भोजन परोसकर खिलाया। भोजन समाप्त हो गया, बच्चे खुश थे और खुशी-खुशी इधर-उधर खेलने लग गए। उस औरत ने आभार महसूस करते हुए कहा, ''अल्लाह तुम्हारी दया के लिए तुम्हें इनाम दे। वस्तुतः उमर के बदले तुम्हीं खलीफा बनने के लायक हो।''

उमर ने उसके आगे सिर झुकाया और कहा, ''जब तुम खलीफा से मिलने आओगी तो तुम मुझे वहाँ पाओगी।''

यह कहानी सुनाने के बाद गांधीजी ने वहाँ उपस्थित कांग्रेस के सदस्यों से कहा कि सभी चुने हुए सदस्य और नेताओं को उनके जीवन में सादगी और तपस्या को अपनाना चाहिए।

यदि हर कोई इस विचार को अपनाए तो हमारी राज्य व्यवस्था कितनी अनोखी होगी।

विचार मनन

कहीं मैंने एक अमेरिकन के बारे में पढ़ा, जिसने अपना निवास पुराने मकान से एक नए मकान में स्थानांतरित किया। उसने अपने फर्नीचर और यंत्रों से तीन ट्रक भर लिये। तीन ट्रक भरे यंत्र को देखकर उसके नए पड़ोसी ने बड़े आश्चर्य से कहा, ''भई पड़ोसी, तुम तीन ट्रक भरकर मशीनें और वस्तुएँ लाए हो। मान लो, किसी कारणवश इनमें से कोई एक मशीन कभी काम न करे या तुम्हें महसूस हो कि तुम्हें अभी भी अपने घर को आधुनिक रूप देना है, तब तुम मेरे पास आना मैं तुम्हें बताऊँगा यंत्रों के बिना कैसे रहते हैं। मेरे पास एक भी मशीन नहीं है और फिर भी मैं खुश हूँ।''

किसी भी तरह की निर्भरता दुःख का कारण बन जाती है। हमें अपने जीवन में तपस्या और सहजता लाने की आवश्यकता है। टॉलस्टाय के बारे में कहा जाता है कि वह विलासिताओं का बहुत शौकीन था। वह रूस के शाही घराने से ताल्लुक रखता था। वह अपनी पोशाक के चुनाव के प्रति बहुत ही सजग रहता था। वह अपनी पोशाक पर भारी खर्च करता था। लेकिन जब वह संतों के प्रभाव में आया, तब उसमें परिवर्तन आने लगा। वह स्वयं से पूछने लगा, ''मुझे इतने कीमती वस्त्र पहनने का क्या अधिकार है?'' एक बार यह अनुभूति उसे हुई, तो उसने साधारण किसानों के वस्त्र पहनने शुरू कर दिए। सामाजिक रूप से वह अपने किसानों के साथ रच-बस गया। वह अपना पैसा किसानों के बच्चों के लिए खिलौने और कपड़े खरीदने में खर्च करने लगा।

हममें से कई अपनी जीवन की यात्रा में बहुत सी भौतिक चीजों का ढेर लगा लेते हैं। हम उन चीजों को खरीदने और अपने पास रखने से खुद को नहीं रोक पाते हैं, जिनके बिना हम महसूस करते हैं कि हम नहीं रह पाएँगे। इसलिए हम ज्यादा-से-ज्यादा चीजें खरीदते चले जाते हैं। हम जहाँ कहीं भी जाते हैं, उन चीजों के स्वामित्व का बोझ साथ खींचे लिये जाते हैं और स्वयं को भी उनके द्वारा घसीटे जाने की अनुमति देते हैं।''

''याद रखिए कि जीवन को खुशहाल रखने के लिए बहुत कम की जरूरत होती है।'' रोम के सम्राट् मारकस अरेलियस बताते हैं। लेकिन दु:ख की बात है कि ऐसी सलाह पर हम ध्यान नहीं देते। हम ज्यादा बड़े मकान, ज्यादा गति से दौड़ने वाली कारें, ज्यादा पैसा, ज्यादा खुशियाँ, हर चीज ज्यादा चाहते हैं।

हम सनसनीखेज युग में रहते हैं। हम लालसा करते हैं, प्राप्त करते हैं, हम तृप्त हो जाते हैं, फिर हम ज्यादा की लालसा करते हैं, और इसलिए ऐसा कहा जाता है कि आधुनिक व्यक्ति आहार चेतना रखता है, किंतु आध्यात्मिक रूप से कुपोषित होता है।

ताओवाद

संक्षिप्त परिचय

ताओवाद का संस्थापक लाओत्से (604–531 ई.पू.) को माना जाता है, जिसका जीवन कंफ्यूशियस (551–479 ई.पू.) के जीवन के आस-पास का है। किंतु बहुत से इतिहासकार महसूस करते हैं कि वह एक पौराणिक व्यक्ति है या अनेक ऐतिहासिक व्यक्तियों का लोकप्रिय समन्वय है। ऐसे विद्वान् इंगित करते हैं कि चीनी शब्द 'लाओ जी' का शाब्दिक अर्थ 'वृद्ध गुरु' है, जिसे प्राय: सम्माननीय हवाला या पदवी के लिए प्रयोग किया जाता है। लाओत्से को ताओवाद के दार्शनिक, एक बुद्धिमान व्यक्ति, के रूप में पूजा जाता है, किंतु ताओवाद के धार्मिक और 'व्यवहार किए जाने वाले' स्वरूपों में वैसे ही भगवान् के रूप में माना जाता है, जैसे बौद्धमत में बुद्ध को।

ताओ ते चिंग या डाओ डे जिंग एक उत्कृष्ट चीनी साहित्य है। इसका नाम दो अनुभाग के प्रारंभिक शब्दों से आता है—डाओ या 'रास्ता', डे या 'गुण', जिंग या 'उत्कृष्ट'। परंपरा के अनुसार इसे लगभग छठवीं शताब्दी ई.पू. में लाओत्से द्वारा लिखा गया था, यद्यपि बहुत से लोग कहते हैं कि इसे आगे चलकर उसके शिष्यों के द्वारा संकलित किया गया था। चीन व अन्य देशों के बहुत से कलाकारों, कवियों, चित्रकारों, सुलेखकों, यहाँ तक कि मालियों ने ताओ ते चिंग का प्रयोग प्रेरणा के स्रोत के रूप में किया है। पश्चिमी भाषाओं में सैकड़ों अनुवादों की मदद से इसका प्रभाव पूर्व एशिया के बाहर विस्तृत रूप से फैला हुआ है।

ताओ (डाव उच्चारित) को अंग्रेजी में मोटे तौर पर 'पथ' या 'राह' के रूप में अनुवादित किया जा सकता है। जैसा कि चीनी विद्वान् कहते हैं, यह आधारभूत रूप से अपरिभाष्य है, इसे अनुभूत किया जाना होता है। इस आस्था के अनुयायियों के अनुसार इसका संबंध एक शक्ति से है, जो सभी सजीव और निर्जीव चीजों को समेटे रहता है, घेरे रहता है और उनसे प्रवाहित होता है। ताओ प्राकृतिक प्रक्रियाओं

को नियमित करता है और ब्रह्मांड में संतुलन का पोषण करता है। यह द्वंद्वों का समन्वय करता है। (अर्थात् बिना घृणा के प्रेम नहीं होगा, बिना अँधेरे के प्रकाश नहीं होगा, बिना मादा के नर नहीं होगा।)

ताओवाद की प्रमुख धारणाओं में 'वु वेई', जिसका शाब्दिक अर्थ 'अकर्म' या 'कर्म' न करना है। 'वु वे' की धारणा जटिल है और यह इस शब्द की बहु-व्याख्याओं से परिलक्षित होता है, इसका अर्थ 'कुछ न करना' 'दबाव न देना', 'अभिनय न करना', 'कुछ सृजन न करना', 'स्वजात रूप से कार्य करना' और 'वक्त के प्रवाह में बहना' हो सकता है। माना जाता है कि लाओत्से ने इस शब्द का प्रयोग सहजता और विनम्रता के मेल में प्रमुख गुणों के रूप में प्राय: स्वार्थी कर्म के विपरीत किया। राजनैतिक स्तर पर इसका तात्पर्य युद्ध, कठोर कानून और अनुचित कर जैसी घटनाओं को टालने से है। कुछ ताओवादी 'वु वे' और ध्यान की तकनीकों, जैसे विस्मृति में बैठना (अर्थात् मन को शारीरिक चेतना और विचारों से खाली करना) के बीच संबंध देखते हैं।

ताओवाद में व्यक्तिकृत 'देवता' या ईश्वर की धारणा नगण्य है। प्रत्येक विश्वास करनेवाले का लक्ष्य ताओ के साथ एक होना है, वो शक्ति जो सभी के जीवन में प्रवाहित होती है और सभी चीज़ों का प्रथम कारण है।

ताओवाद की शुरुआत मनोविज्ञान और दर्शन के मेल के रूप में हुई, किंतु ईसवी सन् 440 में यह धार्मिक आस्था के रूप में उदित हुआ और इसे राजधर्म के रूप में अपनाया गया। उस समय लाओत्से एक देवता की तरह पूजनीय हो गया था। बौद्ध धर्म और कन्फ्यूशीवाद की तरह ताओवाद चीन के तीन महान् धर्मों में से एक बन गया था। किंतु 1911 में चिंग वंश के अंत में ताओवाद को राज्य का समर्थन समाप्त हो गया। ज्यादातर ताओवादी विरासत को युद्धकाल के दौरान नष्ट कर दिया गया। 1949 में मार्क्सवादी विजय के बाद, धार्मिक स्वतंत्रता को प्रतिबंधित कर दिया गया। 1966 से 1976 के बीच चीन में 'सांस्कृतिक क्रांति' के दौरान शेष रह गई, ताओवादी विरासत को नष्ट कर दिया गया। सन् 1982 से वर्तमान समय तक डेंग जियाओपिंग के अधीन चीन में धार्मिक सहिष्णुता को कुछ हद तक बहाल किया गया है।

ताओवाद के वर्तमान में लगभग दो करोड़ अनुयायी हैं। उनमें से अधिकतर ताइवान में रहते हैं। लगभग 30 हजार ताओवादी उत्तरी अमेरिका और कनाडा में रहते हैं। ताओवाद का उत्तरी अमेरिकी संस्कृति, विशेषकर एक्यूपंचर, जड़ी-बूटी, हॉलिस्टिक दवा, ध्यान और मार्शल आर्ट्स में बड़ा प्रभाव है।

पान कु : सृष्टि का ताओ मिथक

"ईश्वर (महान् सतत अनंत, पहला कारण, जहाँ से धरती और स्वर्ग की सारी चीजें निकली हैं।) को न तो परिभाषित किया जा सकता है, न कोई नाम दिया जा सकता है; क्योंकि जिसे परिभाषित किया जा सकता है और नाम दिया जा सकता है, वह ईश्वर सृष्टिकर्ता, उन सभी चीजों की महान् जननी, जिसका बोध हमारी इंद्रियाँ कर सकती हैं। फिर भी आध्यात्मिक और भौतिक चीजें, जिन्हें यद्यपि हम विविध नामों से जानते हैं, उन सभी की उत्पत्ति समान है और दोनों का संबंध उसी स्त्रोत से है, यह अस्पष्टता दोनों के लिए है क्योंकि वह अँधेरा सचमुच गहरा है, जो उनको ढके हुए है, जिससे होकर इन रहस्यों का ज्ञान पाने के लिए हमें गुजरना पड़ता है।"

—ताओ ते चिंग (टी. आर. जी.सी. एलक्ज़ेंडर)

समय के प्रारंभ में ब्रह्मांड ऐसा नहीं था, जैसा आज हम इसे जानते हैं, केवल तात्त्विक बवंडर था। धरती और आकाश के विविध घटक एक-दूसरे के साथ स्वंतत्र रूप से घुलमिल जाते थे। तात्त्विक बवंडर के भीतर इसके संगठन का सिद्धांत कहीं सुशुप्त पड़ा हुआ था, क्योंकि इस अव्यवस्था या बवंडर का रूपांतरण

ब्रह्मांड के रूप में अभी होना बाकी था। यह प्रारंभिक पिंड आकार में अंडे की तरह था।

हजारों-हजार वर्षों तक अजन्मा, अनिर्मित ब्रह्मांड इसी दशा में रहा। जब सही समय, परिपक्व समय आया, तो अंडे को सेया गया। हलका, शुद्ध तत्त्व ऊपर की ओर प्लावित हुआ। इसे 'यांग' कहा गया और इससे स्वर्ग निर्मित हुआ। अपेक्षाकृत भारी, ज्यादा अशुद्ध तत्त्व नीचे गिर गए और उससे धरती का निर्माण हुआ। इसको 'यिन' नाम दिया गया।

इन दो तत्त्वों से तीसरी शक्ति 'पान कु' राक्षस का निर्माण किया गया। जैसे-जैसे 'पान कु' बढ़ता गया, तो उसके विशाल आकार ने धरती को स्वर्ग से अलग कर दिया। राक्षस हजारों साल जीवित रहा। कछुआ, अमर पक्षी, सर्प और इकसिंगा चार प्राणियों की मदद से उसने रोज-रोज मेहनत करके धरती को ढालकर आकार दिया। 'पान कु' और उसके साथियों ने साथ मिलकर धरती को आकार दिया। जिस रूप में आज हम धरती को जानते हैं, उसका निर्माण पान-कु ने अपने साथियों के साथ मिलकर किया है।

जब पृथ्वी को पूरी तरह बना दिया गया और यह क्रियाशील हो गई, तो 'पान कु' मर गया। उसका शरीर पूरी तरह रूपांतरित हो गया। उसकी बाईं आँख सूर्य बनी और दाहिनी आँख चंद्रमा। उसके खून से नदियाँ और समुद्र बने, उसकी साँसों से हवा बनी, उसके पसीने से वर्षा और उसकी आवाज से बादलों की गड़गड़ाहट बनी। उसके मांस से मिट्टी निर्मित हुई और उसके शरीर पर रहनेवाले पिस्सुओं से मानवजाति का जन्म हुआ। इस तरह मानव सभ्यता के नाटक के विकसित होने का मंच तैयार हो गया।

'पान कु' की कहानी सृष्टि की ताओ दंत कथा है। सृष्टि के सभी दंत कथाओं की तरह यह भी इस तथ्य की ओर इशारा करती है कि एक से ही अनेक निर्मित हुए, यह कि सृष्टि संगठन के पीछे कोई सिद्धांत है, यह कि जब कोई रचनात्मक शक्ति गति में आती है, तो विपरीत शक्तियाँ, द्वंद्व निर्मित होते हैं, जैसे कि पृथ्वी लोक-स्वर्ग-लोक, श्वेत-श्याम, दिन-रात, अच्छाई-बुराई। यांग और यिन, पुल्लिंग और स्त्रीलिंग इन्हीं विचारों से प्रेरित हैं। ये विपरीत गुण अपनी आधारभूत प्रकृतियों से ही हर मायने में समान हैं, किंतु सदा ही एक पृथक् अस्तित्व में रहते हैं।

विचार मनन

आप जिन चमत्कारों के इंतजार में हैं, अपनी आँखें खोलो और देखो। हमारे चारों ओर ईश्वर के चमत्कार ही तो हैं। एक छोटा सा बीज बढ़कर विशाल बरगद का वृक्ष बन जाता है, एक इल्ली तितली बन जाती है।

प्रकृति के संसार में ईश्वर द्वारा निर्मित विस्तीर्ण और विशाल ब्रह्मांड, सर्वाधिक शक्तिशाली ऊर्जा और सर्वाधिक सकारात्मक तरंगों से परिपूर्ण है। जब कभी आप उदास या मानसिक तौर पर थकान अनुभव कर रहे हों, तो बाहर जाकर खुली हवा में साँस लीजिए। ताजी हवा को साँस के साथ खींचिए और जब आप श्वास लेते हैं, तो स्वयं से कहिए, 'मैं' ईश्वर द्वारा निर्मित ब्रह्मांड से जुड़ रहा हूँ। इसकी सकारात्मक ऊर्जा का संचार मेरे अंदर हो।

अपने आस-पास नए और ताजे नजरिए से देखिए। वृक्षों, पौधों और लताओं पर नजर डालिए। क्या वे सदा से वहीं थे? क्या आपने कभी उनकी वृद्धि के करिश्मे को देखा है?

सृष्टि के चमत्कार—नीला आकाश, जीवनदायिनी सूर्य की ऊष्मा, चंद्रमा की मनमोहक रुपहली रोशनी, अरबों-खरबों तारे, पक्षी, फूल, घास, तितलियाँ और सृष्टि की अतुलनीय खूबसूरती को बनाने वाली सभी चीजों के लिए ईश्वर के प्रति आभार व्यक्त कीजिए।

इस साधारण क्रियाकलाप से आपके सोच विचार में और दृष्टिकोण में महान् परिवर्तन आएगा।

राह का अनुसरण

''निराकार रास्ता,
हम इसकी ओर देखते हैं और यह दिखाई नहीं पड़ता,
यह अदृश्य है।
हम इसे सुनते हैं और यह सुनाई नहीं पड़ता,
यह अश्रव्य है।
हम इसे स्पर्श करते हैं और इसका हमें आभास
नहीं होता, यह अस्पर्शनीय है।
ये तीन हमारे अन्वेषणों को भ्रमित करते
हैं, और इसलिए एक में समाहित हो जाते हैं।

इसके उदय से, यह रोशन नहीं होता,
इसके अस्त से, यह अंधकारमय नहीं होता,
अनंत और नित्य, इसे परिभाषित नहीं किया जा सकता,
यह शून्यता पर लौटता है,
यही निराकार का रूप है, न होने में होना।
यह धुँधला और भ्रामक है।

इससे मिलो और तुम्हें इसका आदि नजर नहीं आता।
इसका अनुगमन करो और तुम्हें इसका अंत
नजर नहीं आता।
जो वर्तमान है, उसमें कुशल होने के लिए

प्राचीन रास्ते पर डटे रहो
प्राचीन शुरुआत को जानना इस रास्ते का सार है।''

—लाओत्से

ताओ का अर्थ है 'रास्ता'। ताओ की एक लघुकथा प्रस्तुत है, जो ताओ के महत्त्व को प्रतिबिंबित करती है।

एक युवक था, जो ताओ गुरु लाओत्से की खड़ी पहाड़ी के शीर्ष पर स्थित आदम कद प्रतिमा को देखने का उत्सुक था। वह प्रतिमा के दर्शन को दृढ़ संकल्पित, एक रात पहाड़ी के शीर्ष पर चढ़ने के लिए निकल पड़ा।

यात्रा लंबी थी, क्योंकि पहाड़ी उसके गाँव से बहुत दूरी पर स्थित थी। रास्ता ऊबड़-खाबड़, चढ़ाईदार और पथरीला था। कुछ मील यात्रा करने के बाद युवक थकान और अकेलापन महसूस करने लगा। उसने आगे की यात्रा के लिए भोर तक कहीं ठहरने का निश्चय किया।

थका-हारा, जब वह सड़क के किनारे बैठ गया, तो रास्ते पर उसने एक वृद्ध को आते देखा। उसे देखकर वृद्ध ठहर गया और उससे कुछ पूछताछ की, जैसे वह कहाँ से आ रहा था? उसे जाना कहाँ था?

जब वृद्ध ने सुना कि युवक गुरु की प्रतिमा देखने के लिए निकल पड़ा है, तो उसने कहा, ''आओ, साथ-साथ यात्रा करें। मैंने यह यात्रा पहले भी की है और मैं पुनः वहाँ जाना चाहूँगा।''

''लेकिन मैं तो इतनी जल्दी थक गया,'' युवक ने कहा, ''मुझे थोड़े-थोड़े समय के बाद आराम करने की जरूरत पड़ेगी।

''कोई बात नहीं, चलेगा।'' वृद्ध ने खुशी से कहा।

''आओ, चलें!''

युवक उठ खड़ा हुआ और दोनों ने यात्रा प्रारंभ की। रास्ता अविश्वसनीय रूप से खूबसूरत था और दोनों चले जा रहे थे। जब कभी युवक पैरों में दर्द या घुटनों में अकड़न की शिकायत करता, तो बूढ़ा उसकी थकावट मिटने तक ठहरने के लिए तैयार हो जाता। इसके पहले कि वह महसूस कर पाता कि वह कहाँ है, युवक ने स्वयं को पहाड़ी के शीर्ष पर पाया और गुरु की वैभवशाली प्रतिमा उनके सामने थी।

आश्चर्य से मूक, युवक प्रतिमा के सामने खड़ा होकर उसे टकटकी लगाकर तब तक देखता रहा, जब तक उसका हृदय खुशी और उपलब्धि के भाव से लबालब नहीं हो गया। उसकी इच्छा पूरी हो गई थी, उसको लक्ष्य प्राप्त हो चुका था। उसने महसूस किया कि काश! वह सदा वहीं खड़ा रह सकता।

''आओ, चलें।'' वृद्ध ने कहा।

''कहाँ?'' युवक ने पूछा, ''हमारी यात्रा समाप्त हो चुकी है। हम गंतव्य तक पहुँच चुके हैं।''

''लेकिन इसका तात्पर्य यह नहीं कि तुम आराम करो,'' वृद्ध ने कहा। ''यात्रा इसी के साथ समाप्त नहीं होती। अपने आगे देखो! रास्ता मनोरम है! तुम्हें इसका अनुसरण करना होगा। गंतव्य जैसी कोई चीज ही नहीं है, केवल रास्ता ही है!''

विचार मनन

अस्तित्व के अंतहीन अभियान में ईश्वर और मनुष्य साथी हैं। ईश्वर हमारा कभी साथ न छोड़ने वाला मित्र है। वह हमें कभी नहीं छोड़ेगा। हम उससे दूर भागने की कोशिश कर सकते हैं। लेकिन वह हमारी परछाईं की तरह सतत हमारा पीछा करता रहेगा। जैसा आपका हृदय चाहे, वैसा संबंध उसके साथ बना लो और जीवन की यात्रा में तुम कभी रास्ता नहीं भटकोगे।

एक दिन के लिए, अपने हृदय में ईश्वर को धारण करके जहाँ कहीं तुम जाओ, उसे अपने साथ ले जाओ। उसे अपने दिन के क्रियाकलाप में शामिल करो। जब तुम्हें भय, निराशा, अवसाद या अकेलापन लगे तो उससे बात करो। जब तुम्हें खोया-सा, डर-सा महसूस हो तो उसकी मदद लो। हर छोटी-मोटी सलाह के लिए उसकी ओर रुख करो। यदि कोई तुम्हें दुःखी करे, तो उसे इसके बारे में बताओ और उसका सुकून पाने की कोशिश करो। रात को सोते समय दिन भर साथ रहने के लिए उसका धन्यवाद करो। सारे दिन के बाद जब तुम बिस्तर पर जाते हो, तो निश्चित रूप से तुम महसूस करोगे कि तुम ईश्वर के ज्यादा निकट आ गए हो।

सौभाग्य-दुर्भाग्य

''गीली मिट्टी को बर्तन का आकार दो; इसके अंदर की खाली जगह इसे उपयोगी बनाती है। एक कमरे के लिए, काटकर दरवाजे और खिड़की बनाओ, ये छिद्र हैं, जो इसे उपयोगी बनाते हैं। इसलिए फायदा उससे होता है, जो मौजूद है; उपयोगिता उससे आती है, जो मौजूद नहीं है।''

—लाओत्से

प्रस्तुत है, एक बूढ़े किसान की चीनी कहानी, जिसके पास खेत जोतने के लिए एक कमजोर और बीमार घोड़ा ही था। एक दिन वह बूढ़ा घोड़ा भागकर पहाड़ियों में चला गया। किसान के पड़ोसियों ने दुःख व्यक्त करते हुए उसके प्रति अपनी सहानुभूति व्यक्त की—''कितनी खराब किस्मत है!'' उन्होंने कहा।

''दुर्भाग्य है या सौभाग्य, कौन जाने?'' किसान ने दार्शनिक सा उत्तर दिया।

एक सप्ताह के बाद बूढ़ा घोड़ा लौट आया और पहाड़ी से अपने साथ जंगली घोड़ों का एक झुंड भी ले आया।

इस बार पड़ोसियों ने किसान को उसके सौभाग्य के लिए बधाई देने के लिए घेर लिया।

''सौभाग्य या दुर्भाग्य! कौन बता सकता है?'' उसने जवाब दिया।

कुछ समय बाद जंगली घोड़ों में से एक को वश में करने की कोशिश करते समय किसान का इकलौता बेटा घोड़े की पीठ से गिर पड़ा और उसका पैर टूट गया।

हर कोई सोचने लगा कि यह तो सचमुच दुर्भाग्य है!

"दुर्भाग्य या सौभाग्य? मैं नहीं जानता।" किसान ने कहा।

कुछ सप्ताह बाद राजा की सेना ने गाँव में कूच किया और वहाँ रहने वाले शरीर से मजबूत युवाओं की अनिवार्य सैन्य भर्ती की। किसान का बेटा, जिसने टूटे पैर के कारण बिस्तर पकड़ रखा था, को छोड़ दिया गया, क्योंकि वह उनके लिए बेकार था।

अब यह क्या हो सकता है—सौभाग्य या दुर्भाग्य, कौन बता सकता है?

विचार मनन

'स्वीकार करो! स्वीकार करो! स्वीकार करो!' जब आप स्वीकृति की भावना विकसित करते हैं, तब आप समत्व या समता के लक्ष्य की ओर अग्रसर होते हैं। समत्व से अभिप्राय संतुलन, निस्तब्धता और शांति से है, जो आध्यात्मिक समझ से उत्पन्न होती है, इसीलिए श्रीकृष्ण 'गीता' में कहते हैं—"समत्वं योग उच्यते—समता ही योग है।"

प्रतिकूलता ही नहीं बल्कि समृद्धि भी हमारे संतुलन के भाव को डगमगाकर रख देती है। जब हमें बारंबार सफलता मिलती रहती है, तो हम दंभी और घमंडी हो जाते हैं। हमारी प्रवृत्ति ईश्वर की कृपा को नजरअंदाज करने और श्रेष्ठता का झूठा भाव विकसित करने की हो जाती है।

दूसरी ओर प्रतिकूलता हमारे नकारात्मक भाव—भय, निराशा और असुरक्षा को सामने लाती है। हम वास्तविकता का सारा भाव खोकर आत्महीनता के शिकार हो जाते हैं।

कोई भी चीज, जो सतही तौर पर बुरी लगती है, वस्तुत: उसमें अच्छाई छिपी हो सकती है। और कुछ, जो आकर्षक तथा सौभाग्यशाली लगती है, वह हमारी सर्वोत्तम भलाई के लिए नुकसानदेह हो सकती है। बुद्धिमान लोग यह तय करना ईश्वर पर छोड़ देते हैं कि उनके लिए सर्वोत्तम क्या है। वे जानते हैं कि सब कुछ उनके लिए अच्छा सिद्ध होता है। वे जानते हैं कि सभी बातें उनके लिए अच्छी सिद्ध होती हैं, जो ईश्वर से प्रेम करते हैं और उसकी इच्छा, को बिना शर्त स्वीकार करते हैं।

काम और आराम—ताओ विधि

"अपने कटोरे को लबालब भरिए और यह छलकने लगेगा। अपने चाकू को धार पर चढ़ाते जाइए और यह भोथरा हो जाएगा। पैसे और सुरक्षा के पीछे भागो और आपका हृदय कभी उदार नहीं होगा। लोगों की स्वीकृति की फिक्र करेंगे और आप उनके कैदी हो जाएँगे। अपना काम करो और पीछे हट जाओ। शांति का यही एक रास्ता है।"

—ताओ ते चिंग

लगभग 90 वर्षीय एक किसान था, जो लाओत्से का महान् प्रशंसक और अनुयायी था। एक दिन अपने खेत के गहरे कुएँ से अपने छोटे बेटे (एक ताकतवर युवक) की मदद से पानी निकालने में व्यस्त था।

उसी समय शहर का एक बुद्धिमान वृद्ध व्यक्ति वहाँ से गुजर रहा था। उसने वृद्ध और उसके बेटे को मिलकर सिंचाई के लिए मेहनत करते हुए देखा। वृद्ध के लिए करुणा से सराबोर शहर के निवासी ने एतराज करते हुए कहा, "अरे! मूर्ख वृद्ध इस तरह तुम अपनी कमर क्यों तोड़ रहे हो और अपने बेटे को क्यों थका रहे हो? क्या तुम्हें नहीं मालूम कि यही काम एक जोड़ी बैल तुम दोनों की अपेक्षा ज्यादा कुशलतापूर्वक संपन्न कर सकते हैं? क्या तुम्हें कार्य करने के नए तरीके नहीं सीखने चाहिए? तुम स्वयं को और इस युवक को प्रताड़ित क्यों कर रहे हो?"

वृद्ध ने कहा, ''चुप! जरा धीरे बोलो! युवा लोगों के सामने कुछ भी बोलने में तुम्हें सावधानी बरतनी चाहिए! चुप, कृपया तुम भोजन के समय आना। उस समय मेरा बेटा अपने दोस्तों के साथ भोजन करता है और तब मैं तुमसे बात करूँगा।''

जल्द ही भोजन का समय हो गया। वृद्ध का बेटा चला गया और वृद्ध भोजन करने बैठा। अब वह समझदार शहरी उससे मिलने के लिए आया। उसने वृद्ध से शिकायती अंदाज में कहा, ''तुम नहीं चाहते कि तुम्हारा बेटा मेरी बात सुने, क्योंकि तुम नहीं चाहते कि काम करने के तुम्हारे पुराने तरीके का वह विरोध करे।''

वृद्ध ने हँसते हुए कहा, ''मैं 90 साल का हूँ और मैं अब भी काम-धंधा करता हूँ, घूमता-फिरता हूँ और मेरा स्वास्थ्य अच्छा है। रात को मैं अच्छी नींद सोता हूँ और अपने हाथ-पैर से किए गए परिश्रम से गुजारा करता हूँ। मैं चाहूँगा कि मेरा बेटा जब मेरे जितना बूढ़ा हो, तो वह मुझसे भी ज्यादा स्वस्थ और तंदरुस्त रहे। मैं चाहूँगा कि मेरे न रहने पर वह मेरे पोते के साथ मिलकर बराबरी से काम करे।

''शहर में जो चल रहा है, वह मैं जानता हूँ। मैं भी कुएँ से पानी खींचने के लिए घोड़े या बैलों का खर्च वहन कर सकता हूँ, मुझे मालूम है कि शहर में मेहनतवाले काम करने के लिए आप लोगों के पास मशीनें होती हैं और उन्हें हम यहाँ हाथों से करते हैं। लेकिन मैं चाहता हूँ कि मेरा बेटा प्रसन्नचित्त रहे और स्वस्थ व तंदरुस्त रहे, जैसा कि मैं अभी 90 वर्ष की उम्र में हूँ। मैं चाहता हूँ कि दिन भर के बाद मेरे बेटे को प्रतिदिन अच्छी नींद मिले, इसलिए मैं उसे कठिन परिश्रम करने देता हूँ। कठिन मेहनत से उसे कभी कोई नुकसान नहीं होगा।''

हम एक ओर जो करते हैं, उसका शीघ्रातिशीघ्र प्रभाव दूसरी ओर होता है। जो दिन के दौरान बहुत कम या नहीं के बराबर मेहनत करता है, वह रात की नींद खो देता है। आराम तो परिश्रम से ही कमाया जाता है।

विचार मनन

एक कहानी है कि एक परिश्रमी व्यक्ति मृत्यु के उपरांत सीधे स्वर्ग पहुँचा। जब वह अपने रचनाकार से आमने-सामने मिला, तो उसने उससे

सीधे पूछ लिया, ''भगवान्, इंसान को बूढ़ा करने की वजह क्या है? आप हमारे शारीरिक उपहारों—हमारी ताकत, हमारी क्षमता, हमारी गति, हमारी चंचलता—एक-एक करके तब तक छीनते जाते हैं, जब तक हमारा शरीर एकदम कमजोर और पतनशील न हो जाए।''

ईश्वर ने उत्तर दिया, ''बेटे, उम्रदराज होना अभिशाप नहीं है, यह उपहार है, जिसे मैंने तुम्हें प्रदान किया है, ताकि तुम परिपक्व और बुद्धिमान बन सको। यह महसूस कर सको कि तुम शरीर नहीं हो, कि तुम्हारा संबंध इस दुनिया से नहीं है, बल्कि मुझसे है, जो तुम्हारा परमपिता है।''

इस कहानी का संदेश सचमुच खूबसूरत है। कहावत कहती है, ''मैंने जो दिया, मैंने पाया, मैंने जो खोया, मैंने प्राप्त किया।''

हम बचपन खोकर युवावस्था पाते हैं। हम युवावस्था खोकर वयस्कता प्राप्त करते हैं। जीवन की हर अवस्था पर हम प्राप्त करने के लिए खोते हैं। बढ़ती उम्र हमें शारीरिक क्षमता और ऊर्जा से रहित कर सकती है, लेकिन यह एक स्थिति है, जब हम आध्यात्मिक रूप से प्रगति करते हैं। हम परिपक्वता, ज्ञान, समझ, सब्र और सहिष्णुता में बड़े होते हैं। हानि शारीरिक है, लेकिन लाभ आध्यात्मिक है। क्या मुझे बताने की जरूरत है कि बड़ा क्या है?

विशेषज्ञ कहते हैं कि उम्रदराज अर्थात् पुष्ट कोशिकाओं की हानि, जिससे शनैः-शनैः शारीरिक अक्षमता आती है, 25 साल से शुरू हो जाती है।

हर पदार्थ की प्रकृति समय के साथ बदलने की होती है। लकड़ी, चट्टान, पत्थर, मिट्टी—ये सब समय के साथ विखंडित होते हैं। वैसा ही शरीर भी है। लेकिन जो शरीर के लिए पतनशीलता है, वह मन के लिए परिपक्वता और आत्मा के लिए आध्यात्मिक विकास हो सकता है। यदि आपको यकीन है कि आप आत्मा हैं, तो बढ़ती उम्र आपको कष्ट नहीं दे सकती।

आदमी, जो स्वयं से भागा

"ताओ सभी चीजों में है, उनके विभाजन में और उनकी संपूर्णता में। विभाजन में जो मुझे पसंद नहीं है, वह यह है कि वे गुणोत्तर होते हैं और गुणा में मुझे जो पसंद नहीं है, वह यह कि लोग इसी से चिपके रहना चाहते हैं। इसलिए लोग बाहर जाकर हकीकत की झुँझलाहट से कुछ ज्यादा देखते हुए, वापस लौटना भूल जाते हैं।"

—चुआंग जु

एक समय एक आदमी रहता था, जो दो बातों से बहुत परेशान था—उसके कदमों की आहट और अपनी परछाईं का दृश्य। जहाँ कहीं भी वह जाता था, उसके कदमों की आवाज उसके कानों में पड़ती थी। जहाँ कहीं भी वह जाता और जो कुछ भी वह करता, उसकी परछाईं उसका पीछा करती। वह उनसे डरता और उनसे नफरत करता, लेकिन वे उसका पीछा नहीं छोड़ते थे।

इन दोनों से छुटकारा पाने का संकल्प लेकर उसने तय किया कि वह उनसे भाग जाएगा। इसलिए वह खड़ा हुआ और दौड़ना शुरू कर दिया। लेकिन हर बार वह अपना कदम धरती पर रखता, तो उसे उसकी आवाज सुनाई देती और जितना तेज वह दौड़ता, उतना तेज उसकी परछाईं उसका पीछा करती।

वह सोचता, 'यह पर्याप्त तेज गति नहीं है। मेरी गति बहुत धीमी है, इसलिए मैं इससे छुटकारा नहीं पा सकता।'

उसने तय किया कि वह एक ही काम कर सकता था—और ज्यादा तेजी से दौड़ना। वह इतना तेज दौड़ा कि बेहोश होकर गिरा और हाँफते हुए मर गया।

वह यह नहीं समझ सका कि यदि वह दौड़ना बंद कर देता और किसी पेड़ की छाँव में चला जाता, तो उसकी परछाईं गायब हो जाती और यदि वह स्थिर होकर बैठ जाता, तो कदमों की आवाज भी थम जाती।

विचार मनन

आधुनिक युग में इंसान की जीवन-शैली उसके तनाव के प्रमुख कारणों में से एक है। किसी-न-किसी तरह आधुनिक जीवन और तनाव साथ-साथ चलते से लगते हैं। जिस तरीके से हम रहते हैं, जिस तरह हम काम करते हैं, जिस तरह हम बात करते हैं, जिस तरह हम रोजाना कार्यरत रहते हैं, वह हमारे तनाव पैदा करने में अपना योगदान करता है। लोग हर समय इस तरह आपा-धापी करते हैं, मानो वे सारे संसार का बोझ अपने कंधों पर ढो रहे हों! लोग जरूरत की चीजों का अंबार खड़ा करते इधर-उधर घूमते रहते हैं और महसूस करते हैं कि उन्हें इसकी जरूरत नहीं, बिल्कुल नहीं है। उनकी स्थिति पिंजरे में बंद गिलहरियों जैसी होती है, जो हर समय घूमती रहती हैं, लेकिन पहुँचती कहीं नहीं हैं।

हम हर समय जल्दबाजी में रहते हैं। न केवल चलते-फिरते हुए हम जल्दबाजी करते हैं, बल्कि जब हम स्थिर बैठे भी होते हैं, आराम की स्थिति में होते हैं, तब भी हमारा मन कहीं-न-कहीं भाग रहा होता है। हम ऑफिस के बाहर इंतजार कर रहे हों, डॉक्टर के पास अपना नंबर आने का इंतजार कर रहे हों, साक्षात्कार के बुलाने का इंतजार कर रहे हों, लेकिन हम अपने विचारों में जल्दबाजी कर रहे होते हैं, भाग रहे होते हैं। यह मानसिक हड़बड़ाहट, यह मानसिक जल्दबाजी ही हमारे तनाव के कारणों में से एक है।

हमें इसे सहजता से लेने की आवश्यकता है। इसे सहजता से लो मेरे भाई! इसे सहजता से लो मेरी बहन! एक शब्द है, जिसे स्पेनवासी हमेशा प्रयोग करते हैं। जब भी दो स्पेनवासी मिलते हैं, वे एक-दूसरे से 'ट्रांक्यूलो! ट्रांक्यूलो!' कहते हैं। 'ट्रांक्यूलो!' से अभिप्राय है—'सहज रहो।' यही वह संदेश है, जिसकी आज हम सभी को जरूरत है—'सहज रहो! सहज रहो!'

चीनी बौद्ध मत (ZEN)

संक्षिप्त परिचय

जापानी शब्द 'ज़ेन' और उससे मेल खाता चीनी शब्द 'चान' की उत्पत्ति संस्कृत शब्द 'ध्यान' अर्थात चिंतन से हुई है। 'ज़ेन' महायना बौद्ध धर्म का एक संप्रदाय है, जो ध्यान के माध्यम से बोधि या निर्वाण प्राप्ति पर केंद्रित है, जैसे कि गौतम बुद्ध ने प्राप्त किया था। ज़ेन मान्यता के अनुसार, सभी मनुष्यों में बुद्ध प्रकृति होती है या उनके भीतर निर्वाण प्राप्त करने का सामर्थ्य होता है, लेकिन अधिकतर लोगों में बुद्ध प्रकृति अज्ञानता के आवरण से ढकी रहती है। ज़ेन गुरु कहते हैं कि इस अज्ञानता पर विजय पाने का तरीका धर्मग्रंथों का अध्ययन नहीं है या धार्मिक कर्मकांड नहीं है, भक्ति प्रथाएँ एवं शुभ कार्य नहीं बल्कि ध्यान है। कहा जाता है कि इससे अंतत: अंतिम वास्तविकता का अंतर्ज्ञान और चेतना का मार्ग प्रशस्त होता है। ज़ेन मार्ग का प्रशिक्षण सामान्यतया शिष्य एक गुरु के मार्गदर्शन में प्राप्त करता है।

ज़ेन की उत्पत्ति पर आधारित प्रारंभिक बौद्ध धर्मग्रंथों से जुड़ी एक रुचिकर कहानी सुनाई जाती है। एक दिन बुद्ध के आस-पास बहुत से शिष्य एकत्रित हुए। वे बुद्ध से उपदेश सुनने के इच्छुक थे। लेकिन उस विशेष अवसर पर बुद्ध ने पूरी तरह शांत रहने को प्राथमिकता दी। शिष्यों को दिखाने के लिए वे कमल का एक फूल हाथ में थामे रहे। शिष्यों में से अधिकतर बुद्ध की चुप्पी से परेशान हो गए। उनमें से केवल एक महाकश्यप नामक शिष्य ही फूल की ओर निरंतर एकटक देखता रहा। उसने बुद्ध के हाव-भाव के अव्यक्त अभिप्राय को ग्रहण किया। उसने बुद्ध और फूल की ओर एकटक देखने से प्रेरणा प्राप्त की। आभार स्वरूप वह बुद्ध की ओर देखकर मुस्कराया और बुद्ध अपने शिष्य के अंतर्ज्ञान के सूक्ष्म भाव पर मुस्कराए।

इस तरह बौद्ध धर्म के एक नए संप्रदाय का जन्म हुआ, जिसमें अनुभवजन्य ज्ञान उपदेशों और ग्रंथों को पीछे छोड़ देता है और प्रकट संप्रेषण शब्दों और कर्मकांड की जरूरतों को अनावश्यक बना देता है। बुद्ध के गुणसूत्र को बताने वाले इन शब्दों से ज़ेन प्रेरणा प्राप्त करता है—''बोधिसत्त्व ऐसे वार्त्तालापों में कभी भाग नहीं लेते जिसके निश्चय, शब्द और तर्क पर निर्भर हों।''

आज भी ज़ेन गुरु अपने ज्ञान का संप्रेषण करने के लिए शब्दों का प्रयोग नहीं करते, इसके बदले वे अंतर्ज्ञान विचार प्रक्रिया और मौन सत्य को ग्रहण करने पर विश्वास करते हैं। ऐसा कहा जाता है कि दक्षिण भारत का पल्लव नामक राजकुमार जो भिक्षु बनकर बोधि धर्म के नाम से प्रसिद्ध हुआ। चीन में सर्वप्रथम ज़ेन धर्म लानेवाला वही था। उसे महाकश्यप के शिष्यों के क्रम में माना जाता है। 'ब्लड स्ट्रीम सर्मन' में व्यक्त किया गया ज़ेन दर्शन सार उसे समर्पित है।

> बुद्ध बुद्धों की रक्षा नहीं करते। यदि आप बुद्ध को देखने के लिए मन का प्रयोग करते हैं, तो आप बुद्ध को नहीं देख पाएँगे। जब तक आप बुद्ध को और कहीं देखते हैं, तब तक आप यह कभी नहीं देख पाएँगे कि आपका अपना मन ही बुद्ध है। बुद्ध का प्रयोग, बुद्ध की पूजा करने के लिए मत करो। और बुद्ध का आह्वान करने के लिए मन का प्रयोग मत करो। बुद्ध कभी सूत्रों का पठन नहीं करते। बुद्ध सिद्धांत नहीं रखते और बुद्ध सिद्धांत नहीं तोड़ते। बुद्ध न तो कुछ तोड़ते हैं या रखते हैं। बुद्ध अच्छाई या बुराई नहीं करते। बुद्ध की प्राप्ति के लिए आपको अपना स्वभाव देखना है।

यद्यपि ज्ञान की शिक्षा देने के लिए बुद्ध शब्दों को माध्यम के रूप में नकारते हैं, फिर भी प्रारंभिक ज़ेन गुरु बौद्ध धर्म के कई सूत्रों में पारंगत थे। तभी उन्होंने महसूस किया कि बुद्ध के तरीकों का वास्तविक अभ्यास ग्रंथों के अध्ययन या पाठन से ज्यादा यथोचित था। सातवीं शताब्दी तक बोधिधर्म द्वारा पढ़ाया जाने वाला ज़ेन बौद्ध धर्म चीन में एक पृथक् और विशिष्ट संप्रदाय के रूप में अच्छी तरह स्थापित हो गया।

ज़ेन इतिहास में प्रायः कहा जाता है कि 'एक पाँच पँखुड़ियोंवाला फूल' चीन में खिला। इस ज़ेन अभिव्यक्ति से अभिप्राय यह है कि ज़ेन पाँच पँखुड़ियों के फूल की तरह प्रकट हुआ और सारे देश में फैल गया। इन संप्रदायों में इग्यो, होन्जेन, सोटो, अनमोन और रिनजई सम्मिलित हैं। जंगलों और पहाड़ों पर हजारों

मंदिर बनवाए गए, जहाँ ज़ेन धर्म के अध्ययन और व्यवहार के लिए हजारों-लाखों लोग समर्पित थे। ज़ेन दर्शन और व्यवहार ने चीनी संस्कृति को ओत-प्रोत किया एवं उच्चता प्रदान की तथा इसकी कला और विचार को उत्कृष्ट बनाया। आगे चलकर बीसवीं शताब्दी के मार्क्सवादी आंदोलन में इसे निर्मूल कर दिया गया।

यद्यपि जापान में चीनी बौद्ध धर्म (ज़ेन) सातवीं शताब्दी में आया, किंतु बारहवीं शताब्दी तक यह महत्त्वपूर्ण ढंग से उस देश में प्रचलित नहीं हुआ। ज़ेन का रिनजई पंथ 1191 में चीनी पुजारी इनसाई द्वारा जापान में लाया गया। रिनजई बौद्ध धर्म 'कोआन' पर जोर देता है, जो कि विरोधाभासी पहेलियाँ या प्रश्न होते हैं, जो इसके अभ्यासी को तर्क की सामान्य सीमाओं पर विजय पाने में मदद करते हैं। एक दूसरा ज़ेन पंथ था सोटो बौद्ध धर्म, जो चीन से जापान में संप्रेषित हुआ। यह 'जाजेन' के अभ्यास पर जोर देता है और अभिलाषी को बताता है कि निर्वाण की दिशा में कोई प्रयास किए बिना मन से सारे विचार और अवधारणाओं को तब तक समाप्त करते जाओ, जब तक निर्वाण प्राप्त न हो जाए।

चीनी बौध धर्म ने जापानी लोगों के दिन-प्रतिदिन के जीवन पर गहन प्रभाव डाला है। यह प्रभाव जापानी जनजीवन के अनेक पहलुओं, जैसे खान-पान, वस्त्र, चित्रकारी, सुलेख, स्थापत्यकला, रंगमंच, संगीत, बागवानी, साज-सज्जा आदि में परिलक्षित होता है।

आज पश्चिम में 'ज़ेन' बौद्ध धर्म का प्रख्यात संप्रदाय है। पश्चिमी समाज पर इसकी अवधारणाएँ 20वीं शताब्दी के उत्तरार्ध से प्रभावी रही हैं । आज जापान में लगभग 9 करोड़ 60 लाख ज़ेन बौद्धधर्मी हैं और उत्तरी अमेरिका तथा यूरोप में पिछले सौ वर्षों में विभिन्न ज़ेन समुदाय विकसित हुए हैं।

स्वर्ग-नर्क

''क्रोध में बने रहना, जलते अँगारे को किसी और पर फेंकने के इरादे से पकड़े रहने की तरह है; इसमें आप स्वयं जल जाते हैं।''

—बोधिधर्म

हाकुईन एक महान् ज़ेन गुरु था। एक बार, समुराई योद्धा उनसे मिलने आया। उसने हाकुईन से पूछा, ''मैं आपसे जानना चाहता हूँ कि क्या सचमुच स्वर्ग व नर्क होते हैं?''

''तुम कौन हो?'' हाकुईन ने पूछा।

''मेरा नाम नोबुशीज है और मैं एक समुराई हूँ।'' उसने जवाब दिया।

''तो तुम एक पाशविक सैनिक हो,'' हाकुईन ने कहा, ''तुम हिंसा करते हो, तुम दूसरों को कष्ट पहुँचानेवाले कठोर हृदय हो। तुम्हें ऐसा क्यों लगता है कि तुम स्वर्ग-नर्क को समझ सकते हो? मुझसे ऐसा प्रश्न करने की तुम्हारी हिम्मत कैसे हुई, मानो तुम कोई अंतर्ज्ञान प्राप्त व्यक्ति हो, जो इन बातों पर वाद-विवाद कर सकता है? क्या तुमने कभी आईने में अपना चेहरा देखा है? यह कुरूप है, और तुम इन हास्यास्पद वस्त्रों को क्यों पहनते हो? तुम भिखारी की तरह नजर आते हो। यहाँ से चले जाओ और अपने मूर्खतापूर्ण सवालों से मेरा समय नष्ट मत करो।''

नोबुशीज गुस्से में इतना भड़क गया कि उसने अपनी चमकती हुई तलवार खींच ली। उसकी आँखें गुस्से से सुर्ख लाल अँगारों की तरह लग रही थीं। हाकुईन

बोलता रहा, ''तो तुमने तलवार खींच ली है। तुम्हारा हथियार शायद इतना बेधार है कि इससे मेरा गला नहीं कट सकता।''

नोबुशीज ने उसे बुरी तरह कोसा, उसका चेहरा गुस्से से लाल हो गया था। जब वह तलवार से वार करने लगा, तो उसने दाँत पीसे और उसकी नस-नस में क्रोध का लावा उबल रहा था। एक क्षण में जब हाकुईन का सिर धड़ से अलग होने ही जा रहा था, तभी उसने कहा, ''यहाँ खुल रहा है नर्क का द्वार।''

समुराई चौंक उठा। वह स्थिरता से खड़ा हो गया और उसे समझ का अहसास हुआ। गुरु के ज्ञान से पूरी तरह पराभूत अपने आत्म-नियंत्रण से भाव-विभोर होकर उसने तलवार म्यान में रख ली। आँखों में आभार के आँसू लिये वह ज़ेन गुरु के सामने सम्मानपूर्वक नतमस्तक हो गया। गुरु ने उसे क्रोध और इसके नारकीय प्रभाव की शिक्षा देने के लिए अपना जीवन दाँव पर लगा दिया था।

तभी हाकुईन ने हमेशा की तरह शांत भाव से कहा, ''यहाँ स्वर्ग के द्वार खुल रहे हैं।''

विचार मनन

अमरीका में एक प्रमुख ध्यान गुरु का कहना है कि कई संस्कृतियाँ और धर्म, लोगों को उनके भीतर के संसार पर ध्यान केंद्रित करना नहीं सिखाते। वे प्राय: शब्दों, कर्मकांडों, रूप या बाह्य अस्तित्व व भावना पर जोर देते हैं। इस तरह अधिकतर लोगों के लिए अंतरतम-आत्मा पहुँच से परे ही रहती है।

वहीं दूसरी ओर भारतीय परंपरा ध्यान, मनन, चिंतन—आंतरिक शांति की स्थिति या आंतरिक स्थिरता—को बहुत मूल्य देती है; क्योंकि इसी दशा में हम शांति, निस्तब्धता, आत्मज्ञान और सच्ची चेतना को प्राप्त करते हैं। इस स्थिति में हम सच्ची स्वतंत्रता महसूस करते हैं, अर्थात् भय, इच्छाएँ, तनाव, असुरक्षा और जटिलता से मुक्ति, जो हमें जाग्रत् अवस्था में भी प्रभावित करते रहते हैं। आंतरिक चेतना की इस स्थिति में हम अपनी दिव्यता भी खोज लेते हैं—कि जिस शरीर को हम धारण किए हुए हैं, वह हम नहीं हैं; हम तुच्छ, कमजोर प्राणी नहीं हैं, जो हमने स्वयं को मान रखा है; हम यह खोज लेंगे कि हम अविनाशी, नित्य, अनंत, सद्-चित-आनंद आत्मा है।

वाद-विवाद जीतना

''बहुत बात करना और किसी निष्कर्ष पर न पहुँचना, वैसा ही है, जैसे मछली पकड़ने के लिए पेड़ पर चढ़ना।''

—चीनी कहावत

जापान में ऐसा रिवाज था कि किसी ऐसे भ्रमण करते भिक्षुओं को ज़ेन मंदिर में पूर्ण आतिथ्य दिया जाता था, अर्थात् मुफ्त रहना और खाना, जो बौद्ध धर्म पर वहाँ रहनेवाले मठवासियों से वाद-विवाद कर सकें और जीतें। यदि वह हार जाए तो उसे वहाँ से जाना पड़ता था।

जापान के उत्तर में, एक साधारण ज़ेन मंदिर में दो भिक्षु रहते थे। उनमें जो बड़ा था, वह बुद्धिमान और शिक्षित था, लेकिन दूसरा कुछ मंदबुद्धि और एक आँख से काना था।

एक बार भ्रमण करता हुआ एक भिक्षु वहाँ आया और उत्कृष्ट शिक्षण पर वाद-विवाद के लिए उन्हें चुनौती देते हुए वहाँ आश्रय देने के लिए कहा। बड़ा भाई, जो उस दिन अत्यधिक अध्ययन के कारण थकान सी महसूस कर रहा था, ने छोटे भाई को उसकी जगह लेने के लिए कहा। उसने अपने मंदबुद्धि भाई को चेतावनी दी कि वह इस बात पर अड़ा रहे कि संवाद मौन के माध्यम से होगा।

तदुपरांत युवा भिक्षु और आगंतुक भिक्षु मंदिर में जाकर बैठ गए। थोड़ी ही देर बाद आगंतुक भिक्षु उठा और बड़े भाई के पास जाकर कहा, ''आपका छोटा भाई तो बड़ा आश्चर्यजनक इंसान है! उसने बिना प्रयास के ही मुझे हरा दिया। मैं

आपको अपनी ओर से बधाई देता हूँ। आपने सचमुच उसे अच्छी तरह शिक्षित किया है।''

बड़े भिक्षु ने पूछा, ''क्या आप मुझे अपने वाद-विवाद के विषय में बताएँगे?''

आगंतुक भिक्षु ने बताना प्रारंभ किया, ''ऐसा हुआ कि मैंने सबसे पहले एक उँगली उठाई, जो निर्वाणधारी बुद्ध का प्रतिनिधित्व करती है। जवाब में उसने दो उँगलियाँ उठाईं, जिसका अभिप्राय बुद्ध और उनकी शिक्षा था। इसके बाद मैंने तीन उँगलियाँ उठाईं, जो बुद्ध, उसकी शिक्षा और उसके अनुयायियों का प्रतिनिधित्व कर रही थीं। इस पर उसने बँधी हुई मुट्ठी मेरे चेहरे की ओर दिखाई, जिसका तात्पर्य था—तीनों एक ही अनुभूति से आते हैं। वह आसानी से वाद-विवाद में जीत गया, इसलिए सचमुच मुझे यहाँ रहने का कोई अधिकार नहीं है।'' आगंतुक भिक्षु ने बड़े भाई का अभिवादन किया और वहाँ से चला गया।

कुछ देर बाद छोटे भाई ने प्रवेश किया और वरिष्ठ भिक्षु से पूछा, ''कहाँ है, वह लड़ाका इंसान?''

''बधाई हो,'' बड़े भाई ने कहा, ''मैं समझ गया कि तुम वाद-विवाद में जीत गए।''

''ऐसा कुछ नहीं है,'' छोटे भाई ने जवाब दिया, ''मैंने कुछ नहीं जीता है, लेकिन मैं उसे पीटूँगा जरूर।''

''क्यों? क्या हुआ?'' बड़े भाई ने पूछा, ''किस बात पर संवाद हुआ?''

''वह आदमी निश्चित रूप से बहुत आक्रामक है। मेरे सामने बैठते ही उसने एक उँगली उठाई। इससे वह मेरा अपमान करना चाहता था कि मेरी एक ही आँख है। मैं आपको बता रहा हूँ कि किसी तरह मैंने अपने क्रोध पर नियंत्रण रखा, क्योंकि एक तो वह अजनबी था, दूसरे हमारा अतिथि भी। विनम्रतावश मैंने दोनों उँगलियाँ उठाईं, मैं उसे बताना चाह रहा था कि उसकी दो आँखें हैं। लेकिन वह मेरी तरह विनम्र और संजीदा नहीं था। उस धृष्ट इंसान ने तीन उँगलियाँ दिखाईं, जिसका तात्पर्य था कि हम दोनों के बीच केवल तीन आँखें हैं। मैं तो क्रोध से आगबबूला ही हो चुका था और पीटने के लिए मैंने मुट्ठी बाँध ली। लेकिन वह इतना डरपोक था कि उसने अभिवादन किया और भाग गया। और इस तरह बात खत्म हो गई।''

विचार मनन

धर्मशास्त्र के एक प्राध्यापक को एक निरक्षर नाविक नाव पर नदी के पार ले जा रहा था। प्राध्यापक, जो उस समय इनसाइक्लोपीडिया के पन्ने उलट रहा था, ने नाविक से बातचीत शुरू कर दी—

''क्या तुमने कभी बाइबल पढ़ी है?'' प्राध्यापक ने पूछा।

नाविक ने नकारात्मक उत्तर दिया।

''धत्! तुम्हारा एक चौथाई जीवन व्यर्थ गया।'' प्राध्यापक ने कहा, ''तुमने 'कॉमन प्रेयर' पुस्तक के बारे में तो जरूर सुना होगा?''

''वह क्या है?'' नाविक ने पूछा और उसे प्राध्यापक से जवाब मिला, ''तुमने तो अपना तीन-चौथाई जीवन नष्ट कर दिया।''

वार्त्तालाप चल ही रहा था कि नाव में एक छेद फूट पड़ा और पानी तेजी से नाव में आने लगा। अब प्राध्यापक से प्रश्न करने की बारी नाविक की थी।

''सर, क्या आप तैर सकते हैं?''

प्राध्यापक ने कहा, ''मैंने तैराकी पर कई पुस्तकें पढ़ी हैं और इस पर बहुत जानकारी अर्जित की है, लेकिन मैं तैर नहीं सकता।''

इस पर नाविक ने कहा, ''तब तो आपका सारा जीवन ही नष्ट हो गया। नाव डूबने वाली है।''

प्राध्यापक का पुस्तकीय ज्ञान उसके किसी काम का नहीं था। इसलिए यदि हम सांसारिक जीवन के सागर के पार जाना चाहते हैं और खुशी अनुभव करना चाहते हैं, तो हमें आध्यात्मिकता का अभ्यास करना चाहिए, न कि केवल सैद्धांतिक ज्ञान अर्जित करना चाहिए।

गूढ़ शिक्षा

"जो देखा है, वो केवल देखा होना चाहिए; जो सुना है, वो केवल सुना होना चाहिए; जो महसूस किया है, वो केवल महसूस होना चाहिए; जो तुम्हारे विचारों में है, वो केवल विचार ही होना चाहिए।"

—बुद्ध

कसुदा टोक्यो का युवा चिकित्सक था। उसका एक मित्र था, जो ज़ेन का एक उत्सुक छात्र था। कसुदा ने उससे ज़ेन के विषय में पूछा।

"काश! मैं तुम्हें बता सकता," मित्र ने कहा, "लेकिन यह सरल नहीं है। फिर भी मैं तुम्हें बता दूँ कि यदि तुम ज़ेन की समझ रखते हो, तो तुम्हें मरने से कतई डर नहीं लगेगा।"

कसुदा भ्रम में पड़ गया। उसने अपने मित्र से कहा, "मैं इसे आजमाना चाहूँगा। क्या तुम मुझे एक अच्छा शिक्षक बता सकते हो?"

मित्र ने कहा, "मेरा सुझाव है कि तुम गुरु नान-इन, के पास चले जाओ।"

कसुदा सहर्ष नान-इन, से मिलने को तैयार हो गया। लेकिन पहले उसने सोचा कि उसे यह मालूम कर लेना चाहिए कि गुरु सचमुच मरने से भयभीत नहीं है। इसलिए उसने अपने साथ एक साढ़े नव इंच लंबी छोटी कटार रख ली, जिसका प्रयोग वह पहली मुलाकात में करना चाहता था।

जब कसुदा ने उसके कमरे में प्रवेश किया, तो नान-इन ने आश्चर्य से कहा, ''हेलो, कैसे हो तुम? हमें मिले काफी समय हो गया, न!''

कसुदा आश्चर्यचकित रह गया। ''लेकिन··· लेकिन हम पहले कभी नहीं मिले।'' वह चकित था।

''माफ करें,'' गुरु ने कहा, ''आप यकीनन सही कह रहे हैं। मैंने तुम्हें एक दूसरा छात्र समझ लिया, जो कि एक चिकित्सक है और मुझसे शिक्षा ले रहा है।''

आश्चर्यचकित होकर कसुदा ने अपने गुरु को आजमाने का विचार छोड़ दिया, बल्कि सावधानीपूर्वक उसने नान-इन से पूछा, ''क्या मुझे ज़ेन की शिक्षा मिल सकती है?''

नान-इन ने कहा, ''बेशक! ज़ेन बिल्कुल कठिन नहीं है। चूँकि आप चिकित्सक हैं, अपने मरीजों की प्रेमपूर्वक चिकित्सा करो, तुम्हारे लिए यही ज़ेन है।''

बाद के सप्ताहों में कसुदा तीन बार नान-इन के पास गया। हर बार नान-इन ने उसे वही निर्देश दिए—''एक चिकित्सक को इधर-उधर अपना समय नष्ट करने की आवश्यकता नहीं है। जाओ और प्रेम व सहृदयता से अपने मरीजों का इलाज करो।''

कसुदा निराश हो गया। वह नहीं समझ पा रहा था कि इस शिक्षा से वह मौत के प्रति निडर कैसे हो सकता है! इसलिए अगली बार जब वह नान-इन के पास गया तो उसने कहा, ''जब मेरे मित्र ने पहले मुझे आपके पास भेजा, तो उसने मुझे बताया कि ज़ेन की शिक्षा पाकर मैं मौत के डर से निर्भय हो सकता हूँ। लेकिन आपने मुझे मौत से निर्भय होना नहीं सिखाया। जब-जब मैं आपके पास आया, तो आपने मुझे अपने मरीजों का सहृदयतापूर्वक इलाज करने के लिए कहा। बेशक मैं ऐसा कर रहा हूँ। लेकिन यदि यही ज़ेन की शिक्षा है, जो आपको मुझे सिखानी है, तो मुझे आपके पास आने की जरूरत नहीं है।''

नान-इन मुस्कराया और उसने डॉक्टर की पीठ थपथपाते हुए कहा, ''मुझे दुःख है, मैं आपके साथ बहुत सख्ती से पेश आया। अब मैं तुम्हें कोआन (ज़ेन पहेली) बताऊँगा।''

उसने कसुदा को 'जोशुस मु' हल करने के लिए दिया, जो 'द गेटलेस गेट' का पहला मन को प्रकाशवान बनाने वाला प्रश्न है। अधिकतर कोआन पहले के महान् ज़ेन गुरुओं की कहावतें हैं, जिनका प्रयोग वे अपने छात्रों का दिमाग ज़ेन के सत्य को समझाने के लिए करते थे। कसुदा को दिया गया यह कोआन 'जोशुस मु' कहलाता था।

एक साधु से जोशु ने पूछा, ''क्या किसी कुत्ते में बुद्ध का स्वभाव होता है?''

जोशु ने कहा, ''मु'' (जापानी शब्द 'मु' का शाब्दिक अर्थ है, 'नहीं', 'नहीं होता', 'के बिना है', 'कुछ नहीं', इत्यादि)।

जोशु का उत्तर साधारणत: 'कुछ नहीं' था, जिसका अर्थ यह नहीं था कि कुत्ते में बुद्ध का स्वभाव नहीं होता है। जोशु और साधु दोनों जानते थे कि बुद्ध का स्वभाव बिना किसी अपवाद के सभी प्राणियों में निहित है, जिसके कारण जोशु के 'मु' की व्याख्या इस तथ्य को नकारने में कभी नहीं की जानी चाहिए।

इस प्रत्युत्तर का एकमात्र उद्देश्य था—ज़ेन को समझने की दिशा में साधु के अत्यधिक तर्कसंगत व अत्यधिक तार्किक होने के स्वभाव को रोकना। एक बार कारण और तर्क को दरकिनार कर दिया जाए, तो बिना कथनात्मक और नकारात्मक भाव के वह वास्तविकता की उच्चतर समझ की आकांक्षा कर सकता था, जिसमें विरोधाभास स्वयंमेव समाप्त हो जाते हैं। इस तरह जोशु का 'मु' न तो 'हाँ' है, न ही 'ना'। यह एक ऐसा उत्तर है जो 'हाँ' या 'नहीं' की विपरीतता के परे है और सीधे तौर पर बुद्ध के स्वभाव, 'हाँ' या 'नहीं' से परे की वास्तविकता की ओर इशारा करता है।

जिन्हें यकीन है कि वे कोआन 'मु' को तर्क के सहारे हल कर सकते हैं, उनका प्रयास मात्र शून्य दीवार को घूरते हुए समाप्त हो जाएगा। बौद्धिक रूप से 'मु' की व्याख्या करने या समझने का प्रयास एक छड़ी से चंद्रमा को पीटने के प्रयास की तरह है या पैर के पंजे की खुजली को मिटाने के लिए जूते को खरोंचने की तरह है। प्राचीन गुरुओं ने कहा है, ''तार्किक साधनों से 'मु' को हल करने का प्रयास लोहे की दीवार को मुक्का मारकर तोड़ने की कोशिश करने जैसा है।''

कसुदा ने 'मु' की समस्या पर दो वर्षों तक विचार किया। अंतत: उसने सोचा कि वह मन की निश्चितता पर पहुँच गया। लेकिन उसके शिक्षक ने बताया, ''तुम अभी इसमें नहीं पहुँचे हो।''

कसुदा अगले डेढ़ साल तक निरंतर एकाग्रता में रहा। उसका मन शांत हो गया। समस्याएँ समाप्त हो गईं। 'कुछ नहीं' सत्य बन गया। उसने अपने मरीजों की अच्छी तरह सेवा की और बिना अहसास के ही वह जीवन और मृत्यु की चिंता से मुक्त हो गया।

तदुपरांत जब वह नान-इन से मिलने पहुँचा, तो उसका शिक्षक उसे देखकर मुस्करा दिया।

विचार मनन

एक बार शिक्षकों के एक सम्मेलन में गुरुदेव साधु वासवानी ने पूछा, ''ज्ञान बढ़ रहा है—क्या प्रसन्नता भी बढ़ रही है? विद्यालय और महाविद्यालय गुणोत्तर दर से बढ़ रहे हैं—क्या खुशहाल घर भी गुणोत्तर दर से बढ़ रहे हैं?''

क्या यह मनन योग्य नहीं है?

हमारे यहाँ पहले से ज्यादा स्नातक और डॉक्टोरेट की उपाधिधारक हैं। क्या राष्ट्र अखंडता, ओजस्विता और शक्ति में विकसित हुआ है? क्या हमारे युवा गहनतर मूल्यों के प्रति ज्यादा सजग हुए हैं, मात्र जिनसे जीवन अर्थपूर्ण और महत्त्वपूर्ण हो सकता है।

शिक्षा में आध्यात्मिक घटक शिक्षक के बिना नहीं आ सकते। यह शिक्षक में पहले से ही मौजूद हैं—अपनी पसंद से शिक्षक एक शिक्षणदाता बन बैठा है। इस आध्यात्मिक प्रकाश को आप जो भी करते हैं, उसमें ले आइए और आप सही मान्यों में एक सच्चे शिक्षक बन जाएँगे।

चोरी या उपहार

"बिना किसी में और कहीं रहते हुए, अपना मन जाग्रत् और स्वतंत्र रखिए।"

—द डायमंड सूत्र

देर शाम का समय था। वरिष्ठ ज़ेन गुरु शिचिरी कोजन उस समय ध्यान मुद्रा में बैठे थे। तभी मंदिर में एक चोर ने प्रवेश किया। लोगों के सामने से निकल न पाने के कारण उसने मंदिर प्रांगण के पीछे से गुरु के कमरे में प्रवेश करने का निर्णय लिया। उसके हाथ में धारदार तलवार थी। गुरु ने तब सूत्र-पाठन शुरू कर दिया था, जो उनके संध्या-भक्ति का नियम था इसमें तब बाधा पड़ी, जब चोर अपनी तलवार चमकाते हुए चिल्लाया, "तुम अपना पैसा चाहते हो या अपना जीवन?"

गुरु को इस चोर से जरा भी भय नहीं लगा, लेकिन निश्चित रूप से वे पूजा में बाधा डालने से नाराज थे। उन्होंने उससे कहा, "मुझे परेशान मत करो। मेरा सारा पैसा दराज में रखा है, खुद ले लो।" इतना कहकर वे पुनः पाठन में जुट गए।

मात्र इतना कहना इस अप्रत्याशित प्रतिक्रिया ने चोर को चौंका दिया, बात को कम आँकना ही होगा। किंतु वह अपने काम में लग गया। जब वह जल्दी-जल्दी पैसे समेट रहा था, गुरु ने उसे रोककर कहा, "मेहरबानी करके इसमें सारा-का-सारा मत ले जाओ। कल मुझे कुछ बिलों का भुगतान करना है। कुछ पैसे मेरे लिए भी छोड़ दो।"

हतप्रभ चोर ने कुछ पैसे छोड़ दिए और जाने लगा। वह जाने ही वाला था, तभी गुरु ने अचानक उसे आवाज दी, ''तुम्हारे संस्कार कहाँ चले गए, भले आदमी? तुमने मेरे पैसे ले लिये और मुझे धन्यवाद कहने की भी जरूरत नहीं समझी।''

इस बार चोर सचमुच हैरान था। वह जानता था कि गुरु उससे और उसकी तलवार से जरा भी भयभीत नहीं है। यह सोचकर ही वह असहज और बेचैन हो गया। उसने धीरे से धन्यवाद कहा, जितनी जल्दी हो सका, वहाँ से चला गया। बाद में उसी रात को उसने अपने साथियों से इस बात का जिक्र किया कि उसे जीवन में इतना डर कभी नहीं लगा।

कुछ दिनों बाद चोर को पुलिस ने पकड़ लिया और उसने अपने हाल ही में किए गए कई अपराध स्वीकारे, जिसमे शिचिरी के घर में चोरी भी शामिल थी। जब इस मामले को मजिस्ट्रेट के समक्ष प्रस्तुत किया, तो उस अपराधी के खिलाफ साक्ष्य प्रस्तुत करने के लिए गुरु को बुलाया गया।

''क्या आप इस व्यक्ति को पहचानते हैं?'' मजिस्ट्रेट ने पूछा, ''इसने स्वीकार किया है कि इसने आपके कमरे से पैसे चुराए थे।

गुरु ने उत्तर दिया, ''नहीं, इस आदमी ने मेरे पास से कुछ नहीं चुराया। मैंने इसे कुछ पैसे दिए थे। वस्तुतः उसके लिए इसने मुझे धन्यवाद भी कहा।''

चोर इतना द्रवित हुआ कि उसने अपने जीवन की दिशा बदल देने का निर्णय लिया। जब उसे जेल से छोड़ा गया, तो वह गुरु का शिष्य बन गया और कई वर्ष बाद उसे आत्मज्ञान प्राप्त हुआ।

~•~

विचार मनन

आंतरिक शांति का रहस्य दो शब्दों में है, ''जाने दो।''

''जाने दो,'' ''जाने दो,'' ये आपको भय, चिंता, समस्याओं और कुंठाओं से मुक्त करता है। ईश्वर के नाम पर जाने दो क्योंकि वह आपके जीवन का सहारा और आधार है। आपके रास्ते की कोई ऐसी बाधा नहीं है, जिसे वह दूर नहीं कर सकता; ऐसी कोई समस्या नहीं है, जिसे वह अपनी दया और ज्ञान से हल न कर सके।

यदि आप शांति प्राप्त करना चाहते हैं, यदि आप महसूस करना

चाहते हैं कि ईश्वर आपके जीवन पर नजर रख रहा है, यदि आप ईश्वर का प्रचुर प्रेम, अपने हृदय में महसूस करना चाहते हैं, यदि आप वर्तमान क्षण में जीना चाहते हैं, तो अपनी सारी चिंता, फिक्र को मन से निकाल दो या जाने दो; सारे दबाव को जाने दो, जो तुम्हें प्रताड़ित कर रहा है। अपना जीवन ईश्वर को सौंप दो और करिश्मा होता हुआ देखो!

जाने दो! जाने दो! ईश्वर जाने!

यह बड़ा सरल लगता है न! और हममें से अधिकतर जानते हैं कि यह उतना सरल नहीं है, जितना लगता है।

हमारी अधिकतर समस्याओं का समाधान है, ईश्वर के नाम पर 'जाने दो,' अपनी समस्याओं को हल करने के लिए उसके ज्ञान पर भरोसा करो, खासकर जब तुम्हें लगे कि तुम स्वयं उसे सँभाल नहीं पाओगे। छोटे-मोटे रोष व नुकसान को भुला देना विशेष रूप से महत्त्वपूर्ण है। जीवन के व्यापक संदर्भ में ये बातें बहुत ही छोटी व उपेक्षणीय हैं। यदि आप संबंधों का पोषण करना चाहते हैं, तो छोटी-छोटी चिढ़ पैदा करने वाली बातों को नजरअंदाज करना बहुत जरूरी है। जब आप अपनी कटुता और क्रोध त्यागते हैं, तो आप यह महसूस करके आश्चर्यचकित रह जाएँगे कि जीवन कितना मूल्यवान है और जिन्हें आप चाहते हैं, प्रेम करते हैं, उनके साथ स्थायी संबंध बनाना कितना जरूरी है!

अदृश्य सूत्र

"इसके पहले आप यथार्थ को बदलें, यथार्थ आप को बदल दे।"

—ज़ेन कहावत

टेट्सुजन डोको जापान के ओबाकु संस्थान के ख्यातिप्राप्त ज़ेन गुरुओं में से एक था। वह सत्रहवीं शताब्दी में रहा और बौद्ध ग्रंथों को जापानी भाषा में प्रकाशित करना उसके जीवन की गहन अभिलाषा थी। उन दिनों सूत्र मात्र चीनी अनुवाद में उपलब्ध थे। उसने इस परियोजना पर कुछ प्रकाशक मित्रों से चर्चा की। उसे बताया गया कि यह वास्तव में एक खर्चीला कार्य होगा, क्योंकि इसके मुद्रण के लिए लगभग 60 हजार लकड़ी के मुद्रण ब्लॉक तैयार करने होंगे।

टेट्सुज़ेन इसकी लागत से हतोत्साहित नहीं हुआ। समर्पण और ऊर्जा के साथ उसने पूरे जापान में भ्रमण करना व अपने पसंदीदा परियोजना के लिए पैसे एकत्र करना शुरू कर दिया। कुछ धनी लोग उसके उत्साह से इतने प्रेरित हुए कि उन्होंने बड़ी मात्रा में सोना और चाँदी उसे प्रदान किया। कुछ सामान्य लोगों ने भी उसके इस कार्य में यथाशक्ति योगदान दिया, जिसके लिए वह उतना ही आभारी था। दस वर्षों के अंत में, जब संग्रह लक्षित राशि की ओर धीरे-धीरे बढ़ रहा था, तभी एक दुर्घटना घटी।

क्योटो प्रान्त की उजीन नदी उफन पर थी और किनारों पर अत्यधिक विशाल जलराशि एकत्र हो गई। बाढ़ से प्रांत तबाह हो गए, बहुत से लोग बेघर हो गए

और भूखे मरने लगे। बिना कुछ सोचे-समझे टेट्सुजेन ने सारी एकत्र राशि लोगों के सहायतार्थ अर्पित कर दी।

क्या इसका तात्पर्य यह था कि सूत्रों के प्रकाशन का सपना उसने त्याग दिया था? बिल्कुल नहीं! जब टेस्ट्सुजेन ने राहत और पुनर्वास का कार्य पूरा कर लिया, तो उसने दूसरी बार अपना संग्रह अभियान प्रारंभ किया। एक बार फिर से लोग यथासंभव मदद के लिए सामने आए। जब वह आवश्यक धनराशि की बचत कर लेने के करीब था, एक दूसरी दुर्घटना घटी, इस बार यह एक महामारी थी, जिसने सारे जापान को अपनी चपेट में ले लिया और इससे हजारों लोग प्रभावित हुए। एक बार फिर से टेट्सुजेन ने संग्रह की हुई धनराशि प्रभावित लोगों की मदद में खर्च कर दी।

एक बार फिर इस परिश्रमी साधु के हाथ में कुछ नहीं बचा। कई और वर्ष बीत गए और वह लगन से धन एकत्र करता रहा। अंततः 20 वर्षों बाद वह सूत्रों का प्रकाशन करा सका और यह परियोजना इस बहादुर और समर्पित गुरु की मृत्यु के एक साल पहले ही पूरी हो सकी। उसके द्वारा प्रयोग किए गए असली मुद्रण ब्लॉक आज भी क्योटो (जापान) के 'ओबाकु मठ' में सुरक्षित रखे हैं।

जापानी लोग प्रायः अपने बच्चों को बताते हैं कि टेट्सुजेन के प्रयास बिल्कुल भी व्यर्थ नहीं गए। उसने अपने पीछे सूत्रों के तीन संस्करण छोड़े हैं। कहा जाता है कि पहले दो संस्करण अदृश्य हैं, लेकिन तीसरे प्रकाशित संस्करण से कहीं ज्यादा श्रेष्ठ हैं।

दो अदृश्य सूत्र कौन से हैं? वे अदृश्य सूत्र ज्यादा मूल्यवान् क्यों हैं? यह कोआन (पहेली) है, जिस पर ज़ेन के छात्र आपस में चर्चा करना पसंद करते हैं।

~•~

विचार मनन

सच कहा है कि सेवा वह किराया है, जिसे इस शरीर के किराएदार होने की वजह से हमें भुगतान करना पड़ता है। हर दिन सुबह उठने पर हमें स्वयं से यह प्रश्न पूछना चाहिए—'मदद करने के लिए मैं क्या कर सकता हूँ? स्थिति को बदलने के लिए मैं क्या कर सकता हूँ? क्योंकि वास्तव में हममें से प्रत्येक स्थिति बदल सकता है और बदलनी चाहिए। ऐसे कई कार्य हैं, जिन्हें हम संपन्न कर सकते हैं—भूखों को भोजन कराना,

नंगों को वस्त्र पहनाना, बुजुर्गों का ध्यान रखना, बच्चों को शिक्षित करना, बहुत से काम किए जाने हैं और हममें से प्रत्येक, छोटे हों या बड़े, स्थिति बदल सकते हैं।

बहुत से लोग हैं, जो मुझसे कहते हैं, ''हम स्थिति बदलना चाहते हैं। हम दूसरों की सेवा करना चाहते हैं। लेकिन हमारे पास बहुत कम पैसे हैं, बहुत कम ऊर्जा है। हम क्या कर सकते हैं? यह दु:ख की बात है कि हमारे संसाधन सीमित हैं, तो हम दूसरों की सेवा कैसे कर सकते हैं? मैं अकेला बहुत ज्यादा नहीं कर सकता।'' ऐसा हममें से अनेक लोग सोचते हैं। हम गलत हैं। हममें से अधिकतर लोगों की परेशानी यह नहीं है कि हमारे लक्ष्य बहुत ऊँचे हैं और हम इसे त्याग देते हैं, बल्कि हमारा लक्ष्य बहुत छोटा है और हम उस तक पहुँच जाते हैं।

हरसेल हॉन्स के अनुसार, ''संसार किसी व्यक्ति की महानता उसकी सेवा में लगे लोगों की संख्या से आँकता है। ईश्वर के पैमाने में व्यक्ति को उसके द्वारा सेवा प्रदान किए गए लोगों की संख्या से मापा जाता है।''

पारसी धर्म
(पारसी)

संक्षिप्त परिचय

पारसी धर्म को प्राय: संसार के प्राचीनतम 'व्यक्त' धर्मों में से एक माना जाता है, हालाँकि आज यह सर्वाधिक कम प्रचलित धर्मों में से एक है। इसे संसार के प्राचीन अद्वैतवादी धर्मों में से एक माना जाता है, जिसकी शुरुआत प्राचीन इरानी लोगों के विस्तृत स्वीकृत धर्म के रूप में हुई।···

पारसी लोग एक सार्वभौमिक और पराभौतिक ईश्वर, आहुरा मज़दा, पर विश्वास करते हैं, जो सृजित सृष्टिकर्ता है, जिसकी दिशा में सारी पूजा-अर्चना अंतत: गतिशील होती है। कुछ यूरोपीय भाषाओं में इसे 'मजदाईस्म' कहा गया है।

यूनानी इस प्राचीन धर्म की धार्मिक मान्यताएँ एवं दर्शन जाराचुस्ट्रा या जॉरोएस्टर की शिक्षाओं पर आधारित मानते हैं। इस तरह यह धर्म आहुरा मज़दा, की पूजा के रूप में वर्णित किया गया है, जिसे जॉरोएस्टर्स (जरतुश्त) सर्वोच्च दैवीय सत्ता मानते हैं। यद्यपि इस धर्म के अधिकतर लोग स्वयं को पारसी कहलाना पसंद करते हैं, तो भी कुछ स्वयं को बेहदिन भी कहलवाते हैं, जिसका अर्थ है, 'दएना का अनुयायी' या 'अच्छा धर्म'। आज यह दुनिया के सर्वाधिक सम्मानित धर्मों में से एक है, लेकिन इसके आस्थावान अनुयायियों की संख्या दुनिया के अन्य प्रमुख धर्मों के अनुयायियों की अपेक्षा कम है। दुनिया के सर्वाधिक पारसी आज भारत को ही अपना घर मानते हैं, हालाँकि ईरान में कुछ अभी भी रह रहे हैं।

वस्तुत: पारसी धर्म को सबसे पहले 'द हिस्ट्रीज बाई हेरोडोट्स' में फारसियों की संस्कृति और आस्था के रूप में उल्लेखित किया गया। साइरस-2 और डेरियस, दोनों विख्यात फारसी सम्राटों को आहुरा मज़दा का पुजारी माना जाता है और उनकी आस्था ने उन्हें उदार शासक होने के लिए प्रोत्साहित किया, जिन्होंने सभी धर्मों के प्रति सहिष्णुता बरती। किंतु पारसी लोग, जिन्होंने कभी ईरान में महान् प्रतिष्ठा और राजनैतिक शक्ति का सुख भोगा था, वे ईरान के अरबी मुस्लिम शासन

के तहत आने के कारण धर्मांतरण के लिए आर्थिक और राजनैतिक दबाव में आ गए।

कई विद्वान् मानते हैं कि मज़दावाद जॉरोएस्टर (जरतुश्त) के पहले अस्तित्व में था और हजारों वर्षों तक फारसी समाज और संस्कृति का हिस्सा था। किंतु आधुनिक इतिहासकार, जॉरोएस्टर (जरतुश्त) को ही इस धर्म का संस्थापक और आहुरा मज़दा का पैगंबर मानते हैं।

उसके जीवनीकार बताते हैं कि जब वह 30 वर्ष का था तो एक दिन सुबह जल्दी वह नदी से पानी लाने के लिए गया। आकाश में लालिमा छा गई थी और सूर्योदय होने को था। जब वह नदी के पानी में उतरा, तभी उसके सामने 'वोहु मनह' अच्छे मन का फरिश्ता उपस्थित हुआ और आहुरा मज़दा के दैवीय प्रकाश को बिखेरा। यह आत्मज्ञान का पहला क्षण और जरतुश्त का पहला दिव्य प्रकटीकरण था।

शीघ्र ही वह अपने चुने हुए शिष्यों के साथ अपने जन्मस्थान से बाहर चला गया। लेकिन जहाँ कहीं वह गया, उसे विरोध का सामना करना पड़ा। राजा विशतस्पा, जो एक बुद्धिमान और न्यायप्रिय व्यक्ति था, ने पैगंबर को अदालत के वाद-विवाद में अपने धर्म को प्रतिपादित करने का मौका दिया और राजा जॉरोएट्रियन के सशक्त तर्कों पर इतना विश्वस्त था कि उसने अपनी इच्छा से इस धर्म को अपनाया। यह जॉरोएस्टर (जरतुश्त) के जीवन का एक महत्त्वपूर्ण मोड़ था और उसके आस्था के विस्तार का विशेष अवसर था। अब वह विस्तृत रूप से उपदेश देने के लिए स्वतंत्र था और उसने पड़ोस के देशों में भी अपने धर्म का प्रचार किया। कहा जाता है कि राजा विशतस्पा के दरबार में ही उसने 'गतास'—17 खूबसूरत एवं गूढ़ स्तुतियों की रचना की, जिसे अब भी पारसियों के सर्वाधिक पवित्र ग्रंथ के रूप में पूजा जाता है।

उसके जीवन की कोई भी कहानी जॉरोएस्टर (जरतुश्त) को दिव्य अस्तित्व निरूपित नहीं करती, न ही आगे चलकर निर्मित मिथकों में उसे ऐसा बताया गया। वह औरों की तरह इंसान ही रहा, यद्यपि आहुरा मज़दा के प्रति दैवीय प्रेरणा और निकटता का भाव परिलक्षित होता है। कुरान की तरह 'गतास' किसी देवदूत द्वारा नहीं लिखा गया हैं, बल्कि इसे एक कवि पैगंबर की प्रेरणास्पद रचना माना जाता है। उसका जीवन सभी पारसियों के लिए प्रेरणा है, जो यथार्थ रूप से इस कारण है—अपनी नवीनता, ईश्वर के प्रति अपने प्रेमासक्त संबंध और आध्यात्मिक साहस में वह अपने सभी अनुयायियों के लिए एक आदर्श है। वस्तुतः बहुत से पारसी अपने

पैगंबर को अपने सहस्रों वर्ष पुराने धर्म का प्रथम पुजारी मानते हैं।

जॉरोएस्टर उपदेश देता था कि दो ही देवता हैं, ''बुद्धिमान प्रभु'' आहुरा मज़दा और उसका नित्य प्रतिद्वंद्वी अहरीमन। सभी आस्थावानों का कर्त्तव्य है कि वे आहुरा मज़दा के पक्ष में रहें। इसी सर्वोच्च ईश्वर की पूजा की जाती है और उसका पैगंबर जरतुश्त है। जॉरोएस्टर की पूजा नहीं की जाती, बल्कि उसके सत्य और निष्ठापूर्ण मार्ग 'आशा' का अनुसरण किया जाता है, जो पुरुषों और स्त्रियों को ईश्वर तक ले जाता है।

जॉरोएस्टर ने अपने अनुयायियों को तीन महत्त्वपूर्ण आदेश दिए, ताकि वे पूर्णता के साथ जीवन जीते हुए अपने स्वयं के आध्यात्मिक विकास की दिशा में प्रयास कर सकें। ये आदेश हैं—हुमाता (अच्छे विचार), हुख्ता (अच्छे शब्द) और हवर्षता (अच्छे कार्य)। व्यक्ति की आध्यात्मिक यात्रा में अच्छे विचार बहुत महत्त्वपूर्ण हैं, क्योंकि सब कुछ विचार से ही आता है। बिना अच्छे विचारों के कोई स्वयं को ईश्वर की इच्छा के अधीन नहीं रख सकता।

मात्र अच्छा सोचना ही पर्याप्त नहीं है, क्योंकि व्यक्ति में हर समय सत्य बोलने का साहस होना चाहिए। व्यक्ति को स्वयं व औरों के प्रति सत्यनिष्ठ होना चाहिए, क्योंकि एक सच्चे पारसी के जीवन में पाखंड और दोहरे चरित्र की कोई जगह नहीं है। अच्छे कार्यों का संपादन उतना ही महत्त्वपूर्ण है। ईश्वर की सर्वोच्च शक्ति खश्त्रा वैर्या (Kshathra Vairya) के पहलू में उसे ही प्राप्त होती है, जो अच्छे कर्म करता है। अच्छे कार्यों में श्रओशा (सेवा), आज्ञाकारिता और ईश्वर के प्रति भक्ति भी सम्मिलित है। जब हम इस गुण का विकास करेंगे, तब हम अपने सामने मुक्ति का रास्ता स्पष्ट देख सकेंगे।

पारसी धर्म अनुसार सृष्टि रचना की दंतकथा

आदिकाल से दो आत्माएँ जो खुद को जुड़वाँ बच्चों के रुप में प्रकट करती हैं वो हैं ''अच्छी'' और ''बुरी'', विचारों में शब्दों में और कर्म में। इन में से अकलमंद लोग सही का चुनाव करते हैं, पर मूर्ख ऐसा नहीं करते।

—जॉरोएस्टर (जरतुश्त)

सृष्टि रचना के जॉरोएस्ट्रियन मिथक के बारे में हमें 'बुंदेहिश्म', छठी शताब्दी ईसवी के एक प्राचीन ग्रंथ में बताया जाता है। इस ग्रंथ के अनुसार, शुरुआत में दुनिया में 'बुद्धिमान स्वामी' आहुरा मज़दा के अलावा कोई नहीं था, जो अंतहीन प्रकाश में निवास करता था और अहरीमन नामक एक बुरी आत्मा भी थी, जो घोर अंधकार में रहती थी। इस प्रकाश और अंधकार के मध्य क्षेत्रों के बीच खालीपन था।

फिर एक दिन आहुरा मजदा ने विभिन्न सृष्टियों का निर्माण करने का विचार किया। पहले चमकीले और उजले धातु से उसने आकाश का निर्माण किया, फिर उसने शुद्ध पानी निर्मित किया। तीसरे स्थान पर उसने धरती का निर्माण किया, जो समतल और गोल थी, जिसमें उतार-चढ़ाव, पर्वत और घाटियाँ नहीं थीं। चौथे स्थान पर उसने नर्म और मधुर पौधे निर्मित किए, जिसमें छाल और काँटे नहीं थे। पाँचवें स्थान पर उसने छोटे-बड़े जानवरों का निर्माण किया। तदुपरांत

उसने पहला इंसान 'गेयोमर्द' बनाया, जो ऊँचा, चमकीला और खूबसूरत था। अंतत: उसने अग्नि का निर्माण किया और इसे सारी सृष्टि के अंदर वितरित कर दिया। बुद्धिमान स्वामी ने आग को मनुष्य का भोजन तैयार करने और ठंड पर विजय पाने में उसकी सेवा करने का आदेश दिया।

बुरी आत्मा ने अपने अंधकारमय क्षेत्र से एक आश्चर्यजनक रूप से रची गई दुनिया की शुरुआत देखी, जो एकदम नई, आश्चर्यजनक और तुलना से परे थी। बुद्धिमान स्वामी ने उससे कहा, "बुरी आत्मा, मेरे प्राणियों की मदद करो और उन्हें सराहो, ताकि तुम अविनाशी रहो।" गुस्से से कुढ़ते हुए बुरी आत्मा ने गरजकर कहा, "मैं तुम्हारे प्राणियों की मदद क्यों करूँ? मैं उनकी सराहना क्यों करूँ? मैं कहीं ज्यादा शक्तिशाली हूँ। मैं तुम्हें और तुम्हारे प्राणियों को नष्ट कर दूँगी।" अंतहीन अंधकार में पीछे सरकते हुए, उसने अनंत प्रकाश पर आक्रमण करने के लिए राक्षसों, चुड़ैलों और शैतानों की रचना की।

सर्वज्ञ बुद्धिमान स्वामी को अच्छी तरह मालूम था कि बुरी आत्मा क्या करने की योजना बना रही है। वह जानता था कि शीघ्र ही अंधकार की ताकत से एक बड़ी लड़ाई होने वाली है। अब बुद्धिमान स्वामी ने छ: आत्माएँ बनाईं, ये पवित्र अविनाशी अस्तित्व थे, जो अंतहीन अंधकार से सृष्टियों की रक्षा करने के लिए थे। इन पवित्र अविनाशों का निर्माण बुद्धिमान स्वामी की अपनी आत्मा से हुआ था और प्रत्येक को उन्होंने अपना स्वभाव दिया था। यह "आमेश स्पेंटस" थे।

सबसे पहले उसने "ख्शथ्र" (Khshathra) अर्थात् सही और उचित शासन की शक्ति का निर्माण किया और उसे आकाश का अभिभावक बनाया। इसके बाद उसने "हौरवतत" (Haurvatat) अर्थात् पूर्णता और अच्छे स्वास्थ्य की शक्ति का निर्माण किया और वह जल की रक्षक बनाई गई। पवित्र समर्पण, निस्तब्धता और प्रेममय दया की शक्ति "स्पेंटा अरमैटी" (Spenta Armaiti) को पृथ्वी का अभिभावक बनाया गया। दीर्घ जीवन और अमरता की शक्ति "अमेरेतत" (Ameretat) को पौधों का संरक्षक बनाने के लिए तैयार किया गया। "वोहु मनह" अर्थात् अच्छा मन, को जानवरों की देख-भाल करने के लिए बनाया गया। सत्य और न्याय की शक्ति "आशा वहिष्ता" (Asha Vahishta) को आग का अभिभावक बनाया गया। अंत में बुद्धिमान स्वामी ने अपनी ही पवित्र आत्मा को मानव का संरक्षक बनाया।

अहरीमन ने बुद्धिमान स्वामी के पवित्र अविनाशों को देखा और खुश हो गया। वह चीख उठा, "आहुरा मज़दा। मैं तुम्हें और तुम्हारी सृष्टियों को नष्ट कर

दूँगा। तुम कभी विजयी नहीं होंगे।''

इस तरह, वह और उसके शैतानों ने बुद्धिमान स्वामी की सृष्टियों पर आक्रमण करना शुरू कर दिया। उन्होंने पानी को नष्ट करने की कोशिश की, लेकिन वे मात्र इसे कड़वा ही कर सके। उन्होंने धरती को नष्ट करने की कोशिश की, लेकिन वे इस पर पर्वत और घाटियाँ ही निर्मित कर सके। उन्होंने पौधों को मुरझाने का प्रयास किया, लेकिन वे उन पर केवल काँटे और छाल ही पैदा कर सके। बुरी आत्मा और उसके शैतानों ने खुशी के विपरीत दुःख, सुख के विपरीत दर्द, शुद्धता के विपरीत प्रदूषण और जीवन के विपरीत मृत्यु को संसार में ला सके। उन्होंने गेयोमर्द पर आक्रमण किया और उसे बीमारी और मृत्यु दी। बुरी आत्मा ने सोचा कि उसकी जीत हो गई। उसने कल्पना कर ली कि उसने मानवता को नष्ट कर दिया और प्रकाश के विरुद्ध उसकी विजय हो गई। लेकिन वह अज्ञान, मूर्ख और गलतफहमी में था।

जब गेयोमर्द की मौत हुई, तो उसकी हड्डियों से श्वेत चीनी नामक एक पौधा निकला। चालीस वर्षों बाद उस पौधे से एक आदमी और एक औरत उत्पन्न हुई, उनका नाम माश्या और माश्याना था। माश्या और माश्याना ने बुद्धिमान स्वामी को वचन दिया कि उसके बच्चे अहरीमन के साथ उसकी लड़ाई में मददगार होंगे। माश्याना ने पंद्रह जुड़वाँ बच्चों को जन्म दिया और प्रत्येक जोड़ा दुनिया में बिखरकर एक जाति बन गया।

~•~

विचार मनन

जॉरोएस्टर उपदेश देता था कि दो ही देवता थे—आहुरा मज़दा और अहरीमन। सभी आस्थावानों का कर्त्तव्य है कि वे आहुरा मज़दा के तरफदार रहें, जो कि—

- सर्वज्ञ,
- सर्वशक्तिशाली,
- सर्वव्याप्त,
- सामान्य व्यक्ति द्वारा धारणा बनाने में असंभव,
- अपरिवर्तनशील,
- सभी चीजों का सृजनकर्ता।

- और संसार की सारी अच्छाई और खुशी का स्रोत है।

अमेशा स्पेंटस ईश्वर के दैवीय गुण हैं। उन्हें जानकर आदमी ईश्वर को जान सकता है। ये ऐसे हैं, जैसे नित्य प्रकाश के स्रोत से उठती किरणें। प्रथम तीन पहलू ईश्वर के पितृ-पहलू का प्रतिनिधित्व करते हैं, जबकि शेष तीन मातृ-पहलू का।

अच्छाई का मुकाबला करना ईश्वर का विरोध करने के समान है। ईश्वर का दुश्मन अंग्रा मैन्यू, जो नर्क में रहता है, वह अच्छाई से युद्धरत है। यह द्वैतवाद दोहरा है—ब्रह्मांडीय और नैतिक। ईश्वर और अंग्रा मैन्यू के बीच ब्रह्मांडीय द्वैतवाद है। अंग्रा मैन्यू एक विनाशकारी आत्मा है और ईश्वर के मनोरम संसार में मृत्यु और बीमारी को लाता है। मानव के अच्छे और बुरे पहलुओं की ओर इंगित करनेवाला नैतिक द्वंद्व भी है।

पारसी अस्तित्व के द्वंद्व अर्थात् संसार में विद्यमान अच्छाई और बुराई में विश्वास करते हैं। वे सर्व सृष्टि की दिव्यता पर भी विश्वास करते हैं। जिसको ईश्वर ने अपने सूक्ष्म शरीर के द्वारा पैदा किया है।

मनुष्य जन्म से पवित्र होता है और उसके सामने विकल्प होता है कि वह या तो ईश्वर की शिक्षाओं का अनुसरण करते हुए धर्मनिष्ठ बने या बुराई का अनुसरण कर भ्रष्ट हो जाए। उनके विकल्प और कर्मों के आधार पर आध्यात्मिक क्षेत्र में ईश्वर उनके भाग्य का निर्णय करता है। ईश्वर धर्मनिष्ठ व्यवहार का ज्ञान प्रदान करता है और पाप के प्रायश्चित्त के निर्देश देता है।

जॉरोएस्टर का जीवन

"तीन महान आदर्शों पर सदा धारणा रखिए—
अच्छे सुविचारित विचार,
अच्छे सुव्यक्त शब्द,
अच्छे, सुकृत्य कार्य।"

—पारसी धारणा

अनेक लोगों द्वारा जुरतश्त (जोराथुस्ट्रा के नाम से भी जाना जाता है) को ईश्वर के संदेशवाहक के रूप में सलामी दी जाती है। एक रिपोर्ट के अनुसार, उसका जन्म ईसा के तकरीबन एक हजार साल पहले, तत्कालीन फारस में हुआ था।

जैसा कि हम सभी जानते हैं, इस संसार में हर बच्चे का जन्म रोने के, विलाप के साथ ही होता है। जुरतश्त के विषय में कहा जाता है कि नवजात बच्चे ने इस संसार का स्वागत ठहाके के साथ किया था। सारी प्रकृति उसके आने से आनंदमय प्रतीत होती थी। नदियाँ और धाराएँ, जंगल और पहाड़ियाँ, खेतों की कुमुदिनी और झीलों के कमल सभी खुशी से गाते हुए प्रतीत हो रहे थे।

बच्चा देखने में खूबसूरत था। उसकी आँखों में पवित्रता की चमक थी, उसके होठों पर उदारता की मुस्कराहट खेल रही थी। उन्होंने उसका नाम जाराथुस्ट्रा (जुरतश्त) रखा, जिसका अर्थ है 'ऊँटों का प्रेमी'। उसने उसी नाम को सार्थक करते हुए, दूसरे लोगों के मवेशियों को अपने पिता के खलिहान से भोजन देकर जीवन बिताया।

किशोरवय तक पहुँचने पर यह स्पष्ट हो गया कि वह अन्य बच्चों से अलग है। उसने इसी उम्र में कई आश्चर्यजनक कार्य किए। प्राय: वह गुजरते हुए भिखारी को अपना भोजन दे दिया करता, जबकि स्वयं भूखा रहता। अपने खेलने की सारी चीजें वह अपने मित्रों में बाँट दिया करता और स्वयं के लिए कुछ नहीं रखता था।

सात साल की उम्र में जॉरोएस्टर को एक विख्यात ज्ञानी, विद्वान् शिक्षक के पास पढ़ने के लिए भेजा गया। अगले आठ सालों तक जॉरोएस्टर ने अपने गुरु के चरणों में बैठकर सूर्य, चंद्रमा, तारों और अपने कक्षों में स्थापित खगोलीय पिंडों, ऋतुचक्र, प्रकाश, हवा, वर्षा, व्यक्तियों, पक्षियों, जानवरों और ब्रह्मांड के महान् सृष्टिकर्ता का ज्ञान प्राप्त किया।

उम्र बढ़ने के साथ-साथ उसमें सहृदयता का गुण भी बढ़ता गया। उसके हृदय से सभी जीवित प्राणियों के प्रति सहानुभूति की धारा बहती थी। कहा जाता है कि एक बार वह मरते हुए कुत्ते को खिलाने के लिए रोटी लाया था और अंतिम समय में उस प्राणी को कुछ सांत्वना दी थी।

जब वह मात्र 15 वर्ष का था, तब वह संसार से दूर जंगल की तन्हाई माउंट सेबोलेन की गुफा में ध्यान करने बैठा। बहुत समय तक वह जीवन के रहस्य पर ध्यान करता रहा। उसने आहुरा मज़दा से संबंध जोड़ा। उसने उसे आमने-सामने देखा और उससे उसी तरह बात की, जैसे एक बाप अपने बेटे से करता है।

समय-समय पर वह पर्वत की ऊँचाई से उतरकर नीचे मैदानी भाग में आ जाता। वह लोगों के साथ मिलता-जुलता। वह भूखे लोगों में अपना भोजन बाँटता, अपने वस्त्र जरूरतमंद लोगों को दे देता, उम्रदराज और असक्षम लोगों की सेवा करता। वह बीमारों का इलाज करता, बोझ ढो रहे ऊँटों एवं घोड़ों का बोझ हलका करता। वह परित्यक्त और बेसहारा लोगों को अपने प्रेम के शब्दों द्वारा राहत देता और उनमें आशा और खुशी का संचार करते हुए उनके टूटे हुए दिलों का उपचार करता।

पंद्रह वर्षों तक वह ऐसा ही जीवन जीता रहा—ध्यान और ईश्वर के साथ समन्वय का जीवन और दीन-हीन लोगों की सेवा व उनके प्रति सद्भावना। जब वह 30 साल का हुआ, तब वह अपने लोगों के बीच रहने के लिए लौट आया। उसका चेहरा पिघले सोने की तरह दमक रहा था। उसकी आँखों में ज्ञान की चमक थी। वह दिव्य रहस्योद्घाटन से प्रकाशित हो चुका था और उसे सात धन्य दर्शनों की दीक्षा प्राप्त हुई।

अगले दस वर्षों तक वह अपने देश के शहरों और गाँवों में विचरण करता रहा और उस सत्य की घोषणा करता रहा, जो उसे पता चला था। एक भी बार उसे ऐसे उत्सुक श्रोता नहीं मिले, जो उसकी बात सुनने के इच्छुक हों। लोग उस पैगंबर को जिसे दिव्य दर्शन प्राप्त हुआ था, उसे सुनने के लिए तैयार नहीं थे, जो उनके और शेष मानवता के लिए था। जहाँ कहीं भी वह जाता, लोग उसे ताने देते और उसका उपहास करते। वे उस पर पत्थर फेंककर उसके पवित्र शरीर को चोट पहुँचाने से भी बाज नहीं आते थे। वह बड़ी विनम्रता के साथ इस दर्द और तिरस्कार को सहन कर लेता था। उसके होठों पर दया की मुस्कराहट और दिल में यह प्रार्थना बनी रहती थी—''हे आहुरा मज़दा! उन पर दया करो और उन्हें बुराई के अँधेरे से बाहर निकालकर सत्य के प्रकाश की ओर ले चलो।''

अंतत: उसे कोई ऐसा मिला, जिसने उसे सहारा दिया और उसकी शिक्षा के सत्य को स्वीकार किया। उसका रिश्ते का भाई मेट्योमा उसके पास आया और कहा, ''जोरोथुस्ट्रा, मुझे तुम पर और तुम्हारे मिशन पर विश्वास है। मुझे अनुसरण करने की आज्ञा प्रदान कीजिए।''

दोनों साथ मिलकर एक स्थान से दूसरे स्थान आते-जाते थे। वे आहुरा मज़दा के अकेले तीर्थयात्री थे। दोनों साथ मिलकर उपदेश देते, साथ मिलकर सेवा करते और कष्ट सहते। उन्हें यह मालूम था कि जीत अंतत: सत्य की ही होती है। और यकीनन सत्य की विजय हुई। वह दिन आ गया, जब जॉरोएस्टर को उन्हीं लोगों ने पैगंबर माना, जिन्होंने कभी उसे प्रताड़ित किया था।

अपने विचरण के दौरान, एक दिन जॉरोएस्टर, प्राचीन ईरान की राजधानी बल्ख पहुँचा, जहाँ राजा विशतस्पा का दरबार लगा था। पैगंबर के चेहरे की चमक, उसके शब्दों के जादू ने राजा को मंत्रमुग्ध कर दिया। सफेद लहराते वस्त्रों को धारण कर, अपने एक हाथ में साइप्रेस की छड़ी और दूसरे हाथ में पवित्र अग्नि रखे जॉरोएस्टर की उपस्थिति ने राजा को रूपांतरित कर दिया। कई देशों और कई सेनाओं के विजेता को पैगंबर के सत्य ने जीत लिया। वह स्वयं को ईश्वर के संदेशवाहक को समर्पित करके खुश था, जिसका शस्त्र केवल प्रेम और धर्म था।

उसके धर्म का सत्य अब विजयी था। जहाँ कहीं भी वह जाता, लोगों की भीड़ उसके पीछे आती पत्थर मारने के लिए नहीं, परंतु प्रेम व भक्ति से उसके वस्त्र छूने के लिए। क्योंकि यह पैगंबर उनकी आत्माओं का भी उपचारकर्ता था। अपने पवित्र ग्रंथ 'वेंडीदाद' में जॉरोएस्टर हमें बतलाता है, ''विभिन्न प्रकार के

उपचारक हैं—कुछ ऐसे हैं, जो चाकू से उपचार करते हैं और कुछ ऐसे हैं, जो जड़ी-बूटियों से उपचार करते हैं, लेकिन सबसे उत्तम वे हैं, जो पवित्र शब्दों से उपचार करते हैं।''

उसकी शक्ति ऐसी थी कि जॉरोएस्टर भयंकर बीमारियों से पीड़ित लोगों का भी उपचार करता था। वह अंधों को आँखों की रोशनी देता था। कहा जाता है कि वह मरे हुए लोगों को भी जीवित कर देता था।

जॉरोएस्टर की शिक्षा का प्रभाव ग्रीस और रोम तक फैल गया। कहा जाता है कि सुकरात का एक पारसी गुरु था, जिसका नाम गोबीरस था। प्लेटो भी पारसी शिक्षकों से पढ़ने के लिए फारस जाने की इच्छा रखता था, किंतु स्थानीय युद्ध भड़क जाने के कारण वह यह यात्रा नहीं कर सका।

जॉरोएस्टर की शिक्षाएँ क्या थीं? वह अपने आस-पास के परिवेश में हर जगह चिंता, दर्द और दु:ख की कराह को देखता था। वह मनुष्य के हृदय का दु:ख और व्यथा महसूस करता। उसे पशु-पक्षियों के अव्यक्त दु:ख और आँसुओं का बोध था। वह हर व्यक्ति को ईश्वर की सेवा में शामिल करने का आह्वान करता था।

वह अपने श्रोताओं से कहता था, ''तुम प्रकाश के योद्धा बनो।''

''ईश्वर की सेना से जुड़कर हम क्या कर सकते हैं?'' लोग उससे पूछते।

और उसका सहज उत्तर था, ''धर्म के रास्ते पर चलते रहो।''

वे पूछते, ''हम धर्म के रास्ते पर कैसे चल सकते हैं?''

वह बड़ा स्पष्ट, सीधा और गहन अर्थ वाला उत्तर देता, ''अपना जीवन अच्छे विचार, अच्छे शब्द और अच्छे कर्मों में रूपांतरित करके।''

मनुष्य के कष्टों का मूल कारण अज्ञानता है, उसने ये सिखाया, इसे गीता में अविद्या कहा गया है। जॉरोएस्टर कहता था, ''अज्ञानता ही कई लोगों को विनाश की ओर ले जाती है। अज्ञानतावश व्यक्ति यह महसूस नहीं करते कि जब वे दूसरों को चोट पहुँचाते हैं, वे स्वयं को भी नुकसान पहुँचाते हैं। सारी मानवता एक परिवार है और जब मेरे भाई व बहन खुश होंगे, तभी मैं खुश रह सकता हूँ।''

वह बार-बार कहता था, ''अज्ञानता को ज्ञान के प्रकाश से दूर भगा दो।''

उससे पूछा जाता, ''आदमी के प्रारंभिक कर्त्तव्य क्या हैं?''

वह उत्तर देता, ''ये तीन बातें, पहला दुश्मन को मित्र में बदलो, दूसरा दुष्टों को धर्मनिष्ठा सिखाओ और तीसरा, जहाँ अज्ञानता हो, वहाँ ज्ञान का प्रकाश फैलाओ, क्योंकि ज्ञान दुनिया की दौलत से भी बढ़कर है।''

जॉरोएस्टर अपने धर्मनिष्ठ जीवन जीने के संदेश के साथ एक स्थान से दूसरे स्थान भ्रमण करता था। उसके संदेश ने लोगों के दिलोदिमाग में एक क्रांति पैदा कर दी। इस संदेश ने लोगों को निकृष्ट स्वार्थ से हटाकर औरों के प्रति प्रेम और सेवाभाव पैदा कर दिया। इससे उनके दिलों में ईश्वर और अच्छाई में नई आस्था जाग उठी।

47 वर्षों तक जॉरोएस्टर निरंतर धनी और गरीबों, राजकुमारों और आम लोगों को अपना संदेश देता रहा। तभी वह दिन आया, जो हर किसी के जीवन में आता है, इस सांसारिक तीर्थ यात्रा से विदाई का दिन।

कुछ लोग मानते हैं कि पैगंबर की मृत्यु गाज गिरने से हुई, जबकि अन्य मानते हैं कि अपने मंदिर में पूजा के दौरान उसकी हत्या कर दी गई थी।

मुझे नहीं मालूम कि उसकी मृत्यु कैसे हुई, मुझे केवल इतना मालूम है कि जॉरोएस्टर जैसे लोग कभी नहीं मर सकते। ऋतुएँ भले ही उन्हें थका दें, बीतते साल भले ही इन्हें बूढ़ा कर दें, लेकिन ईश्वर के इस महान् दूत का जीवन और शिक्षा दूर-दूर तक अपना आलोक फैलाते रहेंगे।

विचार मनन

गुरुदेव साधु वासवानी ने हमसे कहा, ''सत्य की खोज करने वाला साधक धन्य है, क्योंकि उसका जीवन दुःख और आँसू है।'' प्रत्येक कष्ट ईश्वर की तरफ से मिला उपहार है। यह एक ऐसा उपहार है, जो आत्म-उन्नति में सहायक होगा। कष्ट को टालना स्वयं को खूबसूरत जीवन से वंचित रखना है। खूबसूरती का सर्वोच्च दर्शन दुःख को पार करने से ही आता है।

दुःख, व्यथा, कठिनाई, अकेलापन और असुरक्षा हमारी आत्मा को मजबूत बनाने, हममें नैतिक साहस जगाने या जिसे मैं आत्मा की मांसपेशियाँ कहता हूँ, उसे ताकत देने आते हैं। कठिनाइयाँ हमें साहस देती हैं और हमारी इच्छा-शक्ति को मजबूत करती हैं। वे हमें परिशोधन की प्रक्रिया से गुजारती हैं।

बहुत समय पहले की बात है, हम उनके साथ हैदराबाद, सिंध में खुले आँगन में बैठे थे। वह तारों भरी रात्रि थी और उनकी उपस्थिति में

हम धन्य महसूस कर रहे थे। उन्होंने हमसे कहा, ''मानवता के महान् संत और पैगंबर इस संसार में धोबी का काम करने के लिए आते हैं। वे यहाँ तुम्हें धोने, साफ करने, तुम्हारे पिछले जन्मों के दौरान जमे मैल को हटाने और तुम्हें उसकी (ईश्वर) उपस्थिति में प्रवेश कराने के लिए साफ-स्वच्छ और आभामय बनाने के लिए आते हैं।''

मेरे प्रिय भाइयो और बहनो, हम गंदगी के ढेर एकत्र करते रहे हैं, अर्थात् पिछले जन्मों की वासनाएँ, जो आत्मा के लिए घर के कचरे, गंदगी की तरह हैं, जो पिछले जन्मचक्रों के दौरान एकत्र होती रही हैं। एक व्यक्ति के लिए उसके स्वयं के प्रयास से इस गंदगी की परतों को हटाना कठिन ही नहीं, असंभव है। केवल गुरु, जो ईश्वर का प्रतिनिधि है, वही यह कार्य कर सकता है।

गेहूँ का दाना

"खुले मन से सारे उच्चतम आदर्शों को खोजो और सुनो। सर्वाधिक प्रकाशमय विचारों पर विचार करो। तदुपरांत प्रत्येक व्यक्ति दर व्यक्ति, स्वयं के लिए अपना रास्ता चुने।"

—जराथुस्ट्रा (जरतुश्त)

राजा विशतस्पा पहली बार पैगंबर जॉरोएस्टर से कैसे मिले, इसका रोचक वर्णन एक प्राचीन दंतकथा में है—

एक दिन राजा विशतस्पा कुछ क्षेत्रों के दौरे से लौट रहे थे, तभी उनका यात्रीदल एक अतुलनीय खूबसूरत फलों के बाग के पास से गुजरा। बाग के आस-पास की भूमि उजाड़ थी, जबकि बाग अच्छी तरह कृषि कलापों से पूर्ण और प्राकृतिक सौंदर्य से परिपूर्ण था। जाहिर था कि पौधारोपण, कृषि कर्म करके बाग को इस उन्नत अवस्था तक लाना सामान्य लोगों के बूते की बात नहीं थी। बाग को इस स्थिति में लाने वाले लोग निश्चित रूप से किसी दूरदृष्टि संपन्न, ज्ञानी, समर्पित और मेहनती व्यक्ति के अधीनस्थ कार्य करते होंगे।

विशतस्पा ने अपने साथ चल रहे मंत्रियों में से एक को बाग के मालिक के बारे में पूछताछ करने के लिए भेजा। लौटकर मंत्री ने बताया कि यह बाग विख्यात संत जॉरोएस्टर का है। राजा ने उस बुद्धिमान व्यक्ति और उसकी बढ़ती ख्याति के विषय में सुन रखा था, क्योंकि उस समय तक जॉरोएस्टर लोगों के बीच ईश्वर का प्रचार करना शुरू कर चुका था। राजा ने जॉरोएस्टर को महल में आमंत्रित करने

का निर्णय लिया। वह उससे कुछ ऐसे प्रश्न पूछना चाहता था, जिनके संतुष्टिजनक उत्तर उसे अपने सलाहकारों व परामर्शदाताओं से अभी तक नहीं मिल सके थे।

जब जॉरोएस्टर राजा का अभिनंदन करने और बाग में उसका स्वागत करने आया, तो राजा ने पैगंबर को महल में आने का निमंत्रण दिया, लेकिन जॉरोएस्टर ने राजा से माफी माँगते हुए कहा, क्योंकि मैं अपने बाग के देख-रेख के काम को उपेक्षित करना नहीं चाहता, इसलिए आने में असमर्थ हूँ। फिर भी जॉरोएस्टर ने अपने थैले से कुछ निकाला। यह गेहूँ का एक छोटा दाना था। राजा को गेहूँ का दाना देते हुए जॉरोएस्टर ने उसे बताया कि उक्त दाने ने उसे बहुत से बहुमूल्य पाठ पढ़ाए हैं, जिससे उसे ऐसे कई प्रश्नों के उत्तर मिल सके, जिनसे वह हमेशा परेशान रहता था।

शायद राजा जॉरोएस्टर के प्रत्युत्तर से थोड़ा नाखुश था, किंतु उस संत ने जो प्रदान किया, उसी से उसे संतुष्ट रहना पड़ा और गेहूँ का दाना लेकर वह महल लौट आया। राजा को विश्वास था कि दाने में जादुई गुण होंगे, वरना वह साधु इतने विश्वास के साथ उसे आश्वस्त करते हुए, उस दाने को उसे क्यों देता? उसने उस गेहूँ के दाने को सोने के एक सजीले बक्से में रखने का निर्णय लिया। हर दिन वह बक्सा खोलता और गेहूँ के दाने को देखता तथा अपने प्रश्नों का जवाब पाने का प्रयास करता। दिन गुजरते गए, लेकिन उसे कुछ हासिल नहीं हुआ।

कुछ महीनों बाद, राजा कुंठित और अधीर हो गया और जॉरोएस्टर से मिलने का निर्णय लिया। उसने उसे सोने का वह बक्सा दिखाया, जिसमें उसने गेहूँ के दाने को रखा था और साधु को बताया कि अब तक उसे इससे कुछ भी ज्ञान हासिल नहीं हुआ है। उसने जॉरोएस्टर से जानना चाहा कि वह दाना उसे क्या शिक्षा दे सकता था?

जॉरोएस्टर ने राजा के सामने एक साधारण सा प्रश्न रखा—कि यदि सोने के बक्से के बदले राजा उस गेहूँ के दाने को मिट्टी में बो देता और उसे खाद-पानी का पोषण देता तो क्या परिणाम प्राप्त हुआ होता?

राजा और संत ने उन तमाम सीखों पर मिलकर विचार किया, जो वे इस साधारण कार्य से सीख सकते थे। सबसे पहले बढ़ने और रूपांतरित होने के लिए बीज को सोने के बक्से से निकालकर जमीन में खोदकर गाड़ा जाता। बीज की तरह राजा ने भी महसूस किया कि उसे महल के शाही ठाट-बाट के सोने के पिंजरे से सुख-सुविधाओं भरे जीवन से बाहर आने की आवश्यकता है। तदुपरांत जिस तरह प्रकृति की जीवनदायी और जीवन का सहारा देने वाली प्रकृति की शक्तियाँ

बीज के विकास को पोषित करती हैं, उसी तरह उसे भी ज्ञान और समझ से पोषित होने की आवश्यकता थी।

संक्षेप में राजा समझ गया कि वह गेहूँ का दान उसे वही सिखा सकता था जो वह सीखने-जानने के लिए उत्सुक था।

जिन प्रश्नों के उत्तर पाने के लिए वह परेशान था, वे उत्तर उसके आस-पास ही थे। उन्हें ग्रहण करने की योग्यता और ज्ञान में विकसित होने की योग्यता उसके अपने भीतर ही थी। मात्र देखने के बदले वह देखकर अवलोकन कर सकता था, सुनने के स्थान पर वह सुनकर मनन कर सकता था, दूसरों से उत्तर माँगने के स्थान पर वह अपना स्वयं का दिमाग विकसित कर अपने अंतर्ज्ञान के माध्यम से उत्तरों की तलाश कर सकता था।

राजा विशतस्पा के ज्ञान की खोज प्रारंभ हो चुकी थी।

विचार मनन

मनुष्य इस संसार में तीर्थयात्री की तरह आया था, किन्तु भटक गया। अपने आध्यात्मिक अनुसंधान में भी हम एक पंथ से दूसरे पंथ में, एक संप्रदाय की विचारधारा से दूसरे संप्रदाय की विचारधारा में एक गुरु से दूसरे गुरु के पास जाते हैं और बेचैन हो जाते हैं। हम मंदिरों, गिरजाघरों और तीर्थस्थानों पर जाते हैं और हमें निराशा हाथ लगती है। क्योंकि जब तक हम स्वयं के भीतर प्रवेश नहीं करते, तब तक हम वह नहीं पा सकते, जिसकी हमें तलाश है।

सत्य हमारे अंदर है। ज्ञान हमारे अंदर है। सारी शक्तियों का स्रोत हमारे भीतर है। इसलिए, भीतर की ओर प्रवेश कीजिए।

कहीं-न-कहीं शुरुआत करनी पड़ेगी। हर दिन प्राथमिकता के तौर पर एक ही स्थान और एक समय पर एकांत में बैठकर अपना आध्यात्मिक चिंतन करें। यह ईश्वर के साथ हमारा प्रतिदिन का मिलन है। हमारे पास प्रतिदिन बहुत से अपॉइंटमेंट होते हैं। हम इस सर्वाधिक अहम अपॉइंटमेंट—हमारा ईश्वर से प्रतिदिन का अपॉइंटमेंट—उपेक्षित कर देते हैं। वह हमसे कतई दूर नहीं है। हम जहाँ कहीं हैं, वह वहाँ है। वह यहाँ है, वह अभी है। हमें केवल अपनी आँखें बंद करनी हैं, दुनिया को भुलाकर उसे पुकारना

है और वह हमारे सामने होगा। शुरू-शुरू में हो सकता है, हम उसे देख न पाएँ, लेकिन निश्चित मानें कि वह हमें देख रहा है। हम शीघ्र ही उसकी आवाज न सुन पाएँ, लेकिन वह हमारी पुकार, सुनता है। उसके सतत-सचेत कानों में मनुष्य के हृदय की छोटी-से-छोटी फुसफुसाहट, आत्मा की छोटी-से-छोटी हलचल सुनाई पड़ती है। उससे बात करो—उसकी ओर उन्मुख हो जाओ—उसके सामने अपनी सारी समस्याएँ रख दो और फिर तुम्हें आश्चर्यजनक परिणाम प्राप्त होंगे।

सद्दा मामा

''अपने कानों से इन सर्वोत्तम परामर्शों को सुनो, उन पर प्रकाशमय निर्णय से मनन करो।''

—अहुनुवैती गाथा

क्या आप जानते हैं कि गिरगिट को पारसियों के द्वारा बहुत सम्मान से देखा जाता है, उसे कभी मारा नहीं जाता। वस्तुत: गुजराती में इसे प्यार से 'सद्दा मामा' कहा जाता है।

सद्दा मामा की दन्तकथा ईरान के प्राचीन इतिहास के तब के समय की है जब पारसियों का साम्राज्य ढहने लगा था। अंतिम पारसियों का शासक, यजडेगार्ड-3 को अरबियों के द्वारा 641 ईसवी में निहवंद की लड़ाई में पराजित कर दिया गया था। वह और उसकी सेना इधर-उधर बिखरकर छिप-छिपकर रह रहे थे। अपेक्षाकृत गरीब लोग, जो अपने धर्म का अनुसरण करना चाहते थे, उन्हें सताया गया और अपना धर्म छोड़ने के लिए बाध्य किया गया। कुछ इनकार करनेवालों ने अरब सेना से भागकर बचने और सुरक्षा हासिल करने का प्रयत्न किया।

एक दिन थके-हारे पारसियों का एक समूह, जो अपने ही देश में शरणार्थी बन चुके थे, एक विशाल मरुस्थल को पार कर रहे थे। उन्होंने उस बंजर और खाली विस्तृत भाग को पार कर समुद्र तट पहुँचने का निश्चय किया। यात्रा लंबी और थकाऊ थी और सूर्य की तपन बुरी तरह शरणर्थियों पर पड़ रही थी। उनमें से एक ने दूर मरुस्थल में एक कुआँ देखा और वे ठंडे पानी की आस लिए उस तरफ चल पड़े।

उन्हें यह नहीं मालूम था कि कुएँ के ठीक पीछे एक बड़ा खतरा है, अरबी सैनिकों का एक समूह उनके लिए घात लगाकर बैठा था। वे कुएँ के पीछे रेत में छिपकर बैठे थे और उनके हाथों में थके-हारे शरणार्थियों को खत्म करने के लिए हथियार तैयार थे।

कुएँ के पास बैठा एक छोटा सा गिरगिट यह सब होते देख रहा था और निर्दोष पारसियों का नरसंहार रोकने के लिए बहुत चिंतित था। वह सोच रहा था कि किस तरह वह उस खतरे से इन बेचारे लोगों की मदद कर सकता है, जिसकी तरफ वे बढ़ते जा रहे थे। अचानक उसे एक युक्ति सूझी। मरुस्थल में सब कुछ बंजर, हलका भूरा और सूखा है, जबकि अरबी चमकीले वस्त्र पहने हुए थे।

नन्हा सा वह गिरगिट पहले सैनिक की पीठ पर कूदा और अपनी प्रकृति के मुताबिक चमकदार नीला हो गया। दूर मरुस्थल में शरणार्थियों ने नीले रंग की चमक देखी तो घबराकर रुक गए। यह नीले रंग की चमक क्या हो सकती थी? कुएँ के पास गिरगिट एक-दूसरे सैनिक पर कूदा और चमकीला लाल हो गया और तुरंत यह एक सैनिक से दूसरे पर उछलते हुए लाल, पीले और हरे रंग में चमकते हुए भूरे मरुस्थल के विस्तार में आ रहे पारसियों को सतर्क कर दिया।

उन्होंने रुकने का निर्णय लिया और गुप्तचर दल को दूसरे मार्ग से भेज दिया। गुप्तचर दल पीछे से कुएँ के पास पहुँचा और अरबियों को घात लगाकर बैठे देखा। उन्होंने उस गिरगिट को भी देखा, जो एक सैनिक से दूसरे सैनिक पर उछल-उछलकर रंग बदलते हुए उन्हें चेतावनी देने की कोशिश कर रहा था। वे समझ गए कि यह उन्हें घात का शिकार होने से बचने के लिए सावधान कर रहा है। उन्होंने पाया कि गिरगिट लगातार अपना सिर बाईं से दाईं ओर मोड़कर शरणार्थियों को यह बताने का प्रयास कर रहा था कि कुएँ की ओर जाना सुरक्षित नहीं है।

जब गुप्तचर दल ने लौटकर अपने लोगों को घात में बैठे सैनिकों के बारे में बताया, तो पारसी चौकन्ने और हथियारबंद हो गए। उन्होंने अपने हथियार इकट्ठे कर लिये, घात लगाए सैनिकों की ओर बढ़े और उन्हें पराजित किया। उन्होंने अपनी जान बचाने वाले गिरगिट की ओर देखा, जिसने उनका जीवन बचाया था और उसके प्रति सम्मान के भाव से नमतमस्तक हो गए। 'सद्दा मामा' अपना सिर इस तरह ऊपर-नीचे कर रहा था, मानो यह बताना चाह रहा था कि जब कभी उन पर खतरा हो और उन्हें मदद की जरूरत हो, तो उन्हें जानवरों के मूक संदेशों पर ध्यान देना चाहिए।

इस दंतकथा को बतानेवाले विद्वान् ने यह भी बताया है कि आज भी पारसी,

विशेषकर बच्चे जब कभी किसी विषय पर किसी संदेह में होते हैं और सच्चाई जानना चाहते हैं, तो वे सद्दा मामा की ओर रुख करते हैं। वे प्रश्न पूछते हैं और यदि सद्दा मामा दाहिने से बाएँ अपना सिर हिलाता है, तो वे इसे एक संदेश की तरह मानकर अपनी योजना बदल देते हैं। जब यह अपना सिर ऊपर-नीचे करता है, तो वे समझते हैं कि यह उन्हें आशीष दे रहा है और उन्हें आगे बढ़ने तथा सत्य की शक्ति के साथ कार्य करने को प्रोत्साहित कर रहा है।

विचार मनन

आज संसार नए युग की दहलीज पर खड़ा है, हम भाग्यशाली हैं जो हम नए युग के आरम्भ के गवाह बनने जा रहे हैं। हम दो शताब्दियों की संतानें हैं। हमारे दिलों में एक नया युग दस्तक दे रहा है। क्या हम नए युग के लिए द्वार खोलने जा रहे हैं?

यह मेरी अडिग मान्यता है कि हम प्रेम के नए युग की दहलीज पर खड़े हैं, जो सृष्टि में सभी के बीच भाईचारे की भावना पैदा करेगा। जैसे ही नए युग की भोर होगी, भौतिकता को आध्यात्मिकता को स्थान देना पड़ेगा। लोग अपने दैनिक जीवन में वेदांत को अपनाएँगे और वैदांतिक अवधारणा आध्यात्मिक नहीं तो और क्या है? एक जीवन सभी में संचारित हो रहा है। इसीलिए मेरा मानना है कि भविष्य की सभ्यता जीवन के प्रति श्रद्धा पर निर्मित होगी।

अपने भाइयों-बहनों से मेरी विनम्र विनती है, आइए, हर चीज के प्रति श्रद्धा प्रकट करें—साथी मनुष्यों के लिए, हमारे चारों ओर विशाल ब्रह्मांड, धरती, आकाश, वृक्षों, पत्थरों, नदियों, फूलों, पक्षियों और जानवरों के लिए। सचमुच वह समय आ गया है, जब मनुष्य या तो प्रकृति को अपना मित्र बनाए या—नष्ट हो जाए।

वेदांत हमें शिक्षा देता है कि सभी में एक ही जीवन है। एक ही जीवन खनिजों और पत्थरों में सुसुप्त होता है, सब्जियों और पौधों में पाया जाता है, जानवरों में स्वप्निल और मनुष्य में जाग्रत् अवस्था में होता है। सृष्टि एक परिवार है और इस खूबसूरत परिवार में पक्षी तथा जानवर मनुष्य के छोटे भाई-बहन की तरह हैं, तो क्या कसाई के निर्दयी चाकू से

इन भाई-बहनों की रक्षा करना हमारा कर्त्तव्य नहीं है?

इसलिए आइए, जिसे साधु वासवानी 'ब्रह्मांडीय चेतना' कहते हैं, उसका विकास करें, ताकि धरती की चेतना से संबंध जोड़कर जानवरों के संसार के प्रति नया भाव उत्पन्न करें। क्योंकि ये निम्नस्तर के समझे जाने वाले प्राणी भी इस धरती माता की संतान हैं। उनके साथ क्रूरता का व्यवहार करना गलत है। उन्हें कसाईखाने ले जाना पाप है।

जॉरोएस्ट्रियंस (पारसी) भारत कैसे आए

"भाग्यवश जॉरोएस्टर के दिन समाप्त हो गए : कोई भी भद्र आस्था की तलाश नहीं कर सका। जब जॉरोएस्टर का हजारवाँ साल पूरा होने को आया, तो इस भद्र आस्था की सीमा भी समाप्त हो गई। जब शासन राजा यजदिगर्द के हाथों से चला गया, तब दुश्मन (धर्म को न मानने वाले) आए और उसकी सत्ता हथिया ली। तभी से ईरान टुकड़े-टुकड़े हो गया। दुःख की बात है, आस्था का वह देश अब बर्बाद हो गया।"

—किसा-ई-संजन

उपरोक्त पंक्तियाँ ईरान, पारसियों के पैतृक देश में जारोऐस्ट्रियन या पारसी धर्म के पतन का उल्लेख करती हैं। सम्राट् यजदिगर्द-3 पर अरबियों की विजय और सेसानियन वंश के पतन से ईरान में पारसियों के उत्कर्ष की समाप्ति हुई। इसी समय पारसियों का ईरान से दूसरे देशों में पलायन शुरू हुआ। अपनी आस्था के कारण प्रताड़ित किए जाने और धर्मांतरण के लिए बाध्य किए जाने के कारण पारसी पहले कुहेस्थान के पहाड़ी क्षेत्रों में गए, तदुपरांत उनके 'दस्तूर' (प्रमुख) ने दक्षिण की ओर जाने की चेतावनी दी।

नायशापोर शहर के आस-पास रहनेवाले पारसियों के एक छोटे समूह ने तय किया कि ईरान अब उनके और उनके धर्म के लिए सुरक्षित नहीं रहा, इसलिए उन्होंने भारत प्रवास करने का निर्णय लिया। जिसके लिए उन्होंने पारस की खाड़ी के होर्मज्द टापू की यात्रा की और तीन साल की तैयारियों के बाद जल मार्ग से भारत की ओर चल पड़े। इस तरह पारसियों का भारत प्रवास प्रारंभ हुआ। इस ऐतिहासिक पलायन की कहानी किस्सा-ए-संजन (संजन की कहानी) में वर्णित है। यह गुजराती भाषा में एक महाकाव्य है, जो कि भारत में पारसियों के प्रारंभिक दिनों का एकमात्र दस्तावेज है।

कहा जाता है कि भारत आते ही पहले वे गुजरात तट पर स्थित डियू टापू पर ठहरे। कुछ सूत्र बतलाते हैं कि लगभग 18,000 पारसी विभिन्न समूहों में डियू, वैरव और काम्बे पहुँचे।

अपने दस्तूर (प्रमुख) से प्रोत्साहन पाकर वे स्थानीय हिंदू शासक जादी राणा के पास पनाह देने की अर्ज़ी लेकर पहुँचे। राणा को शुरू में विदेशियों पर शक हुआ। उसने उनसे उनके धर्म के सिद्धांतों की विस्तृत जानकारी माँगी। तदुपरांत उसने कुछ शर्तें उन पर लगा दीं—

1. उन्हें स्थानीय गुजराती भाषा अपनानी होगी।
2. उनकी महिलाओं को स्थानीय महिलाओं की तरह साड़ी पहननी होगी।
3. पुरुषों को अपने हथियार डालने होंगे।
4. उनकी शादियाँ शाम के वक्त स्थानीय हिंदू पद्धति से होनी चाहिए।

शरणार्थियों ने आभार के साथ इन शर्तों को स्वीकार कर लिया। उन्होंने अपने धर्म की शिक्षाओं का प्रतिपादन किया और जब हिंदू राजा ने उनके धर्म के सिद्धांत सुने, तो उसके मन को पूर्ण राहत मिली। आश्रय मिल जाने के बाद अप्रवासियों ने गुजरात में संजन बस्ती बसाई (जो कि उनके उस गृह शहर के नाम पर था, जहाँ से वे दशकों पहले चले थे) जो जल्दी ही फलने-फूलने लगी।

इसके कुछ समय बाद इस संप्रदाय के पुजारियों ने राजा के समक्ष अग्नि मंदिर के निर्माण का प्रस्ताव रखा। उनके प्रस्ताव को स्वीकार कर लिया गया और तदुपरांत एक मंदिर का निर्माण और उसका पवित्रीकरण किया गया।

***

पारसियों के भारत आने की एक सुंदर कहानी बताई जाती है। अरबों के कब्जे, प्रताड़ना और बलात् धर्मांतरण से परेशान होकर फारस से भागकर वे पूर्व की ओर गए और नौवीं शताब्दी में नवसारी बंदरगाह पहुँचे। एक संदेशवाहक को स्थानीय

हिंदू शासक जादी राणा के पास भेजकर नए आए शरणार्थियों को संरक्षण और आश्रय देने का अनुरोध किया।

राणा ने उन्हें एक असामान्य स्वागत उपहार भेजा—दूध से लबालब भरा कटोरा। इसका तात्पर्य बुद्धिमान समुदाय से यह कहना था कि उनका राज्य भरा हुआ है, नवागंतुकों को वहाँ बसाना कठिन होगा। पारसियों के सर्वोच्च पुजारी ने विनय के साथ कटोरा लिया उसने थोड़ी शक्कर मँगाई और उसे दूध में घोल दिया और उसे राजा को भेज दिया, जो कि इस संकेत से काफी खुश हुआ।

वापस किए गए उपहार का प्रतीकात्मक संकेत यह था कि नवागंतुक न केवल आसानी से और मेलजोल के साथ स्थानीय जनता के साथ घुल-मिल जाएँगे बल्कि उनके अपनाए गए देश के प्रति वे निष्ठा और आदर के भाव के माध्यम से मधुरता उत्पन्न करेंगे। आज भी पारसी समुदाय भारत में उस 'मधुर' वचन को सच्चाई के साथ निभा रहे हैं, जो उनके पूर्वजों ने सदियों पहले दिया था।

विचार मनन

भारत में पारसी उस संकट की कहानी का स्मरण करते हैं कि कैसे, एक समय धरती माँ कष्ट में थी। उसने ईश्वर (आहुरा मज़दा) से पूछा कि क्या वह उसके पास योद्धाओं के साथ एक राजकुमार को भेज सकता है, जो ताकत का प्रयोग कर उसे चोट पहुँचानेवाले लोगों को रोक सके? लेकिन आहुरा मज़दा ने कहा कि वह ऐसा नहीं कर सकता, बल्कि वह उन लोगों को रोकने के लिए धरती पर एक पवित्र व्यक्ति को भेजेगा, जो अपने शब्दों और प्रेरणास्पद विचारों से उन लोगों को रोकेगा। इस तरह पैगंबर जॉरोएस्टर का जन्म हुआ।

भारत, संसार में सर्वाधिक पारसियों की जनसंख्या का घर समझा जाता है। सिंधियों की तरह पारसी भी अल्पमत समुदाय है, जिसने भारतीय शिक्षा, उद्योग, अर्थव्यवस्था, उदार कर्म और संस्कृति में समृद्ध योगदान दिया है। आज देश के सर्वाधिक समृद्ध, शांतिप्रिय, मानवता-प्रेमी और मित्रवत् समुदायों और धार्मिक पहचान के बावजूद उन्होंने विस्तृत स्वीकृति हासिल की है। उन्होंने कभी भी विशेषाधिकार की चाह नहीं रखी, बल्कि अपने द्वारा अपनाए गए इस देश में परोपकार और उद्यमशीलता की भावना से सदा योगदान दिया है।

उपसंहार

साधु वासवानी

संक्षिप्त परिचय

हम अपने जीवनकाल में धन्य होते हैं, जब हमें एक-दो ऐसे व्यक्ति मिलते हैं, जो हमारी चेतना में प्रवेश करके हमारे जीवन में रूपांतरण लाते हैं और उनके कारण हमारे जीवन की दिशा ही बदल जाती है। ऐसे ही एक थे—प्रिय गुरुदेव साधु वासवानी। उन्होंने अपने प्रेम की शक्ति से कई लोगों के जीवन में रूपांतरण किया, जिसने हमारे बंधनयुक्त, कैद आत्माओं को मुक्त कर ईश्वर की कृपा का प्रकाश फैलाया।

आज, संसार के अनेक भागों में हजारों आत्माएँ प्रिय गुरुदेव को अपने जीवन के प्रकाश के रूप में मानती हैं। उनका जीवन विलक्षण सादगी और निस्स्वार्थ क्रियाकलाप का समन्वय था। उनकी महानता असाधरण काम करने में नहीं अपितु साधरण काम को असाधरण रूप से करने में थी। उनका जीवन प्रेम के छोटे-छोटे कृत्यों की एक लंबी श्रृंखला थी। उनके जीवन का दर्शन साधारण था। और खुशी के लिए उनका नुसखा था, ''यदि आप खुश रहना चाहते हैं, तो दूसरों को खुश रखिए।''

मैं गुरुदेव साधु वासवानी के विषय में आप को कैसे कुछ बता सकता हूँ? मेरा संपूर्ण जीवन, मेरा कार्य और इस मार्ग के तीर्थयात्री के रूप में मेरी आकांक्षाएँ उनके ही द्वारा प्रेरित, प्रभावित और ढाली गई थीं। मैं आपको उनके जीवन का विस्तृत वर्णन नहीं दे सकता, लेकिन आगे के पृष्ठों में महान् गुरु के खूबसूरत, प्रेरणास्पद जीवन की कुछ झलकियों को जोड़ने का एक प्रयास किया गया है। उनका जीवन एक व्यक्ति के रूप में ईश्वर का देदीप्यमान साक्ष्य था।

जीवन के महान् अभियान में ईश्वर और मनुष्य सहयोगी हैं। मनुष्य और ईश्वर दोनों एक परिवार, एक भ्रातृत्व से संबंध रखते हैं। किंतु हममें से अधिकांश लोगों के लिए ईश्वर अदृश्य है। हम उसे देख नहीं सकते, महसूस नहीं कर सकते, उसका स्पर्श नहीं कर सकते उससे वार्तालाप नहीं कर सकते। उसकी मुरली जैसी

मधुर आवाज नहीं सुन सकते। मनुष्य का हृदय ईश्वर की अभिव्यक्ति को लालायित रहता है।

एक सूफी दरवेश ने कहा, ''आपको प्रतिदिन ईश्वर से मिलना चाहिए। और यदि आप उससे नहीं मिल सकते तो जाओ और उससे मिलो, जो ईश्वर से मिल चुका है और जो निरंतर उनके साथ जुड़ा रहता है। दोनों एक-दूसरे से अलग नहीं हैं।''

ईश्वर के भक्तों, संतों ने सभी देशों में, सभी जातियों में, सभी धर्मों में जन्म लिया है। उन्होंने जन्म लिया मानवता में प्रभु के प्रेम की अभिव्यक्ति करने के लिए और भटकी हुई मानवता को प्रभु की ओर उन्मुख करने के लिए।

ऐसे ही ईश्वर के एक दूत का जन्म 25 नवंबर, 1879 में हैदराबाद-सिंध में हुआ, जहाँ अनेक संतों, दरवेशों और फकीरों (मननशील और त्यागी पुरुषों) ने जन्म लिया। उन्हें अनेक नामों से पुकारा जाता था।

भारत में उन्हें साधु वासवानी के नाम से जाना जाता था। अपने विनम्र अंदाज में वह कहते थे, ''मैं साधु नहीं हूँ। मैं साधुओं, ऋषियों और संतों का सेवक होने की आकांक्षा रखता हूँ।''

उन्हें पूर्व और पश्चिम के बहुचर्चित और प्रमुख लोगों द्वारा अनेक श्रद्धांजलियाँ दी गईं। पश्चिम में उन्हें 'नए युग का अग्रदूत', 'आध्यात्मिक विज्ञान का फैराडे', 'अग्रणी और पथ-प्रदर्शक' कहा जाता था। आयरिश कवि डॉक्टर कजिंस उन्हें 'भारत के आधुनिक संत', 'नए युग के प्रणेता' और 'आत्मा के गहन सत्यों के विचारक और प्रकटकर्ता' के रूप में सलामी देते थे। किंतु वे कहते थे, ''मैं ज्यादा कुछ नहीं जानता। मैं यही जानता हूँ कि मेरे भीतर की आकांक्षा दिन-प्रतिदिन उसके बलिदान की ज्वाला में अधिक-से-अधिक भस्म हो जाने के लिए बढ़ती रही है, जिसकी खूबसूरती संसार में पुष्पित हो रही है और जिसका प्रेम हर कहीं चमकता नजर आ रहा है।''

'हमारे प्रियतम, हम आपको किस नाम से पुकारें? एक बार हमने उनसे पूछा। क्या हम आप को साधु, गुरु, योगी, ऋषि बुला सकते हैं? या क्या हम आपको सच्चे पातशाह बुला सकते हैं, चूँकि आप हमारे दिलों के बेताज बादशाह हैं?'

उत्तर में उन्होंने कहा, ''मुझे इस साधारण नाम 'दादा' से पुकारो, क्योंकि जीवन के मार्ग में, मैं तुम्हारा भाई हूँ। उन्होंने भाई से ज्यादा कुछ होने का दावा नहीं किया। अनेक लोग उन्हें अपना स्वामी, गुरु मानते थे, लेकिन वे कहते थे, ''मैं किसी का गुरु नहीं हूँ। मैं तो सभी का शिष्य हूँ।''

जब संत धरती पर विचरण करते हैं, तो उनके आस-पास पवित्रता का आभामंडल होता है, जो कष्ट पीड़ित, अकेले, बेसहारा आत्माओं को दैवीय चुंबकत्व की तरह क्रियाशील करके अपनी ओर आकर्षित करता है। ऐसा ही आभामंडल साधु वासवानी का था, जिन्होंने अपना जीवन पीड़ित मानवता को समर्पित कर दिया था। जहाँ कहीं भी वे जाते, पुरुष, नारियाँ और बच्चे उन्हें घेर लेते। लेकिन औरतों की संख्या पुरुषों से ज्यादा होती थी; क्योंकि क्या यह सत्य नहीं है कि उनका बोझ कहीं ज्यादा होता था और उन्हें जटिल भावनात्मक जिम्मेदारियों से निपटना पड़ता था? अपने प्रिय गुरु में उन्हें कोई ऐसा मिला, जो उन्हें सहानुभूति, सांत्वना और दिशा-निर्देशन देता था। यह सत्य है कि महिलाएँ आध्यात्मिक रूप से ज्यादा प्रवृत्त होती हैं, इसलिए वे पवित्र संत की ओर खिंचाव महसूस करती थीं और वे उन्हें ईश्वर की ओर निरंतर प्रेरित करते थे।

पृथ्वी की तीर्थयात्रा के उनके अंतिम दिनों में, जहाँ कहीं भी वे जाते, लोग उनके वस्त्र का कोना छूने व उनके शब्द सुनने के लिए उनके पीछे जाते, जो मोतियों से भी ज्यादा मूल्यवान थे। उन्होंने कभी किसी चमत्कारी शक्ति का प्रदर्शन नहीं किया। वे उन सर्वाधिक विनीत व्यक्तियों में से एक थे, जिन्होंने कभी इस धरती पर विचरण किया। उनमें स्वयं को नगण्य कर लेने की क्षमता थी। सब कुछ होने के बाद भी उन्होंने एक फकीर सा जीवन चुना। सब कुछ जानते हुए भी वे ऐसे रहते थे, जैसे उन्हें कुछ नहीं आता था। उनकी विनम्रता गहन थी।

'दादा' शब्द का तात्पर्य 'बड़े भाई' से है। सचमुच, वे सभी व्यक्तियों, सभी जातियों, सभी धर्मों, सभी राष्ट्रों के भाई थे। वे बेसहारा, दीन-हीनों के भाई थे। वे पशु-पक्षियों, वृक्षों, फूलों, नदियों और चट्टानों, तारों व धाराओं के भाई थे। वे समस्त सृष्टि के भाई थे।

***

एक बार मित्रों और प्रशंसकों के प्रतिनिधिमंडल ने साधु वासवानी को उनकी आत्मकथा लिखने के लिए कहा। "आपका जीवन ज्ञान के प्रकाश में प्रदीप्त और उन अनुभवों से समृद्ध है, जो केवल आप जानते हैं" उन्होंने कहा। "उन्हें हमारे साथ बाँटिए और सैकड़ों-हजारों लोगों को आपके आध्यात्मिक आकांक्षाओं और अनुभवों से लाभान्वित होने दीजिए।"

अपने विनम्र अंदाज में साधु वासवानी ने कहा, "मेरी कोई उपलब्धियाँ नहीं हैं। मेरे जीवन की कहानी मेरी अधम गरीबी और ईश्वर की असीम कृपा की कहानी है।"

शिष्टमंडल के चले जाने के बाद साधु वासवानी ने कहा, ''आत्मकथा लिखना अपने अहं को पोषित करना है। ऐसे लेखन से न तो उसे फायदा होगा जो लिखता है, न ही उसे, जो इसे पढ़ता है।''

उन्होंने आगे कहा, ''यदि आत्मकथा लिखना बहुत ही जरूरी हो, तो इसे संत ऑगस्टीन के स्वीकारोक्ति के प्रसंग में लिखा जाना चाहिए।''

साधु वासवानी का जीवन चित्रकला प्रदर्शनी की तरह है, ऐसे चित्र जिनमें आज भी आकर्षित करने, शिक्षा देने और प्रेरणा देने की शक्ति है। प्रत्येक तसवीर में एक अनुभव और संदेश हमें प्राप्त होता है। प्रत्येक चित्र ईश्वर के प्रेम से आलोकित, आदमी में ईश्वर और आत्मा के प्रकाश से प्रकाशित है। ऐसी आशा है कि आने वाले पृष्ठों में वर्णित घटनाएँ पाठक को कल्पना की उड़ान में ले जाकर ईश्वर के इस दूत की वास्तविक जीवनगाथा का साक्षी बनाएँगी।

साधु वासवानी ने कभी भी स्वर्ग के सुखों की कामना नहीं की। उन्होंने कभी भी मुक्ति या मोक्ष, जन्म-मरण के चक्र से मुक्त होने की चाह नहीं रखी।

उनसे यह प्रश्न कई बार पूछा जाता था, ''मुक्ति से भी बढ़कर कोई चीज है?''

वे जवाब देते थे, ''मैं मुक्ति नहीं चाहता। यदि कष्ट और दुःख से पीड़ितों के कुछ काम आ सकूँ, तो मैं बार-बार जन्म लेना चाहूँगा।''

***

गुरुदेव साधु वासवानी हमें एक ऐसे संत का स्मरण कराते हैं, जो ईश्वर के प्रेम के लिए मानवता का सेवक बन गया। धरती पर अपने मदद व उपचार के मिशन के पश्चात् हमें ऐसा बताया गया है कि वे स्वर्ग लोक में जाते हैं। जब वे स्वर्ग के द्वार में प्रवेश ही करने जा रहे थे, तभी उन्हें एक व्यथित स्वर सुनाई दिया, ''मैं दुःखी और व्यथित हूँ, क्या मेरी मदद करने को कोई नहीं है?'' यह रोने की आवाज धरती के एक कोने से आती है। और संत कहता है, ''स्वर्ग लोक के सुख मेरे लिए नहीं हैं। मुझे धरती पर वापस जाकर किसी ज़रूरतमंद भाई या बहन की मदद करनी है, जिसे मेरी आवश्यकता है।''

ऐसे थे गुरुदेव साधु वासवानी! धरती पर उनकी तीर्थयात्रा के अंतिम समय पर एक आवारा कुत्ते की ओर इशारा करते हुए उन्होंने कहा, ''यदि किसी दीन-दुःखी को कुत्ता बनकर भी, मैं कुछ राहत दे सकूँ, तो कुत्ते की योनि में जन्म लेने में भी मुझे कोई आपत्ति नहीं है।''

एक मौके पर उन्होंने कहा, ''मेरी इच्छा नर्क में प्रवेश करके वहाँ स्वार्थ और लालच की अग्नि में जल रहे लोगों को प्रेम बाँटने की है।''

स्वर्ग बाद में भी मिल सकता है।

आपका सामान कहाँ है?

''(उन लोगों के लिए, जो उन्हें कवि, संत, शिक्षाविद्, दार्शनिक, साधु, ज्ञानी, महात्मा मानते थे)'' मैं वो कुछ भी नहीं हूँ, जो वे मेरे बारे में कहते हैं। मैं तो केवल एक भक्त, ईश्वर का प्रेमी होने की आकांक्षा रखता हूँ''
'मुझसे अक्सर पूछा जाता है,' प्रेम का रास्ता क्या है?
मैं कहता हूँ, 'प्रेम का रास्ता है ''लघु मार्ग पर चलना।''
'लघु मार्ग पर चलना क्या होता है?'
'लघु मार्ग पर चलने का अभिप्राय है धूल की तरह विनम्र होना, अपने आपको कुछ न होने के बराबर महसूस करना है; क्योंकि आत्मा के खजानों को पाने के लिए हृदय को खाली करना पड़ता है।''

—साधु वासवानी

विदेश यात्रा प्रारंभ करने से पहले प्रोफेसर वासवानी ने दो शपथ लीं। एक तीर्थयात्री की भावना से उन्होंने स्वयं से कहा, ''मैं भारत और उसके ऋषियों, महात्माओं और संतों के संदेश लोगों तक पहुँचाने के लिए भारत का तट छोड़ रहा हूँ।''

प्रोफेसर वासवानी की पहली शपथ सहजता की थी। वे सादा जीवन व्यतीत करेंगे—परिधान, भोजन और दैनिक जीवन में। इस शपथ में वे सदा खरे उतरे।

यूरोप में अपने प्रवास के दौरान प्रोफेसर वासवानी के मित्र भोज सिंह पहलजानी, जो सखर से आए थे और आगे चलकर सिंध के विधानसभा के अध्यक्ष बन गए, उनसे मिलने के लिए आए। उन्होंने कहा कि एक संगीत कार्यक्रम के लिए उन्होंने दो टिकटें खरीदी थीं। उन्होंने प्रोफेसर वासवानी को साथ चलने के लिए कहा।

"माफ करें, यह मैं नहीं कर सकता।" प्रोफेसर वासवानी ने कहा।

"लेकिन मैंने पहले ही पाँच शिलिंग में आपके लिए एक टिकट खरीद ली है," भोजसिंह ने जिद की, "मुझे यकीन है कि आप मुझे निराश नहीं करेंगे।"

विनम्रता के भाव से प्रोफेसर वासवानी ने कहा कि उन्होंने पहले से ही यूरोप में रुकने के दौरान संगीत कार्यक्रम, फिल्में इत्यादि न देखने की शपथ ले रखी है।

"यहाँ विदेश में यदि इन सब मनोरंजन से स्वयं को अलग रखेंगे, तो आप अकेलापन, ऊबाऊपन और खोए हुए महसूस करोगे। आपको मित्रों के साथ बाहर निकलने की आवश्यकता है, न कि अपने घर की चहारदीवारी में स्वयं को कैद रखना चाहिए।" भोजसिंह ने समझाया।

प्रोफेसर वासवानी ने जवाब दिया, "मैं अकेलापन व उबाऊपन कभी महसूस नहीं करूँगा; क्योंकि मेरा एक मित्र है, जो सदा मेरे साथ रहता है। मैं उसका पवित्र नाम जपता रहता हूँ, 'हरि बोल, हरि बोल।' और इससे मुझे संबल मिलता है, सहारा मिलता है। यह मुझे ऊर्ध्व गति प्रदान करता है। मुझे किसी और चीज की जरूरत नहीं है।"

प्रोफेसर वासवानी अपने संकल्प पर अडिग रहे। उन्होंने साधारण जीवन जीया और विलासिता, सुख व मनोरंजन से दूर रहे। पश्चिम के सारे बहकावे व लालच उनके संकल्प को हिला नहीं सके। वे चट्टान की तरह अडिग रहे।

आगे के जीवन में भी गुरुदेव साधु वासवानी अपने पहनावे, भोजन और दैनिक जीवन में सहज बने रहे। जैसे सही मायनों में महान लोग रहते हैं। एक समय वे हरि मंदिर में रहते थे, जो कि एक बड़ा हॉल था और जिसमें एक ओर चटाई बिछी हुई थी। साधु वासवानी रात को चटाई पर सोते थे और दिन के दौरान उस पर बैठकर अपना काम करते थे। एक छोटी सी मेज थी, जिस पर वे लेखन कार्य करते थे जमीन पर बैठकर और चारों ओर बहुत सी पुस्तकें बिखरी रहती थीं।

एक दिन, वहाँ एक फ्रांसीसी उनसे मिलने आ पहुँचा। उसे पॉल रिचर्ड के लेख से साधु वासवानी के विषय में जानने को मिला था। पॉल ने गुरुदेव के बारे में उल्लेख किया था, "मैं धन्य हूँ, क्योंकि सिंध के मरुस्थलों के बीच मुझे एक सच्चा पैगंबर मिल गया, नए भारत, नया आत्मिक संदेशवाहक एक संत, एक महात्मा, एक ज्ञानी व ऋषि तथा महान् भविष्य का नेता—साधु वासवानी।"

आगंतुक फ्रांसीसी को अपेक्षा थी कि साधु वासवानी एक खूबसूरत सुसज्जित मकान में रह रहे होंगे। वह यह देखकर चौंक गया कि गुरु का निवास एक साधारण सा हॉल था, जहाँ एक चटाई, एक मेज और कुछ पुस्तकें रखी हुई थीं।

उसने गुरुदेव से पूछा, "आपके फर्नीचर कहाँ है?"

गुरुदेव ने उससे पूछा, "तुम्हारा कहाँ है?"

फ्रांसीसी ने कहा, "मेरे पास फर्नीचर नहीं है। मेरा फर्नीचर फ्रांस में मेरे घर में है। यहाँ तो मैं एक यात्री हूँ।"

धीरे से गुरुदेव ने कहा, "मैं भी एक यात्री हूँ।"

विचार मनन

अपना कॅरियर और सांसारिक जीवन त्यागने के शीघ्र बाद गुरुदेव साधु वासवानी एक छोटे से कस्बे—पुराना सखर—में मौन रहने के लिए चले गए। सारा दिन वे मौन रहकर बिताते और जब शाम होती तो एक घंटे की सैर के लिए बाहर निकलते। यही समय होता था, जब लोग उनसे मिल पाते थे और आध्यात्मिक विषय पर प्रश्न पूछते थे।

यह पूर्ण सहजता की अवधि थी। अनेक महाविद्यालयों में प्रिंसीपल के पद पर रहते हुए, जो बड़े खूबसूरत बँगलों में रह चुका था, अब एक छोटे से कस्बे में, एक छोटे से कमरे में रह रहा था। अपनी बचत में से मात्र 10 रुपए की तुच्छ राशि ही अपने ऊपर खर्च करते थे। पाँच रुपए भोजन पर, तीन रुपए कमरे के किराए के, एक रुपया डाक स्टाम्प (पत्राचार हेतु) पर, पचास पैसे गन्ने पर, आठ आने गन्ने के रस पर (उनको मीठा पसंद था) और शेष पचास पैसे साबुन, तेल और अन्य विविध चीजों पर। इस अवधि के दौरान एक धनी व्यक्ति ने उन्हें 3000 रुपए का दान दिया।

गुरुदेव साधु वासवानी ने फौरन यह राशि पंचायत के सदस्यों को दे दी और उनसे एक ध्यान मंदिर बनवाने का आग्रह किया, जहाँ आध्यात्मिक आकांक्षी आकर कुछ समय शांति और ध्यान में बिता सकें। इस उद्देश्य के लिए पंचायत को नगर पालिका से जमीन का मुफ्त अनुदान प्राप्त हो गया।

आंगन में एक पाइप था, जहाँ गुरुदेव साधु वासवानी प्रतिदिन स्नान करने व कपड़े धोने आते थे। उनके हृदय में, उन्हीं के शब्दों में ''प्रछन्न ईश्वर में प्रछन्न जिंदगी' जीवन की गहन इच्छा थी।''

क्या चोर तुम्हारा भाई नहीं?

"आपके सिवाय और कौन माफ करेगा
वो ढेर सारे पाप जो मैंने किए हैं
जन्म-जन्म में? यदि आप न्याय करने बैठे मेरे कर्मों का तो मैं
सदैव इन बंधनों में बंधा रहूँगा खेद है,
मैंने गलतियाँ की हैं। लगातार
हे श्याम! कृपा कर ऐसी ज्योति जला दे
जो कभी न बुझ पाए"

—साधु वासवानी की पवित्र वाणी 'नूरी' ग्रंथ से

साधु वासवानी सदा घृणा के बदले प्रेम लौटाते थे। "ऐसा क्यों करते हो?" उनसे पूछा जाता था। वे उत्तर देते, "प्रत्येक व्यक्ति वही देता है, जो उसके पास होता है। ईश्वर ने मुझे प्रेम के अलावा और कुछ नहीं दिया है।"

साधु वासवानी ने उन्हें भी आशीर्वाद दिया, जो उन पर दोषारोपण करते थे। जो उन्हें सताते थे, वे उनके लिए भी दुआ करते थे। वे इच्छाओं, वासनाओं और क्रोध से मुक्त थे। वे शांत की तसवीर थे। उन्हें देखना 'गीता' के इन शब्दों की तरह था—

"हर इच्छा छोड़कर,
स्वामित्व का सारा घमंड छोड़कर,
निस्स्वार्थ और अहं रहित वह आगे बढ़ता है
और शांति में प्रवेश करता है!"

यह ईश्वर की शांति है। 'गीता' इसे 'ब्रह्म निर्वाण' कहती है।

सिंध में मीरा स्कूल के प्रारंभिक दिनों में उनका एक साथी गुरुदेव से बहुत नाराज था, क्योंकि उसकी भतीजी को स्कूल का प्रमुख नियुक्त नहीं किया गया था। उसने साधु वासवानी और उनके संगठन के खिलाफ समाचार-पत्रों में कई झूठी बातें लिखीं और उस समाचार-पत्र की प्रतियाँ साधु वासवानी के सत्संग में शामिल होने आए श्रद्धालुओं को मुफ्त वितरित कर दीं। साधु वासवानी ने इस विषय में सुना, लेकिन उन्होंने शांत रहने का ही विकल्प चुना। उन्होंने स्वयं के बचाव में एक शब्द भी नहीं कहा।

कुछ वर्षों के पश्चात् उस व्यक्ति ने अपनी गलती महसूस की। वह आकर साधु वासवानी के चरणों में गिर पड़ा। बच्चे की तरह रोते हुए उसने कहा, "आप ईश्वर के सच्चे संत हैं। मैं एक पापी हूँ, मैंने आपके खिलाफ झूठ प्रचारित किया। आपने कभी भी मेरे खिलाफ एक शब्द भी नहीं कहा। कृपया इस पश्चात्ताप करनेवाले पापी को माफ कर दीजिए और मुझे बताइए कि मैं क्या पश्चात्ताप करूँ?"

साधु वासवानी ने उसे उठा कर गले लगाते हुए कहा, "रोओ मत भाई, यदि तुम सही ढंग से पश्चात्ताप कर रहे हो, तो जो तुमने किया है, वह सब भूल जाओ और ईश्वर को याद करो।"

एक बार एक चोर मीरा स्कूल भवन में घुस गया और पानी के कुछ पाइप तोड़ दिए। चोर पाइप ले जाने वाला था, तभी उसे रात्रि के चौकीदार ने पकड़कर पुलिस को सौंप दिया।

साधु वासवानी को इस घटना की खबर अगले दिन सवेरे लगी। जब उन्होंने सुना कि चोर को पुलिस के सुपुर्द कर दिया गया है, तो उन्हें दुःख हुआ। उन्होंने महसूस किया कि उस व्यक्ति को चेतावनी देकर छोड़ा जा सकता था। जब कुछ भाइयों ने विरोध किया कि वह व्यक्ति आखिर एक चोर है, तो गुरुदेव ने कहा, "जिसे तुम चोर कह रहे हो, क्या वह तुम्हारा भाई नहीं है? क्या तुम उसे बेदखल कर सकते हो? क्या तुम्हें उसके चेहरे में अपना चेहरा नजर नहीं आता?"

उन्होंने अपनी पीड़ा व्यक्त करना बंद नहीं किया। उन्होंने इस मामले के प्रभारी मजिस्ट्रेट को संदेश भेजा कि वे चोर को माफ कर दें।

किंतु मजिस्ट्रेट तक साधु वासवानी का संदेश पहुँचने से पहले ही चोर पर अभियोग लगाने की दलील दी जा चुकी थी। मजिस्ट्रेट ने स्वयं को असमंजस में पाया। अभियुक्त ने अपराध स्वीकार कर लिया था और उसके तहत सजा सुनाई

जानी थी। लेकिन मजिस्ट्रेट ने सोचा, 'मैं एक संत की बातों का अपमान कैसे कर सकता हूँ?' और चोर को छोड़ दिया गया।

चोर दौड़ता हुआ मिशन कैंपस में आया और गुरुदेव के चरणों में गिर पड़ा। उसकी आँखों में पश्चात्ताप की चमक थी और वह आभार के आँसू भी बहा रहा था। उसने साधु वासवानी से कहा, "मैं एक गरीब आदमी हूँ। मेरे बच्चे भूखे मर रहे थे। ईमानदारी से रुपए कमाने का मेरा प्रयास व्यर्थ ही गया। निराश होकर मैं आपके परिसर में घुसा। मुझे नहीं पता था कि यहाँ ईश्वर के संत रहते हैं। कृपया मुझे माफ कर दीजिए, मुझे माफ कर दीजिए।"

चोर की आँखों में आँसू थे, साधु वासवानी की आँखें भी नम थीं। उन्होंने चोर को आशीर्वाद दिया और उसे कुछ नए कपड़े तथा कुछ रुपए दिए और एक भाई से उसके लिए कुछ नियमित रोजगार की व्यवस्था करने के लिए कहा।

एक अन्य मौके पर साधु वासवानी ने कहा, "एक वेश्या भी हमसे अलग नहीं है। उस पर विश्वास करो और तुम उसे बचा लोगे।"

विचार मनन

क्षमा, सहृदयता और समझदारी की धारणा है, जिससे हम अपने आस-पास की प्रतिक्रिया देने का चुनाव करते हैं। हम औरों को असंवेदनशील, भावनाहीन या रूखा, उपेक्षाकारी व स्वार्थी नहीं समझते। हम उनकी कमजोरियों, उनका भय और असुरक्षा को समझने का प्रयास करते हैं, जिसके कारण वे इस तरह व्यवहार करते हैं, जिससे हमें दुःख होता है। एक तरह से हममें से प्रत्येक में एक आतंकित और उलझन में पड़ा और दुःखी बच्चा होता है, जो ऐसे उद्गारों के लिए जिम्मेदार होता है। यह बच्चा वयस्कों में भी होता है, कभी-कभी आपे से बाहर भी हो जाता है।

क्षमा एक बार ही उत्पन्न क्रिया नहीं होती। यह एक निरंतर और जारी रहनेवाली प्रक्रिया होती है। गलतियाँ और जल्दबाजी के निर्णय जीवन में बार-बार होते हैं। कभी-कभी हम औरों की गलतियों की सजा भुगतते हैं। कभी-कभी हम औरों के साथ गलत करते हैं। जब-जब यह स्थिति आती है, तब-तब हमें अपने दृष्टिकोण, अपनी धारणा को बदलने और

अपनी आदतों के पूर्वग्रहों से बाहर आने की आवश्यकता होती है। जैसे-जैसे हम अपने दृष्टिकोण में यह परिवर्तन करते हैं, वैसे-वैसे हम समझ और सहृदयता की भावना में तब तक ऊपर उठते जाते हैं, जब तक क्षमा करना हमारे लिए कठिन और दु:खदायी कार्य नहीं रह जाता।

क्षमा केवल संतों-महात्माओं का कार्य नहीं होता। प्राय: लोगों को माफ करने के लिए कहो तो कहते हैं, ''मैं कोई महात्मा नहीं हूँ, मैं इंसान हूँ।''

हममें से अनेक मानते हैं कि वे माफ नहीं कर सकते, कि यह बहुत कठिन है, कि यह संतों व अन्य विकसित आत्माओं का विशेषाधिकार है—हमारे जैसे लोगों का नहीं।

क्षमा किसी अलौकिक शक्ति का चमत्कार नहीं होता, यह तो भूतकाल को सदा के लिए अपने पीछे छोड़ देने की बात होती है। यह आगे बढ़ते रहने की राह है।

यह चीज़ों को एक अलग नज़रिए से देखने की बात होती है, जिसमें जीवन को एक नए परिप्रेक्ष्य में देखना होता है। यह एक अहसास है कि शेष जीवनकाल में हम कड़वाहट और क्रोध के साथ नहीं रह सकते।

जीवन है देने का नाम

''मेरी केवल एक ही जुबान है। यदि मेरी लाखों जुबाने होतीं, तो उन सभी से मैं एक ही शब्द कहता—दो! दो! दो!''

—साधु वासवानी

एक बार साधु वासवानी से पूछा गया, ''आपका धर्म क्या है?'' उनका जवाब सचमुच सार्थक था, उन्होंने कहा, ''मैं एकता और प्रेम, सेवा और बलिदान के धर्म से ऊँचा कोई और धर्म नहीं जानता।''

उनके लिए वस्तुतः सेवा करना ही जीवन था, प्रेम करना ही जीवन था, दूसरों का बोझ ढोना ही जीना था—अपना सब कुछ सभी से बाँटना ही जीना था।

एक दिन जब हम साधु वासवानी के साथ सड़क के किनारे शाम की सैर कर रहे थे, हमने एक गरीब आदमी को पेड़ के नीचे बैठे देखा। उसके कपड़े जीर्ण-शीर्ण थे, उसके पैर कीचड़ से सने हुए थे। उस व्यक्ति को देखकर साधु वासवानी रुक गए। उन्होंने एक बालटी पानी मंगवाया और जब पानी लाया गया तो जो मनुष्यों में राजकुमार, जिसके उँगली उठाने मात्र से हममें से सैकड़ों उनकी इच्छा जानने के लिए दौड़ पड़ते थे, ने अपने हाथों से उस गरीब भिखारी का तन धोया और उसे अपनी कमीज पहनने के लिए दी। उस गरीब ने साधु वासवानी के सिर पर पड़ी टोपी की ओर इशारा किया और बिना किसी संकोच के गुरुदेव ने उसे अपनी टोपी दे दी। उस अवसर पर उन्होंने एक बात कही थी, जिसे मैं कभी नहीं भूल सकता। उन्होंने कहा, ''यह कमीज, यह टोपी और सब कुछ जो मेरे पास

है, वह सब कुछ मुझे दिया गया एक ऋण की तरह है, जिसे उन्हें दिया जाना है, जिनकी जरूरत मेरी जरूरत से ज्यादा है।''

'ऋण' शब्द पर ध्यान दें। वह सब कुछ जो हमारे पास है, वह हमें दिया हुआ एक ऋण है, जो उन्हें दिया जाना है, जिनकी जरूरत हमारी जरूरत से ज्यादा है। हमारा कुछ भी नहीं है, कुछ भी हमें पूरी तरह से नहीं दिया गया है। सब कुछ हमें एक ऋण की तरह दिया गया है—हमारा समय, हमारी प्रतिभाएँ, हमारी जानकारी, हमारा ज्ञान, हमारी प्रतिष्ठा, समाज में हमारा प्रभाव, हमारे बैंक खाते, हमारी संपत्ति और स्वामित्व, स्वयं हमारा जीवन भी एक ऋण की तरह है, जिसे हमें उन्हें दे देना है, जिन्हें इसकी जरूरत हमसे ज्यादा है। गुरुदेव के इन साधारण शब्दों में, जैसा कि मुझे लगता है, एक नई मानवता, नई विश्व व्यवस्था, सेवा और बलिदान की नई सभ्यता के बीज छिपे हैं।

विचार मनन

निम्न सुभाषित (भाषण के रत्न) महात्मा वेद व्यास के हैं :

असंख्य पुस्तकों से सिखाए जाने वाले ज्ञान को इस आधी पंक्ति में सारयुक्त कहा जा सकता है—''मानवता की सेवा करना श्रेष्ठता है और किसी को नुकसान पहुँचाना पाप है।''

वस्तुतः दूसरों की परवाह करना इसी भावना की हमें आवश्यकता है। जब मैं मुंबई, दिल्ली, कोलकता और चेन्नई जैसे बड़े शहरों में जाता हूँ, मैं पाता हूँ कि लोग परवाह करना छोड़ चुके हैं। वे उनके आस-पास के लोगों की जरूरतों के प्रति असंवेदनशील, तटस्थ हो चुके हैं। उनके आस-पास व्याप्त कष्ट और दुःख के प्रति उनका दृष्टिकोण इन शब्दों में परिभाषित किया जा सकता है—''इससे हमें कोई सरोकार नहीं है।''

निश्चित ही, इससे हमें सरोकार है! मानवता से हमारा सरोकार है। वेद हमें 'वसुदैव कुटुंबकम्' की अद्‌भुत अवधारणा देते हैं। मानवता एक परिवार है और मानवता के इस परिवार में हर आदमी मेरा भाई है, हर औरत मेरी बहन है। उनके लिए मैं जो कर सकता हूँ, वह यथाशक्ति

करना मेरा कर्त्तव्य है। अधिक-से-अधिक लोगों की मदद करना मेरा कर्त्तव्य है। मैं प्राय: लोगों से कहता हूँ, प्रेम का उलटा घृणा नहीं है, प्रेम का उलटा भावहीनता या जड़ता है—अपने आस-पास के लोगों की जरूरतों के प्रति तटस्थता।

हम सभी सहायता करने और साझा करने की भावना के साथ जन्मे हैं। लेकिन कहीं न कहीं, जैसे-जैसे हम बड़े होते हैं, हम इस महत्त्वपूर्ण जन्म भावना को त्याग देते हैं।

गरीबों की सेवा है ईश्वर की पूजा

''आदमी का सांसारिक ज्ञान विस्तृत रूप से बढ़ गया है। विज्ञान ने द्रुत गति से विकास किया है। लेकिन क्या विज्ञान ने संतों की आवाज सुनी है, ''किसी अन्य के साथ हिंसा करना मेरी अपनी सत्यनिष्ठता का उल्लंघन है, क्योंकि मेरे भाई का खून मेरा अपना है और आज मैं प्रार्थना करता हूँ कि मेरे अंदर दो तरह के खजानों को धारण करने की आकांक्षा बलवती हो—आंतरिक जीवन और छोटे दलित लोगों की विनयपूर्ण सेवा।''

—साधु वासवानी

गुरुदेव साधु वासवानी एक छोटे से गाँव में गए। वह एक स्कूल शिक्षक के अतिथि बने। विद्यालय में कुछ ही छात्र अध्ययनरत थे। उनकी आँखें प्रेम के प्रकाश से चमक रही थीं।

एक दिन एक शिक्षित व्यक्ति गाँव में आया। वह धाराप्रवाह अंग्रेजी बोल रहा था और वह विनम्र और स्नेही था। छात्र उसकी संगत पाकर खुश हुए।

अचानक एक अफवाह फैल गई कि यह सुशिक्षित व्यक्ति अछूतों के संध्याकालीन सत्संग में शामिल हुआ था और उनके साथ भोजन भी किया था। गाँव के बड़े-बूढ़े, मंदिर के पुजारीगण और पंचायत के सदस्य आश्चर्यचकित थे। उन्होंने कहा कि ऐसे व्यक्ति से उन्हें कोई सरोकार नहीं है। उसे समाज से बहिष्कृत समझा जाना चाहिए। गाँव के लोग इस व्यक्ति से अवर्णनीय प्रेम करते थे, लेकिन वे कर भी क्या सकते थे?

साधु वासवानी ने गाँव के लोगों की परेशानी देखी। उस दिन शाम को वे स्वयं जाकर अछूतों के सत्संग में शामिल हुए। उन सभी ने खड़े होकर प्रेम व सम्मानपूर्वक उनका स्वागत किया। "क्या हम आपके लिए कुछ कर सकते हैं?" उन सभी ने गुरुदेव से कहा।

साधु वासवानी ने उनसे कहा, "मुझे एक झाड़ू लाकर दो।"

झट से वे एक झाड़ू ले आए। उसे लेकर उन्होंने बस्ती की कुछ सर्वाधिक गंदी झोंपड़ियों में झाड़ू लगाना शुरू कर दिया। झाड़ू लगाते हुए वे इन शब्दों को दोहराते रहे, "अछूतों की सेवा ईश्वर की पूजा है।" बस्ती के सभी हरिजन इन शब्दों को ग्रहण कर इन्हें कीर्तन की तरह गाने लग गए। सारी बस्ती इन्हीं शब्दों से गूँजने लगी। "अछूतों की सेवा ईश्वर की पूजा है।"

गाँव में यह खबर जंगल की आग की तरह फैल गई कि एक संत-साधु वासवानी ने अछूतों की झोंपड़ियों में झाड़ू लगाया और यह गीत गाया, "अछूतों की सेवा ईश्वर की पूजा है।

उस शिक्षित व्यक्ति के खिलाफ भड़कने वाला आंदोलन धीरे-धीरे शांत पड़ गया।"

विचार मनन

भौतिक धरातल पर हम लोगों के प्रति निर्णय उनकी समृद्धि के आधार पर लेते हैं। हम लोगों से पूछते हैं, "आपने कितनी पढ़ाई की है? आपने क्या शैक्षणिक डिग्रियाँ लीं हैं? आपने कितना धन इकट्ठा किया है? या आपका वेतन क्या है?" ये सभी प्रश्न सांसारिक व भौतिकता से प्रेरित हैं।

एक व्यक्ति, जो धनी और समृद्ध है, वह समाज में ऊँचा स्थान रखता है, लेकिन स्वर्ग लोक में इन सभी बातों का कोई मोल नहीं होता। वहाँ एक ही प्रश्न पूछा जाता है, "आप ईश्वर को कितना प्रेम करते हैं?"

ईश्वर की टूटी छवियों—गरीबों, जरूरतमंदों के लिए तुम्हारे मन में कितना प्रेम है? ईश्वर आपके बैंक में जमा राशि, आपकी योग्यताओं, आपके पद, आपकी जाति, आपके पंथ के बारे में नहीं जानना चाहता। वह आपसे प्रेम के बारे में पूछता है।

ईश्वर जन्म, श्रेणी, जाति, पंथ की परवाह नहीं करता। वह आपसे इतना ही चाहता है कि आपके हृदय में प्रेम हो।

आओ हम सब अपने दिलों में प्रेम की ज्योत जलाएँ।

उसका नाम था करुणा!

''यदि मुझे एक भूखा व्यक्ति मिल जाए, तो मैं उससे यह न पूछूँ कि वह भूखा क्यों है, जबकि बहुत से दूसरे लोग दावत की मेजों पर भोजन कर रहे हैं। मैं उसे भोजन करा दूँ।

यदि मुझे कोई नग्न व्यक्ति मिल जाए, तो मैं उससे यह न पूछूँ कि वह सर्दी की रात में ठंड में क्यों काँप रहा है, जबकि अनेक लोगों की अलमारियाँ कपड़ों से भरी हों। मैं उसे पहनने के लिए कपड़े दे दूँ।

और यदि मुझे कोई व्यक्ति पाप कर्मों में लिप्त मिल जाए, तो मैं उससे यह न पूछूँ कि वह पाप में लिप्त क्यों है, बल्कि दया दृष्टि से, मैं उस पापी को आत्मा की ओर आकर्षित कर दूँ।

सभी में सुप्त चेतना है, इसके प्रति मुझे लोगों को सजग करना है। मैं कुछ लोगों को अंधकार से निकालकर प्रकाश में ले चलूँ।''

—साधु वासवानी

गुरुदेव साधु वासवानी के जीवन में दो धाराएँ समानांतर प्रवाहित होती थीं विरक्ति की धारा और करुणा की धारा। हृदय से वह पूरी तरह विरक्त थे। बाह्य संसार में ऐसा कुछ भी नहीं था, जो उन्हें बाँधकर रख सके। इच्छा मात्र से ही वह अपने भीतर की गहराइयों में प्रवेश कर सकते थे। उनके जीवन में मननशीलता

की भावना और गरीबों, दलितों, टूट चुके और मानवता के रक्तरंजित लोगों का सम्मान और प्रेम के साथ सेवा का खूबसूरत समन्वय था।

बचपन में भी साधु वासवानी अन्य बच्चों से अलग थे। उनका चेहरा देखने में लावण्यता लिये हुए था। बढ़ती उम्र के साथ उनकी आँखों में एक सुदूर दृष्टि समा गई। वह ज्यादातर अलग-थलग रहने लगे। उन्हें औरों के साथ मेल-जोल में मजा नहीं आता था। वह अपना ज्यादातर समय ऊपरी कमरे में, जहाँ कोई नहीं आता था, मौन रहकर गुजारते थे।

कभी-कभी भोजन के लिए बैठते समय जब वे गुजरते हुए भिखारी की पुकार सुनते, तो अपना भोजन उठाकर उस भूखे भिखारी को दे देते थे। उनके शुरुआती दिनों में ही वे कष्ट पीड़ितों के लिए करुणा की भावना से भर जाते थे।

उनकी माँ सर्दी में आधी रात के दौरान प्रायः उन्हें जगा हुआ पाती थीं।

''तुम किस बात के कारण जागते रहते हो बेटे।'' वह पूछा करती।

''क्या ठंड बहुत लग रही है। एक और कंबल या रजाई ओढ़ा दूँ?''

वे कहते माँ, मेरी ठंड सौ रजाइयों या कम्बलों को ओढ़ने से नहीं जाएगी।

''मैं तुम्हें समझ नहीं पाती बेटे,'' माँ कहती, ''पहेलियाँ मत बुझाओ। मुझसे साफ-साफ शब्दों में बात किया करो?''

वे कहते, ''माँ, मैं सैकड़ों बेघर लोगों के बारे में सोच रहा हूँ, जो इस ठिठुरन भरी ठंड में सड़कों के किनारे पड़े हुए हैं। उनकी ठंड के बारे में सोचकर मैं काँप उठता हूँ।''

जीवन भर साधु वासवानी गरीबों और अभावग्रस्त लोगों से एकत्व का भाव रखते थे। बाद के वर्षों में, एक बार जब वे बीमार पड़े, तो वे ठोस आहार नहीं ले पाते थे। उन्हें संतरा चखने की इच्छा हुई। बहुत से संतरे उनके लिए लाए गए। उन्हें देखकर उनका ध्यान सरकारी अस्पताल के कक्षों में पड़े गरीब मरीजों की ओर गया। एक भी संतरे को चखे बिना उन्होंने सारे संतरों को गरीब मरीजों के लिए भेज दिया। और फिर कहा, ''मुझे संतुष्टि महसूस हो रही है। मुझे ऐसा लगता है, मानो मैंने सारे संतरे स्वयं खा लिये।''

कई लोगों ने उनसे कहा, ''जब आप गरीबों को देते हैं, तो आप कोई भेदभाव नहीं करते। आप यह सुनिश्चित नहीं करते कि जिस व्यक्ति को आप दे रहे हैं, वह उसके योग्य है भी या नहीं?''

साधु वासवानी ने कहा, ''ईश्वर मेरे जैसे अयोग्य व्यक्ति को बेहिचक देता

है। दूसरों के भोजन के बारे में सवाल करनेवाला मैं होता कौन हूँ?''

एक अवसर पर साधु वासवानी ने मजाकिया अंदाज में कहा, ''ऐसा व्यक्ति, जो केवल उसी को देता है, जिसे वह योग्य समझता है, तो वह ईश्वर से प्रार्थना भी करे कि उस पर निर्णय करते समय, ईश्वर उसके उदाहरण का अनुसरण नहीं करे।''

विचार मनन

करुणा के लिए धन से भरे बटुए की, मजबूत अंग-प्रत्यंग या बहादुरी के कारनामों या महान् बलिदानों की आवश्यकता नहीं होती। सहायता करनेवाला हाथ, मित्रवत् बात या भाव, एक सहृदय मुस्कराहट ही पर्याप्त ही है।

सच ही कहा है, देना ही जीवन है। क्योंकि मानव शरीर का स्वास्थ्य श्वास और प्रश्वास दोनों पर निर्भर करता है। कहा जाता है कि एक छोटा बालक, जिसे एक उज्ज्वल फरिश्ते की भूमिका अदा करनी थी, वह महीन सोने की पत्ती की परत में लिपटा हुआ था। परत से उसकी त्वचा के सारे रोम छिद्र ढक गए और इस खतरनाक सौंदर्य प्रसाधन के कारण उसकी मृत्यु हो गई।

यह हम सभी के लिए एक चेतावनी, जो स्वयं को अपने धन से ढक लेने की प्रवृत्ति में रत हैं। धन को हमारी करुणा, उदारता तथा सज्जनता में बाधा न डालने दें, हमें सांसारिक संपत्ति के दबाव में विवश होकर आध्यात्मिक मौत नहीं मरना है।

प्रेम और करुणा से जो भी हम देते हैं, हम स्वयं ईश्वर को ही देते हैं। ऐसी सेवा का पहला लाभार्थी प्राप्तकर्ता नहीं बल्कि दाता होता है, क्योंकि यह कृत्य उसे ईश्वर के और करीब ले जाता है।